인생 꽃을 피우는 시간

인생 꽃을 피우는 시간

발행일	2024년 11월 22일

지은이	고지원, 김하세한, 쏘꾸미, 이미란, 이상임, 이은진, 이주민, 이지은, 이효경, 전은대, 조하나		
펴낸이	손형국		
펴낸곳	(주)북랩		
편집인	선일영	편집	김은수, 배진용, 김현아, 김다빈, 김부경
디자인	이현수, 김민하, 임진형, 안유경, 한수희	제작	박기성, 구성우, 이창영, 배상진
마케팅	김회란, 박진관		
출판등록	2004. 12. 1(제2012-000051호)		
주소	서울특별시 금천구 가산디지털 1로 168, 우림라이온스밸리 B동 B111호, B113~115호		
홈페이지	www.book.co.kr		
전화번호	(02)2026-5777	팩스	(02)3159-9637

ISBN	979-11-7224-385-2 03810 (종이책)	979-11-7224-386-9 05810 (전자책)

(주)북랩 성공출판의 파트너

북랩 홈페이지와 패밀리 사이트에서 다양한 출판 솔루션을 만나 보세요!

홈페이지 book.co.kr • **블로그** blog.naver.com/essaybook • **출판문의** text@book.co.kr

작가 연락처 문의 ▶ ask.book.co.kr

작가 연락처는 개인정보이므로 북랩에서 알려드릴 수 없습니다.

최고의 시간은 아직 오지 않았다

인생 꽃을
피우는 시간

고지원, 김하세한, 쓰꾸미, 이미란, 이상임, 이은진,
이주민, 이지은, 이효경, 전은태, 조하나 지음

배는 파도를 만나야 그 가치가 드러나고
사람은 고난에 맞서야 성장하고 발전한다!

11인의 작가와 함께하는 도전과 희망의 이야기

북랩

매화꽃 두 송이가 시작을 알립니다

2024년 2월 말, 주말 아침에 가족과 함께 산책했습니다. 아직 겨울인데, 아파트 산책로에 꽃이 피어 있어 신기했습니다. 호기심 때문에 찾아봤지요. 무슨 꽃인지 네이버 렌즈를 이용해서 확인했습니다. 매화였습니다. 패딩을 입고 다녀야 하는데, 꽃이 피었다는 게 마음을 설레게 했습니다. 초등학교 4학년 미술 단골 문제 중 하나가 사군자에 해당하는 식물을 맞히는 것이었습니다. 봄을 알리는 꽃, 매화라는 게 떠올랐습니다. 실제로 매화를 본 것은 처음이었지요. 옛사람들이 왜 매화를 보면서 선비가 품어야 하는 정신이라고 하는지 잠시 멈추고 생각했습니다. 겨울이 아직 끝나지 않았고, 다른 봄꽃이 피기에는 이른 시점. 봄의 시작을 알리는 꽃이라는 점에 눈길이 갑니다.

매화는 꽃이고, 매화꽃의 열매가 매실입니다. 가을에 제일 좋아하는 반찬이 바로 매실장아찌입니다. 입맛이 없을 때 찬물에 흰쌀밥을 말아서, 매실장아찌를 올려서 먹으면 입안 가득 퍼지는 강렬한 신맛이 혀끝을 자극합니다. 매실액을 넣어서 무침을 만들면 향긋하고 달콤한 음식이 완성됩니다. 또 더부룩하고 소화가 잘 안될 때, 어린 저에게 매실청을 물에 타 먹였던 부모님의 추억도 생각납니다.

꽃, 매화도 좋습니다. 열매, 매실도 좋아합니다.

작가 11명이 모여서 공저를 썼습니다. 매화가 떠올랐습니다. 출간 전 글 쓰는 과정은 아직 아무도 올라가지 않은 눈 내린 겨울산과 같습니다. 책이 출간된다는 건 쉽지 않습니다. 항상 글쓰기를 할 때는 두렵습니다. 내 책이 출간될지, 내 삶의 이야기가 독자에게 다가갈 수 있을지. 내가 쓴 글, 전달하고 싶은 내용을 제대로 전달할 수 있을지. 독자들이 글을 읽고 도움을 받을 수 있을지 고민됩니다.

두렵기만 했다면, 이 책은 세상에 나올 수 없었을 것입니다. 그래서 두려움 대신 설렘을 갖기로 했습니다. 책이 출간되었을 때를 상상합니다. 우리 책이 독자에게 어떤 의미를 줄 수 있을까. 우리에겐 어떤 의미와 가치를 줄 것인가. 나는 이 경험을 통해 얼마나 성장할 수 있을까.

책 쓰는 이유를 생각해봅니다. 이 책 속 공저 작가들의 이야기에서 공통점을 발견했습니다. 행복한 삶을 살고 있기에 책을 쓰는 것이 아닙니다. 글을 쓰면서 스스로 돌아보고 조금 더 나은 내가 되기 위해, 그리고 다른 사람을 돕는다는 마음으로 글을 쓴다고 생각합니다. 이러한 모습에서 저와 다른 공저자들도 매화를 닮았다, 생각했지요. 겨울에 꽃을 피우는 것은 힘듭니다. 그러나 겨울 막바지 날씨에 꽃을 피움으로, 그 꽃을 발견한 사람에게 봄이 왔다는 것을 알려줍니다. 그리고 사람들은 매화를 보면서 봄이 왔다는 것을 자연스럽게 받아들이지요. 시작하면 끝도 있습니다. 본인의 이야기를 글로 쓰면 출간이 되지요. 그리고 그렇게 출간된 책이 사람들에게 도움을 줍니다. 이런 추운 겨울을 견디면 반드시 봄이 온다는 당연함을 주는 책이 되기를 기대해봅니다. 그 누군가 이 책을 읽고 자신의 삶을 글로 표현해보았으면 합니다. 특별한 사람만 글을 쓰는 게 아니라 누구나 다 글을 쓸 수 있습니다. 다만 책을 내는 사람들은 글쓰기에 도전하고, 자연히 이루어진다는 마음을 가졌을 뿐입니다. 마치 인생을 꽃피우는 시간처럼 말입니다.

책의 구성은 총 네 장으로 되어 있습니다. 1장에는 '땅을 다지는 시간'을 주제로 목표를 위해 준비하고 힘들었던 시간에 대해 담았습니다. 2장에는 작가가 한 노력의 시간, 계기, 터닝포인트 등을 담아 '씨앗을 뿌리는 시간'에 대해서 이야기했습니다. 3장에는 열매를 맺기 위한 고난과 역경을 '싹을 틔우기까지'의 스토리로 만나실 수 있습니다. 마지막 4장은 '날 닮은 꽃이 피었습니다'라는 제목으로 각자가 살아낸 인생, 색깔, 꿈으로 마무리 지었습니다.

11명의 작가 인생이 담겨 있습니다. 준비, 시작, 과정, 결과, 그리고 또 다른 시작. 마치 하루를 살아가는 우리의 모습 같습니다. 매일 아침, 눈을 뜨며 꿈을 향한 새로운 시작을 다짐합니다. 하루의 목표를 마음에 새기고, 계획한 일을 완수하기 위해 부지런히 나아갑니다. 고군분투하며 시간을 쌓아가다 보면 어느새 하루가 저물고, 오늘의 발자취를 돌아보며 마음속 작은 성취감을 느낍니다. 이렇게 하루하루가 쌓여 일주일이라는 시간의 흐름을 만들어 냅니다. 그렇게 한 주가 한 달이 되고, 한 달이 일 년이 됩니다. 그렇게 인생이 쌓여갑니다. 그걸 알기에 오늘 하루도 충실하게 살아가야 하는 건 아닌지 고민해봅니다.

목표를 향해 나아가는 11명 작가의 인생 이야기. 이 책을 읽는 독자들이 작가들로부터 다독거림도 받으시고, 힘든 상황을 어떻게 해결했는지 살펴보며 도움을 받으시길 바라는 바람으로 글을 썼습니다. 독자들을 돕겠다는 마음이 잘 전달되었으면 합니다.

이러한 마음이 잘 전달되기 위해서, 개인적으로 목차를 펼쳐 가장 마음에 닿는 제목의 글부터 읽는 방법을 추천해봅니다. 책 속에서 끌리는 문장을 발견하고 공감할 수 있다면, 작가들이 너무 행복해할 것입니다. 그리고 그 의미를 찾은 그날만큼은 가치 있는 하루가 될 거라고 기대해봅니다.

제가 이렇게 기대하는 이유는 공저를 읽으면 공저자 11명과 같이 대화하는 느낌이기 때문입니다. 하나의 제목 아래 작가들이 모였습니다. 각자 삶의 방식, 우선순위, 가치관이 다른 것은 당연합니다. 다르므로 이 글을 읽으시는 동안에 본인과 잘 맞는 방법을 발견하실 수도 있습니다. 또 한 명의 저자가 담아내기 어려운 다양함을, 11명 작가가 함께하였기에 보다 넓고 깊은 가치를 채울 수 있었습니다. 그리고 독자들을 돕겠다는 하나의 목소리로 쓴 책이기에 더욱 근사합니다. 모든 문제의 정답은 아닐 수 있습니다.

보통 사람들이 쓴 글이기에 더 잘 맞는 해답을 찾으실 수 있다고 생각합니다. 그 방법으로 문제가 잘 해결이 될 것이라고 믿기 때문에 행복합니다.

이 책을 손에 쥐고 펼쳐 읽는 독자도 '꽃을 피우는 시간'의 여정에 함께하기를 기대합니다. 작가라는 매화 꽃잎 11개가 모였습니다. 그 꽃잎 11개가 매화꽃 2송이로 피었습니다. 나무에서 하나의 꽃이 피면 우연이라고 생각할 수도 있겠지요. 하지만 2송이가 함께 꽃을 피운다면, 그것은 필연이 아닐까 합니다. 이 책을 읽으신 독자들의 꽃을 피울 시간도 다가왔다는 것을 느끼셨으면 합니다. 그냥 손이 닿는 곳에 책을 두고, 시간이 날 때 열어서 볼 수 있는 책이었으면 좋겠습니다. 부족하지만 11명의 작가를 대표해서 한 줄 쓰기를 잘했다는 마음으로 글을 마칩니다. 그리고 함께 공저를 마무리할 수 있어서 감사합니다.

2024년 가을
작가 쓰꾸미

1장
땅을 다지는 시간

2장

씨앗을 뿌리는 시간

3장

싹을 틔우기까지

4장

날 닮은 꽃이 피었습니다

1장

땅을 다지는
시간

인 생 꽃 을 피 우 는 시 간

1

믿음의 결실

- 고지원

"아이고, 내 딸이지만 너무 못생긴 거 아니야?"

엄마 김 여사님이 나를 낳자마자 한 첫마디. 찌그러진 두상, 퉁퉁 부은 얼굴, 가려진 이목구비들. 갓 태어난 나는 아무 죄가 없었다. 하지만 성격 급한 김 여사는 어떻게든 대책을 세워야 했다. 그 해결책으로 부모님이 직접 지은 내 이름 '지원'에는 지혜롭고 아름답게 크라는 간절함이 담겨 있다.

이름 덕분인지, 마흔세 살 지금까지 무탈하게 잘 살고 있다. 심지어 날 예쁘다고 하는 신랑까지 만났으니, 부모님께 감사할 일이다. 자라면서 부모님은 늘 내게 신뢰와 사랑을 쏟아주셨다. 그런 부모님을 실망시켜드리지 않기 위해 학창 시절부터 항상 내 역할에 최선을 다하려 했다. 집에선 언니로서 동생을 돌보고, 학생으로선 열심히 공부했다. 그렇게 난 '높을 고'보다 '고지식할 고'가 더 어울리는 K-장녀로 성장했다.

초등학교 시절은 도전의 연속이었다. 초등학교 3학년 때, 아버지가 이탈리아 로마로 주재원 발령이 났다. 알파벳도 몰랐던 내가 하루아침에 이탈리아 학교에 다니게 된 것이다. 1년은 꿀 먹은 벙어리였다. 서양 친구들은 나와 머리 하나 차이 날 정도로 키가 컸다. 그들은 까만 머리 색깔을 가진 동양인을 신기하게 쳐다보곤 했다. 초등학교 4학년, 드디어 말문이 트였다. 이탈리아어로 일기도 쓰기 시작했다. 친구들 사이에서 피아노 잘 치는 학생으로 인정받았다. 낯선 땅에서도 뭐든 할 수 있다는 자신감을 얻게 된 소중한 경험이었다. 초등학교 6학년 여름에 한국으로 돌아왔다. 실컷 놀다 온 나를 기다리고 있었던 건 학교 시험이었다. 오자마자 본 수학 시험에서 60점을 받았다. 충격적이고 속상했다. '다음엔 백 점 맞을 거야!' 일기장에 꾹꾹 눌러 적었다.

"지원아, 괜찮아. 다음에 잘하면 되지. 할 수 있어!"

부모님은 힘을 북돋아주셨다. 날 믿어주신 만큼 앞으론 좋은 결과를 보여드리고 싶었다.

중학교 입학을 앞두고 있을 무렵, 인생 드라마를 만났다. 우리나라 최초 의학 드라마 '종합병원'이었다. 여주인공이 흰 가운을 펄럭이며 사람들을 치료하는 모습을 숨죽여 지켜보았다. 비디오테이프에 녹화를 해서 테이프가 늘어질 정도로 친구들과 돌려 보았다. 시간이 지나면서 주인공에 대한 동경을 넘어서 미래의 '나'를 그리고 있었다. 사람을 살리는 사람. 생각만 해도 가슴이 뛰었다.

중학생이 되니 학교 봉사활동 시간이 필요했다. 마침 집 가까이

'세브란스 대학병원'이 있었다. 방학 동안 중학생 병원 봉사 프로그램을 운영하고 있었다. 덕분에 2년 반 동안 방학마다 병원에서 허드렛일을 도울 수 있었다. 참여했던 일은 병원 물품 정리, 거즈 접기, 서류 정리 그리고 소아과에서 우는 아이들을 달래기까지 다양했다. 그래도 틈틈이 의사 선생님들 모습을 보며 의사가 되겠다는 꿈은 더욱 선명해져갔다.

고등학교 2학년 여름, 학교에 다녀와서 달콤한 낮잠을 즐기고 있었다.

"지원아, 딸, 일어나! 우리 홍콩 가게 됐어!"

엄마가 나를 흔들어 깨웠다. '이건 또 무슨 말이지?' 꿈인가 싶었다. 수능까지 남은 시간 1년 반. 아빠의 두 번째 해외 발령. 가족은 절대 떨어져 지낼 수 없다고 부모님은 말씀하셨다. 지금 한국을 떠나면 학기제가 달라 고등학교 2학년을 새로 시작해야 했다.

"살다 보면 일 년 늦어지는 건 아무것도 아니야. 넌 어디서든 잘할 거야."

내 속상한 마음을 부모님이 달래주셨다. 그렇게 고등학교 친구들과 작별을 고하고 또다시 한국을 떠났다. 홍콩에서 편입한 학교는 미국계 고등학교였다. 영어로 하는 모든 수업이 낯설었다. 시험 또한 대부분 서술형이었다. 한국식 영어 교육을 받은 나로서는 쉽지 않았다. 하지만 목표를 이루기 위해선 뭐든 열심히 해야 했다. 영어 교과서를 그냥 통째로 암기했다. 덕분에 점점 만족스러운 성적을 받을 수 있었다. 홍콩 고등학교 생활에 고군분투하는 동안 한국에 있던 친구들은 대학생이 되었다. 부러웠다. 조금 돌아가는 것일 뿐 내 꿈도 점점 가까워지고 있었다. 꿈이 반드시 실현되리라는 믿음은 단 한 번도 흔들린 적이 없었다. 노력한 만큼 보상이 있으리라 믿었다.

2002년, 마침내 꿈꾸던 대학생이 되었다. 전주에서 시작한 첫 지방 생활이었다. 부모님은 딸의 첫 독립을 응원해주셨다. 의대 본과 생활은 시험의 연속이었다. 방대한 공부량으로 수많은 밤을 새웠다. 하고 싶던 공부였고 스스로 선택한 길이었다. 하지만 공부를 핑계로 집안의 대소사도 잘 못 챙기는 못난 딸이 되어 있었다. 아빠가 넘어져 무릎뼈를 다치셨을 때도, 엄마가 부인과 수술을 받으러 입원하셨을 때도 그 자리에 함께하지 못했다. 하지만 내가 필요할 땐 서울 집으로 달려갔다. 부모님은 항상 뒤에서 나를 받쳐주는 든든한 기둥이었다.

본과 1학년 여름 방학, 여자 셋이 한 달간 인도와 네팔로 배낭여행을 떠나기로 했다. 당시 인도는 여행지로서 생소했다. "잘 다녀와!" 출국 날 부모님께서 내 등을 두드리며 말씀하셨다. 걱정이 많으셨을 텐데 자세한 건 묻지 않으셨다. 건강한 몸과 돈, 그리고 가이드북 하나 믿고 떠났다. 아무리 힘들어도 의대 시험보다 더 힘들까 싶었다. 새로운 경험 그 자체가 흥분되는 일이었다. 소의 오물이 뒤덮인 거리를 걷고, 뜨거운 태양 아래 타지마할을 느끼고, 네팔 포카라의 맑은 호수에서 노를 저었다. 그렇게 잊지 못할 한 달을 보내고 무사히 귀국한 날, 대학생 딸을 공항까지 마중 나오신 부모님. 안도의 눈빛으로 환하게 딸의 귀국을 환영해주셨다.

스스로에게도 대견했다. 하고자 하는 마음만 있다면 불가능이란 없음을 몸소 체험한 값진 시간이었다. 무엇보다 딸의 도전을 허락해주신 부모님께 감사했다.

2008년 2월, 대학 졸업과 함께 결혼식을 올렸다. 내 나이 27살. 남녀공학 중고등학교에 다니면서 남자 친구 한 번 없던 나였다. 당장 결혼할 것도 아닌데, 남자에 관심을 갖는 건 시간 낭비라 생각했다. 그래서 학창 시절 별명도 '천연기념물'이었다. 그런 내가, 연애 시작 두 달 만에 부모님께 결혼을 선포했다. 본과 4학년 여름이었다. 부모님이 직접 전주에 오셔서 예비 사위에게 술을 따라주셨다. 많은 질문은 하지 않으셨다. 훗날 나도 자식을 기르다 보니 문득 그날이 궁금해졌다. 어떻게 망설임 없이 나의 결정을 따라주셨는지. 아빠가 웃으며 대답하셨다.

"우리 딸이 고른 사람이니까 좋은 사람이겠지. 그냥 믿은 거지."

인생의 수많은 갈림길 앞에서 답은 정해져 있지 않았다. 내가 옳다고 생각하는 길이 답이라고 믿어주는 가족이 있었을 뿐. 덕분에 용기를 내어 더 많이 부딪혀볼 수 있었다. 사랑하는 사람이 쏟아주는 신뢰는 내게 무한한 책임감과 목표 의식을 심어주었다. 무엇보다 중요한 건, 그 과정에서 나도 '인간 고지원'을 믿을 수 있게 되었다는 것이다. 지난 40여 년을 살아오며 후회되는 시간은 없었다. 순간순간들이 다 내가 책임져야 할 선택이었다. 앞으로 주어진 시간들도 내 안에 다져진 든든한 '믿음'이란 땅 위에서 계

속 꽃피우리라. 바람이 있다면, 내 사랑하는 아이들도 당당하고
자신 있게 각자의 인생의 길을 걸어가기를. "엄만, 너희를 믿어, 잘
할 수 있을 거야!"

한 가지는 여러 가지로 된다

- 김하세한

먹을 것이 넉넉하지 않은 집에서 태어나 어린 시절을 보냈다. 나는 엄마와 함께 식사할 수 있는 시간이 거의 없었다. 엄마는 가족의 생계를 위해 이른 아침부터 밤까지 일하셨고, 매끼 식사는 주로 할머니가 챙겨주셨다. 입에 맞지 않으면 반찬은 손도 대지 않고 맨밥만 먹는 때가 많았다. 그 모습을 보며 할머니는 별다른 먹을거리도 없는데 굶어 죽기 좋을 거라며 말씀하셨다. 시간이 지나면서 입에 맛있는 반찬만 골라 먹는 습관은 편식으로 굳어졌다. 성장기 시절 또래보다 유난히 작았던 내 키의 원인은 편식이었음을 뒤늦게 알았다.

우리가 먹는 것은 곧 우리 자신이 된다는 히포크라테스의 말처럼 먹는 행위는 식습관의 문제였다. 편식하는 습관은 나에게 불편함을 주었을 뿐만 아니라 다른 사람들과 식사에서도 문제가 되었다. 식사 메뉴를 정할 때 내가 제외되기도 하고, 다른 사람들은 나의 식성을 배려하느라 원하는 음식을 주문하지 못했다. 처음에는 배려받는다고 여겼지만 여러 번 거듭되니 미안한 마음으로 그 자리가 불편해졌다.

결혼 전 근무하던 회사의 직원 식당은 조리사분들이 직접 배식해주셨다. 그분들에게 나는 편식으로 유명한 사람이었다. 편식의 이유도 다양하여 먹지 않는 반찬이 더 많았다. 그런 날은 밥에 덤으로 얻은 고추장만 먹었다. 당연히 조리사분들의 눈치를 보게되는 점심시간이었다. 또한 당시에는 직원들이 결혼하거나 이사할때는 대부분 집들이를 하였다. 편식을 들키지 않고 가장 편안하게먹을 수 있는 반찬이 김구이였다. 맛있게 먹을 음식을 먹지 못하면서 힘들어했던 나의 모습이 떠오른다.

어릴 적, 올바른 식습관에 대한 제대로 된 교육을 받았다면 어땠을까? 엄마는 항상 농사일과 집안일로 바빠서 우리와 같이 밥먹는 일이 많지 않았다. 또한 집안 형편도 좋지 않아 먹을 것도 없는데 골라 먹으니 편식은 사치처럼 느껴졌으므로, 있으면 먹고 없으면 굶는 일이 당연했다. 형제도 많아 누가 먹고 안 먹는지 알 수도 없는 분위기였다. 자라서 고등학생이 되었을 때 편식의 절정을맞이했다. 라면을 너무도 좋아하여 방학이 되면 아침, 점심, 저녁심지어 야식으로도 먹었다. 그때 먹었던 라면을 줄 세우면 아마서울에서 부산까지 거리가 될 것 같다. 라면의 간편함과 맛에 중독된 듯했다.

결혼 후 아이를 키우면서 편식에 대해 생각하게 되었다. 분유를 먹이다가 이유식을 준비하고 아기가 밥을 먹을 수 있는 시기가 되면서 고민이 생겼다. 내가 먹는 것만 아이에게 먹인다면, 나와 같은 고생스러운 식습관을 물려주게 될까 걱정이 되었다. 아이에게는 나의 잘못된 식습관을 절대로 대물림하고 싶지 않았다.

어떤 방법으로 아이에게 가르쳐야 할지 고민되었다. 지금은 인터넷을 이용한 다양한 매체에서 정보를 얻을 수 있지만 그때는 오로지 육아에 관한 잡지나 책이 유일했다. 그나마 이론적으로는 도움을 받아도 생활에서 실천 가능한 방법이나 성공 사례에 관한 정보는 찾아보기 어려웠다.

아이에게 했던 골고루 먹이는 나의 방법은 세 가지이다. 첫 방법은 식사 준비할 때 아이와 함께하는 방법이다. 재료를 눈으로 보고 만지며 느낄 수 있도록 함께했다. 가령 달걀 장조림을 한다면 삶은 달걀 껍데기를 벗기게 하고, 벗긴 달걀을 냄비에 직접 넣어볼 수 있도록 하였다. 완성된 달걀 장조림을 먹을 때에는 조리 과정을 이야기하며 알려주었다. 그러면 아이는 여느 때보다도 자기 손으로 만들었다는 뿌듯함으로 맛있게 먹었다. 편식을 고려하여 식사 준비 시간을 함께했던 습관이 지금까지도 이어져 아이들은 당연한 것처럼 식사 준비를 함께했다. 이런 걸 일석이조라 하겠다. 아이들과의 식사 시간은 허투루 할 수 없는 시간이었다.

다음 방법은 식탁에 놓인 반찬 앞에 번호표를 놓고, 1번부터 순서대로 먹는 게임을 통해 식사라는 일상을 놀이로 변모시켰다. 특히, 아이들에게 시금치를 먹이기 위해 맛있게 먹는 시늉을 해야 했다. 모든 반찬을 돌아가면서 다 먹고 나면, 아이가 원하는 반찬 하나를 선택할 기회를 준다. 그러면 아이들은 마치 심각한 수학 문제를 푸는 듯한 모습으로 어떤 반찬을 고를지 고민한다. 그 모습이 어찌나 귀여웠던지 지금도 생생히 떠오른다. 몇 번 돌고 나면 식사는 마무리되었고, 결국 식탁 위의 모든 반찬을 차례로 먹을 수 있었다.

마지막 방법으로, 가장 먹기 싫은 반찬을 건너뛰는 기회를 준다. 이를 우리끼리 '한 번 더'와 '패스'라고 불렀다. 이는 아이들에게 선택의 즐거움을 더해주었다. 놀이 같은 식사 시간 덕분에 아이들은 편식 없이 다양한 음식을 즐길 수 있었고, 편식이 심했던 나에게는 힘든 시간이었음에도 가장 행복한 순간들이었다. 그 결과, 세 아이는 음식에 대한 편견 없이 자랐으며, 무턱대고 거부하거나 손사래 치는 일이 없다. 호불호는 존재하지만, 음식으로 인해 불편함을 느끼지 않게 성장한 아이들을 보며 대물림을 끊어냈다는 성취감이 느껴졌다.

아이들은 형태가 없는 찰흙 덩어리와 같다. 외부 환경에 자극받아 조금씩 형태가 만들어진다. 부모는 아이의 선생이다. '눈 쌓인 벌판을 걸어갈 때는 발걸음을 어지러이 하지 마라. 오늘 걷는 나의 이 발자국이 뒤에 오는 이의 길이 되리니.' 서산대사의 말씀이다. 아이들을 키우면서 마음속에 담고 있는 문장이다. 닮기 싫어도 어느 순간 엄마의 모습을 하는 나 자신을 보면서 깜짝깜짝 놀라는 경우가 있다. 내 아이도 의식하지 못하는 사이 나의 행동을 닮아 그대로 할 것이다. 편식을 깨기 위한 육아로 시작한 나의 엄마로서의 본보기는 육아의 모든 면에 영향을 끼쳤다. 서산대사의 말씀처럼 부모는 흰 눈 위를 먼저 걷는 사람이다. 아이에게 길을 만드는 발자국을 남긴다. 아이들의 올바른 식습관 교육을 위하여 시작한 밥상에서의 시간은 엉뚱하게도 다른 방향에서 좋은 점들이 발견되었다. 아이들과 이야기 시간이 늘어났다. 반찬 하나하나의 이야기를 담다 보면 자연스럽게 대화가 이루어졌다. 대화의 내용은 반찬에서 시작하여 친구들에게로, 공부로, 만화 이야기로 어디로 튈지 모른다. 전인교육이라는 것이 이런 것일까 생각한다. 감정이 통하고 이야기가 즐거워 주고받으며 맛있게 먹는 기쁨까지 밥상에서 이루어졌다.

가장 힘들게 하였던 나의 편식 문제가 아이의 올바른 식습관을 형성하도록 했다. 그러면서 나의 편식 습관도 자연스럽게 고쳐졌다. 지금은 그 어떤 음식이라도 맛있게 먹을 수 있는 상태가 되었다. 나로 인하여 비롯될 뻔했던 대물림을 끊어냈을 뿐만 아니라 아예 없애버렸다.

3

가치를 전복시켜라

- 쓰꾸미

주변 사람들의 가치가 아니라, 제 의지대로 살아가고 싶습니다. 제 의지대로 살아가고 싶은 이유는 결과에 대해서 마주하고, 그 결과의 피드백을 받아 성장할 수 있기 때문입니다.

저는 1남 6녀, 마지막 7번째의 아들로 태어났습니다. 아버지, 어머니 모두 땅끝마을 해남 출신이지만, 서울에서 자리를 잡으셨습니다. 아버지의 직업은 경찰관이었습니다. 어머니는 전업주부였지요. 공무원 월급으로 가족 9명이 살았습니다. 제 초등학교 시절, 1990년대는 도시락을 들고 다녔습니다. 초등학교 3학년 11월쯤, 등교 후에 머리가 너무 아파서 양호실에 갔습니다. 체온을 측정해보니 38도까지 올라갔습니다. 그날 아침에 감기약을 먹고 등교했지만, 점심시간 전에 다시 열이 올랐습니다. 열 때문에 좋아하는 도시락을 못 먹었지요. 어머니가 싸준 도시락을 버리지도 못해서 고민하고 있을 때, 선생님이 제 도시락을 대신 드셔주신다고 하셨습니다. 선생님은 도시락 뚜껑을 열자마자, "밥이 쌀밥이 아니네"라고 말씀하셨습니다. 쌀과 보리를 일대일로 넣어서 지은 밥이었습니다. 성장기에 있는 누나들과 제가 저녁 한 끼로 라면 10개를 끓여 먹고 밥까지 말아 먹었습니다. 7남매들을 배불리 먹이기 위해서 쌀과 보리를 섞어 식비의 문제를 해결하시는 어머니의 지혜였습니다.

집 주변은 항상 소란스러웠습니다. 비가 오면, 집 안에서 검은 담요 위에 그려진 같은 항아리만 밟으며 술래잡기와 비슷한 항아리 밟기 놀이하였습니다. 날씨가 좋으면, 집 앞 골목길에서 사방치기, 다방구, 얼음땡, 고무줄놀이를 하며 소리 지르고 운동장처럼 뛰어놉니다. 저, 누나, 동네 친구들이 하나둘 집 앞으로 모입니다. 그렇게 집 앞 골목길을 시끌벅적하게 만듭니다. 어렸을 때부터 지기 싫어했습니다. 사방치기를 합니다. 돌을 던지려 할 때, 누나는 저에게 자세를 낮추라고 말합니다. 저는 "응"이라고 대답하지만, 여전히 똑바로 서서 돌을 던집니다. 결과는 돌이 바닥에 부딪히고 밖으로 굴러서 나갑니다. 그래서 누나가 제 이름을 부르면서 화를 내지요. 그렇게 우리 팀이 졌습니다. 누나가 말합니다. 자기 말을 듣고 좀 따르라고요. 그래서 실패하고, 혼나고, 따르기 시작하니 이기기도 합니다. 질 때도 있지만, 혼나지 않으니 기분이 덜 나쁩니다. 그러니 누나의 조언을 듣기 시작합니다. 그렇게 알게 모르게 놀이뿐 아니라 생활에서도 누나들의 의견을 따랐습니다. 누나들의 말을 안 따르면 크게 혼났지요. 놀 때나 일상에서 누나들 의견에 토를 달지도 못 합니다. 그러니 부모님과 다른 의견을 내기란 더 불가능했습니다.

중고등학생이었을 때, 부모님이 공부하라고 말씀하셨습니다. 그래서 반항하지 않고 공부하며 중고등학생 시절을 보냈습니다. 그런데 공부를 뛰어나게 잘하지는 못했습니다. 그리고 수능을 보고, 성적에 맞추어서 대학교에 들어갔습니다. 대학 졸업 시기에는 부지런히 취업 지원서를 넣었습니다. 그리고 지금의 직업, 엔지니어라는 직업을 갖게 되었습니다. 어려서부터 회사 다닐 때까지, 저는 부모님과 가족들이 반대하는 것을 거스르지 않고 따르며 살았습니다. 시간이 지나고 보니, 제가 원하는 것을 이루면서 사는 것이 아니라 주변 환경에 맞추어가면서 살아가고 있는 저를 발견했습니다. 그때가 30대 후반이었습니다.

28살에 결혼해서 남편이 되었습니다. 아들과 딸의 아버지도 되었지요. 회사 다니면서 월급을 받았습니다. 이렇게 한 집안의 가장이 되었음에도 가족에게 의견을 묻고 따르며 살았습니다. 왠지 결정을 남에게 미루고, 그 결과가 잘못되었을 때 그 사람을 탓하면 마음이 가벼워질 것 같았습니다. 어리고 무책임한 마음이었습니다. 내 마음 하나 편해지고자 중요한 결정을 부모님에게 미루고 뒤로 숨었습니다. 그러다가 2017년 어머니께서 복막암으로 2년 정도의 투병을 하시고 돌아가셨습니다. 어머니의 투병 생활 기간, 모든 것이 미숙하였습니다. 항암 치료 병원 선택, 치료 일정 정하기, 간병인 선정, 치료를 계속할지 결정하기 등 무엇이 맞는지 모르는 선택을 계속했습니다. 그리고 어머니가 돌아가신 후엔, 끝난 줄 알았습니다. 그런데 더 큰 선택과 결정들이 몰려왔습니다. 장례식장 선택, 화장 장소, 수목장 결정, 어머니 유품 및 유산 정리. 직계 가족의 죽음을 처음 접해봐서 마음의 여유가 없었습니다. 정답도 없는 결정들에 대해 한정된 시간과 돈으로 문제를 해결해야 했습니다. 힘든 순간에 항상 저에게 적절한 조언과 지혜를 주셨던 어머니. 그 어머니의 장례를 치르는 것이어서 더 방황하였습니다. 죽으면 끝이라고 생각했지요. 죽으면 죽은 당사자만 끝이지, 남아 있는 사람들에게는 짐이 될 수도 있다는 것을 그때 알게 되었습니다. 죽음 뒤에 그렇게 많은 일이 숨겨져 있는지 몰랐습니다. 그때의 제 감정은, 다른 누군가로부터 결정하라고 강요받는 느낌이었습니다. 살아가는 느낌이 아니라 하루하루를 주변 상황에 등 뒤를 떠밀려 가는 느낌이었습니다. 넘어지지 않기 위해 버티는 느낌이었습니다. 몸만 어른이었습니다. 생각과 처신은 어린아이와 같았습니다. 그래서 방황하였습니다. 이때 문자가 하나가 도착했습니다. 그 문자는 어머니 앞으로 미납된 세금이 하나도 없다는 문자였습니다. 부끄러웠습니다. 왜 저에게 힘든 일이 발생한 것인지 세상을 원망하고 있었는데, 어머니가 저에게 본인처럼 책임지는 삶을 살면 된다고 알려주시려고 문자를 보내주신 것 같았습니다.

시간이 지나고 보니, 방황하는 시간은 성장의 시간이었습니다. 어머니가 돌아가시기 전까지 열심히만 하면 된다고 생각하였습니다. 학창 시절에 시험을 보더라도 열심히만 하면 성적이 나쁘지 않게 나왔습니다. 그러니, 청소년 시절에 해결하였던 방법이 어른이 되어서도 최고의 방법이라 믿었습니다. 불안감을 없애기 위해서 더 열심히만 하였던 것 같습니다. 아침에 별을 보고 출근을 하고, 새벽에 별을 보면서 퇴근하였습니다. 열심히 한 결과가 자택 대기였습니다. 회사의 경영 상태가 좋지 않았을 때, 저의 노력과는 관계가 없이 자택 대기 발령이 났습니다. 이때 제가 선택한 '열심히만'은 올바른 선택이 아니라는 것을 알았습니다. 그리고 이 자택 대기 기간이 어머니의 초기 항암 치료와 겹쳤습니다. 제 주변의 모든 것이 부정적이었습니다. 자신이 바뀌지 않으면 부정의 늪에서 벗어날 수 없었던 시기였습니다. 그때가 삶의 기반, 땅을 다지는 시간이었습니다.

땅을 다지는 시간 동안, 가질 수 있던 부분은 3가지였습니다.

첫째, 수용입니다. 나쁜 상황에 대해서 부정하지 않고 받아들이는 것이 시작이었습니다. 나쁘다고 피하지 않고 있는 그대로 받아들여야 다시 시작할 수 있었습니다. 자택 대기, 어머니의 항암 치료라는 것을 받아들이고 나서 변화에 대해서 생각할 수 있었습니다.

둘째, 메타인지입니다. 바꿀 수 있는 것과 없는 것을 구분했습니다. 자택 대기, 어머니의 복막암은 바꿀 수 없습니다. 바꿀 수 있는 것, 어머니는 항암 치료를 하느라 집에서 병원까지 주기적으로 다니셔야 했습니다. 이 통원을 자택 대기하는 동안, 제가 전담해서 할 수 있는 시간으로 사용했습니다.

셋째, 현재 상황을 '된다'라는 가정에서 시작해야 문제를 풀 수 있다는 것입니다. 자택 대기가 끝나고, 회사에 다니기 시작하니 문제를 마주했습니다. 평일 낮에 어머니를 돌볼 수 있는 사람이 없다는 점입니다. '된다'라는 가정에서 방법을 찾기 시작하니, 국가에서 노인장기요양보험제도를 이용할 수 있었습니다. 이 제도를 이용해서 낮 시간대에 어머니의 보호 문제를 해결할 수 있었습니다.

　결과에 흔들리지 않고 성장하는 삶을 살기 위해서는 본인의 의지를 삶에 반영해야 합니다. 열심히 일하고, 살았습니다. 그러나 열심히 살아온 방향과 선택한 방법은 주변 사람들이 원하는 가치였습니다. 그 가치가 항상 저와 맞는 것은 아니었습니다. 제가 선택한 가치가 아니므로, 위기나 어려움이 오면 흔들리고 절망했습니다. 실패라도 하게 되면, 다시 시작하는 것은 어려운 일이었습니다. 제가 원하던 가치가 아니다 보니, 포기하지 않고 결과를 만들기는 더 힘들었습니다. 이제는 저의 행복을 위해 주변 사람들이 가치가 있다고 하는 것을 버렸습니다. 그리고 그 버린 자리에 제가 찾은 가치로 채웠습니다. 오늘도 제 삶에 제가 찾은 가치를 채우기 위해서 제가 할 수 있는 것을 찾아서 실천해봅니다.

결혼은 비상탈출구(EXIT)

- 이미란

어린 시절부터 이상적인 결혼을 꿈꿔왔다. '백마 탄 왕자님을 만나 결혼해서 행복하게 살았습니다'라는 동화 같은 결말이 내 이야기이길 간절히 바랐다. 평범한 남자 만나서 아이 낳고 단란한 가정을 꾸리는 것, 내 인생 마지막 목표였다. 고요하고 안정된 유년 시절, 평탄한 길로 많은 사랑을 받으며 자랐다. 듬직한 소방관 아버지와 소박한 어머니 사이 1남 1녀 중 막내딸이다. 일손이 부족한 시골 농사도 자식만큼은 고생시키고 싶지 않다며 부모님께서는 땡볕에 고추 한 번을 못 따게 하셨다.

엄마는 시골에서 읍내까지 6년 동안 피아노 학원에 보내셨다. 이유는 단 하나, 피아노 배워서 피아노 학원 원장을 하라고 하셨다. 이미 내 직업을 택해주신 엄마는 딸이 할 수 있는 안정선에서 최고 직업을 그려주셨다. 응원에 힘입어 아버지는 고가의 영창 피아노를 선물해주셨다. 하지만 부모님의 기대와 달리 피아노에 소질이 없었다. 어른이 된 지금도 6년 동안 친구들과 놀았던 추억,

크리스마스 때 받았던 고깔 과자 선물만 기억난다. 피아노 실력과 맞바꾼 사교성으로 학창 시절 반장, 부반장을 역임했다. 그렇게 사랑 속에서 행복했고, 세상은 늘 따뜻하고 안전한 곳일 거라 믿었다.

사촌 언니가 유치원 교사였는데 공무원 집안에 시집을 갔다. 유치원 선생님은 남자들이 선호하는 직업이라 결혼을 잘했다는 생각이 들었다. 안전지대에 맞춘 결혼과 직업, 모든 것이 내 인생의 목표처럼 보였다. 그러나 정작 내가 원했던 것은 무엇이었을까? 그 질문을 자주 던졌지만, 답은 늘 모호했다. 고등학교 3학년 진로 상담을 해주신 선생님께서 10년 후에는 저출산 시대라며 유아교육과 대신 노인 관련 학과와 의료 관련 학과를 추천해주셨다. 하지만 나는 확고한 의지로 유아교육과에 진학하여 높은 점수로 졸업하였다. 이후 유치원에 취업하여 6세 담임교사를 맡았다.

유치원 교사로 일하면서 아이들과 보내는 시간이 즐겁기는 했지만, 때때로 인생이 정말 이 길이 맞는지 의문이 들었다. 사회생활을 하면서 인생의 1평짜리 땅이 다져졌다. 땅을 다지고 밭을 일구며 농작물을 키우는 일은 힘겹다. 거짓 없이 정성껏 돌봐야 한다. 나는 정직한 농사를 싫어한다. 땀 흘리며 일하는 과정이 싫다. 평탄하고 안전한 생활에 만족한 인생이라 땀 흘려 얻은 쓴 열매의 맛을 몰랐다.

현장에서 학부모 상담은 교사의 가장 힘든 일 중 하나였다. 일을 하며 학부모 상담은 큰 부담이다. 1학기 상담을 마쳤다. 상담을 끝낸 학부모님이 원장님과 면담 요청을 했다. 불안한 마음을 감춘 채 교무실 밖을 서성였다. 울고 계신 우리 반 아이의 어머니를 보며 심각한 상황임을 짐작할 수 있었다. 상담이 끝난 후 고개를 숙이고 나가는 어머니 바로 뒤에 원장님의 불호령과 함께 원장실로 불려 갔다. 왜 밥을 적게 주었냐며 나무라셨다. 아이가 밥을 적게 달라고 이야기해서 밥을 적게 주었다고 이야기했을 뿐인데 그 부분이 무척 속상하셨다고 한다. 아이 말만 듣고 밥을 적게 주었다고 교사의 잘못으로 몰아갔다. 점심을 적게 먹으면 오후에는 배가 고플 거라는 생각을 못 하고 밥을 적게 준 초임 교사의 실수가 되었다.

내 아이가 아니라서 그랬을 거라는 엄마의 오해도 있었다. 작은 일에도 부모의 마음은 흔들렸다. 그 섬세한 마음을 헤아리지 못했다. 그날의 경험은 나를 성장시켰다. 교사로서 더 유연해지기를, 더 깊이 이해하기를 원했고, 나는 좀 더 나은 교사가 되기 위해 노력했다.

버스를 타고 30분의 출근 거리인 다른 유치원으로 이직하며 나 자신에게 도전장 내밀었다. 가까운 직장이 최고였던 생각을 깨고 환경을 바꾼 것이다. 새로 이직한 유치원은 교사 자질을 중요시했다. 매달 1회 토요일 아침 9시에 모여 교사 수업 및 독서 토론을 했다. 황금 같은 토요일 시간을 자기 계발과 맞바꿨다. 그렇게 경력과 자질이 다듬어졌다.

아이들에게 "하지 마"라고 명령하는 대신 "이렇게 해 보자"의 순화된 말투로 바꾸었다. 원감님의 권유로 배움을 이어갔다. 3년제 졸업장에서 학점은행제를 통해 1년 더 공부하여 4년제 졸업장을 땄다. 직장에서 야간에 학교를 다닐 수 있도록 배려해준 덕분이다. 직원에 대한 배려가 없었다면 내 의지로는 절대 할 수 없었다. 더 나은 삶을 위해 한 계단 성장하는 나로 변화되고 있었다.

어느 날이었다. 내 아이를 향해 손 흔들며 인사하는 엄마들이 부러웠다. 편한 옷과 화장기 없는 얼굴이 무척 편해 보였다. '나도 결혼해서 애 낳고 집에서 쉬고 싶다. 나는 언제쯤 푹 쉴 수 있을까? 그래, 결혼하자.' 결혼이 정답이었다. 여전히 내 안에는 결혼에 대한 갈망이 있었다. 30살 전, 미혼 여자는 고물차 같았다. 28살, 수많은 소개팅을 했지만, 인연을 찾지 못했다. 퇴근 후 신나는 금요일 밤, 직장 동료들과 호프집에서 회포를 풀었다. 옆자리에 있던 모르는 남성이 지금의 남편이 될 줄 몰랐다. 따뜻하고 자상한 남자다. 드디어 내 꿈이 실현될 순간이 왔다.

2년 정도 연애하고 결혼 이야기가 오갔다. 각자의 경제력을 밝히면서 우리 둘 사이가 삐걱거리기 시작했다. 모아둔 돈이 없어서 결혼을 4년이나 미루자는 것이다. 여자에게 4년을 기다리라는 것은 헤어지자는 것과 똑같은 것 아닌가? 양쪽 돈을 합쳐서 결혼해야 한다고 고집을 부렸다. 부담을 느낀 남편이 헤어지자고 했다. 나는 앉은 자리에서 소주 한 병을 들이켰다. 결혼할 거면 당장 하고, 하지 않을 거면 그만두자고 화를 냈다. 마음 약한 남편이 백기를 들었다. 우리는 서로의 손을 놓지 않았고, 결혼이라는 새로운 시작을 함께했다. 먼저 결혼한 친오빠의 조언으로 혼인신고부터 하고 대출받아 천안시 불당동 25평짜리 아파트를 매매했다. 결혼식을 올린 후 신축 아파트에 입주하여 행복한 신혼생활을 시작했다.

드디어 나의 인생에 25평짜리 땅이 다져졌다. 인생의 결실, 결혼에 골인했다. 드디어 나도 직장을 그만둘 합리적 이유가 생겼다. 그렇게 남편의 넓고 듬직한 어깨 위에 내 인생을 올려놓았다. 그러나 그때는 왜 몰랐을까? 결혼은 내 인생의 새로운 시작이라는 것을.

5

기차로 떠난 수학여행

- 이상임

　아침 9시, 집을 나선다. 차가 도로에 들어서자마자 수령 70년 된 플라타너스 가로수 길이 눈앞에 펼쳐진다. 오래된 나무들이 만들어내는 초록빛 터널을 지날 때마다 잔잔한 안도감이 느껴진다. 가로수 길이 끝나는 곳에서 우회전하여 청주 3차 우회도로, 17번 국도에 올라탄다. 이곳은 자동차 전용도로라 신호 없이 쭉 달릴 수 있어 기분이 상쾌하다.

　라디오를 켜면 '여성시대'가 흘러나온다. 음악과 사연이 차 안을 채우며 여유로운 아침의 정취를 더한다. 집에서 출발해 5분 정도 달리면 충북선 철도와 나란히 달리는 구간이 나온다. 때로는 화물열차와, 대부분은 서울로 향하는 정기 열차와 마주친다.

　기차가 건널목을 지날 때 들려오는 "빵" 하는 기적 소리. 그 소리가 들리면 마음 깊은 곳에서 어린 시절의 따뜻한 기억들이 떠오른다. 늘 같은 출근길이지만, 기적 소리 하나에 어린 시절로 돌아가는 정겨운 순간이 담긴 길이다.

고향 충주의 작은 마을, 기적 소리와 함께 아침이 시작되던 그 곳. 고향집 앞으로 철길이 있어 1㎞ 남짓 떨어진 거리에서도 늘 기차 소리가 들렸다. 특히 화물열차가 단양에서 실어 나르는 시멘트를 싣고 지날 때면 '○○시멘트'라고 적힌 커다란 원통들이 덜컹거리는 소리를 내며 마을을 흔들었다. 그 큰 소리마저도 이제는 정겹고 그리운 소리로 남아 있다.

새마을운동이 활발하던 시절, 나는 국민학교에 다녔다. 그때는 동네 친구들이 하나둘 모여 집을 나서면 일렬로 서서 등굣길을 나서곤 했다. 학교 가려면 꼭 언덕진 철도 건널목을 지나야 했다. 멀리서 기차가 오면 "빵빵!" 울리는 경종 소리가 커져오고, 경종이 두 번 울릴 때면 그 소리에 귀가 먹먹해질 정도였다.

그리고 우리 동네 가까이엔 달래강이 있었다. 철다리 밑에서 친구들과 물고기와 다슬기를 잡으며 놀던 날들이 아직도 선명하다. 개구쟁이 친구들은 철로 위에 대못을 올려놓고 기차가 지나간 후 납작해진 못을 들고 겨울이면 썰매에 박는 장난을 즐기곤 했다.

시골 냄새 물씬 나는 그 시절, 모두가 함께 어울리던 따뜻한 그 시간이 마음속에서 잊히지 않는다.

4학년 겨울방학, 나는 강원도 평창군 하진부에서 충주로 전학을 왔다. 내가 어릴 적 아버지는 충주에서 하진부 처가로 이사해 강원도의 옥수수와 감자를 트럭에 싣고 유통하며 생계를 꾸리셨다. 그러던 중 뜻하지 않은 사고로 사업을 접게 되면서, 우리 가족은 충주로 다시 이사하게 되었다.

충주에는 할머니가 계셨다. 힘든 상황에 우리를 거두어주신 할머니 덕분에 기찻길 옆 동네에 자리 잡은 작은 집에서 새로운 삶을 시작할 수 있었다. 그곳에서 나는 처음으로 기차를 마주했다. 크고 무거운 소리를 내며 지나가는 화물열차, 가끔씩 나타나는 여객열차. 열차가 다가올 때면 동네 아이들과 함께 선로 옆에 서서 지나가는 사람들에게 손을 흔들어주었다. 논밭에서 일하시던 농부들도 기차가 지나갈 때마다 허리를 펴고 손을 흔들어주던 모습이 참 따뜻하고 인상 깊었다.

그 모습들을 보며 마음속 깊이 부러움이 일었다. '나도 언젠가 기차를 타고 싶다, 기차 안에서 손을 흔드는 사람이 되고 싶다' 하는 작은 꿈을 품었던 그 시절이 떠오른다.

1973년, 6학년 여름. 학교에서 수학여행 통신문을 받아든 그 순간의 설렘은 이루 말할 수 없었다. 더군다나 그토록 바라던 기차를 타고 여행을 간다니, 꿈만 같았다. 하지만 문제는 수학여행비였다. 집안 형편을 알기에 마음이 조마조마했다. '어떻게 해야 수학여행을 갈 수 있을까' 하며 속으로 애를 태우던 그때, 선생님이 가정방문을 오셨다. 여행비 때문이었는지 모르지만, 선생님은 엄마와 이야기를 나누셨고, 그 덕분에 나는 드디어 수학여행에 갈 수 있었다.

가을, 설레는 마음으로 충주역에서 처음 기차에 올랐다. 내 생애 첫 여행이었다. 그 시절엔 가족여행 같은 개념도 모르고 지냈던 시기라, 그저 기차를 타는 것만으로도 벅찬 기쁨이 차올랐다. 목적지는 경주와 부산이었지만, 나에게는 목적지보다 기차 여행 자체가 더 중요했다.

기차 안에는 아이들을 따라 나온 몇몇 어른도 있었다. 할머니 손을 잡고 온 아이들이 부럽고, 어딘가 조금은 질투도 났다. 기차에 오르자마자 "이 열차는 충북선 제천행 열차입니다"라는 안내 방송이 울려 퍼졌다.

제천에서 정차 후 다른 열차와 연결한다는 설명이 이어졌고, 기차는 다시 속도를 내며 달리기 시작했다.

옆자리의 친구 할머니가 역마다 이름을 적으라고 해, 나도 하나하나 기록하기 시작했다. 한참을 달리던 열차가 어느 순간 덜컹거리는 소리와 함께 멈추었을 때는 심장이 철렁 내려앉았다. 무엇인가 고장이라도 난 것일까 두려움이 몰려오는 그 순간, 역무원의 차분한 안내 방송이 나왔다. "이 열차는 산을 넘어가야 해서 몇 번 앞뒤로 이동합니다. 기차가 산을 넘을 때까지 자리에 앉아 계시기 바랍니다."

철컹거리는 소리와 함께 산을 오르는 기차의 움직임, 낯설고 약간은 무서운 순간이었지만 그 모든 게 낯선 첫 여행의 한 장면으로 남았다.

그 시절, 기차의 화력이 부족했던 탓에 태백 산지를 넘을 때는 여객열차에 다른 열차가 앞뒤로 붙어 밀고 당기며 왕복해야 했다. 그 구간을 '스위치백 구간'이라고 부르며, 그 특유의 덜컹거림과 움직임이 기차 여행의 또 다른 기억으로 남아 있다.

저녁 무렵 경주에 도착했을 때의 설렘도 여전히 생생하다. 기차 역을 빠져나와 관광버스에 올라타고 향한 식당, 넓은 공간에 놓인 식판에 담아진 밥과 반찬, 수학여행의 첫 끼니였다. 밤이 되자 15~20명씩 배정된 단체 숙소에서 모두가 함께 잠을 청했다. 남자 방과 여자 방이 따로 나뉘고, 선생님께서 내일 새벽 6시에 일어나야 한다며 일찍 자라고 하셨지만, 친구들과 한 방에 있는 첫날밤이라 쉽게 잠이 오지 않았다.

베개 싸움과 손 놀이로 웃음이 끊이지 않았던 그 밤의 기억, 초등학교 졸업앨범 속에 남은 사진들로 남아 있는 소중한 추억이 되었다. 그 순간들을 떠올리면 어린 날의 설렘과 함께, 마음 한구석이 따스해진다.

아침 일찍, 아직 밤의 어둠이 가시지 않은 시간에 선생님이 우리를 깨우셨다. 부스스 눈을 비비며 일어나, 어둑한 새벽을 가로지르는 관광버스를 타고 토함산으로 향했다. 석굴암 앞에 앉아 부처님이 바라보는 방향으로 고개를 맞추고, 서로 팔짱을 끼고 차가운 새벽 공기를 견디며 기다렸다. 이윽고 먼 바다에서 붉은 태양이 서서히 떠오르기 시작했다. 노란 빛이 주황빛으로 변하더니 마침내 둥실 떠오르는 태양에 우리는 환호를 질렀다. 매일 뜨는 해가 이렇게 아름다울 수 있다니, 감탄이 절로 나왔다. 선생님이 이 장면을 보여주고 싶어 하셨던 이유를 비로소 알 것 같았다. 그때의 일출은 지금도 잊히지 않는다.

그 시절, 초등학생의 눈에 비친 석굴암은 웅장하고 장엄했지만,

몇 해 전 다시 찾은 석굴암은 유리관에 정돈된 전시품처럼 느껴졌다. 예전의 그 장엄함이 사라지고 거리가 느껴져 조금은 답답한 마음이 들었다. 이어 불국사에 들렀다. 교과서 속에서 보았던 백운교와 청운교, 석가탑, 다보탑이 그대로였다. 아사달과 아사녀의 설화가 떠오르며, 그 앞에서 수학여행 기념사진을 찍었다. 졸업앨범 속 그 사진은 너무 작아 내 모습을 찾을 수 없었지만, 경주를 다시 찾을 때마다 그 시절의 기억이 선명하게 떠오른다.

어린 시절, 초등학교 수학여행이 내게는 처음 떠나는 진짜 여행이었다. 기차가 철로에 다가설 때, 가슴속에서 솟아오르는 설렘과 호기심은 말로 표현할 수 없었다.

여행 중 가장 기억에 남는 순간은 태백 산지를 넘던 '스위치백 구간'에서였다. 그 구간을 오르는 기차의 덜컹거림과 한 걸음 한 걸음 어렵게 나아가던 진동이 기차 전체에 울려 퍼졌다.

그 순간의 기억은 내 마음속 여행의 사진첩에 오래도록 남아 있다. 지금 내가 여행과 관련된 일을 하고, 여행을 사랑하는 이유를 되짚어보면, 그 시작은 바로 어릴 적 기차에 몸을 싣고 나섰던 첫 여행에 있다.

6

우물 안 태안 개구리

- 이은진

　존경하는 인물은 세종대왕, 장래 희망은 선생님.

　어린 시절, 학생기록부에 적혀 있는 '선생님'이라는 직업은 나에게 그 무엇보다 멋져 보였다. 선생님은 지식을 전파하고, 학생들을 올바른 길로 인도하는 역할을 맡고 있었기 때문이다. 이러한 존경심과 동경심은 초등학생 때부터 시작되었고, 이후에도 나의 진로에 큰 영향을 미쳤다.

　학생의 본분은 공부하는 것이라는 강한 믿음 아래, 학교에 가는 것이 나의 일상이었다. 하루라도 학교에 가지 않으면 무슨 일이라도 일어난 것처럼 느껴졌다. 아프더라도 학교에 가야 했고, 덕분에 나는 6년 개근상을 받았다. 이러한 성실함은 중학교와 고등학교에서도 이어져, 내게 주어진 개근상은 그저 수동적으로 학교에 다니는 것만으로도 얻을 수 있었다. 평범하고 성실하게 지내던 시절, 내 마음속에는 자아를 찾기 위한 질문이 없었다.

학원 다닌 기억이 없다. 유일한 나의 학원은 초등학교 2학년 때 피아노 학원이다. 동네에 유일한 학원이었고 다른 친구들이 다니다기에 잠깐 다녔다. 그만둔 이유는 재능이 없어서가 아니다. 학원비 봉투를 잃어버려서이다. 지금 생각하면 정말 어이없기만 하다. 매달 말일 피아노 학원 선생님은 학원비 받을 봉투를 학생들에게 직접 주었다. 그런데 집에 와서 피아노 가방을 뒤적거렸는데 피아노 학원비 봉투가 사라졌다. 머리가 하얘졌다. 어디에서 잃어버렸지? 집에 오는 길에 흘렸나? 학원비 봉투 잃어버리면 학원비를 학원에 내지 못하는 줄 알고 재미가 없어 그만 다니고 싶다고 부모님께 이야기했다.

부모님은 밤낮 시골에서 일하시느라 교육적으로 관심을 두지 않으셨기에 내가 하고 싶지 않다고 하면 억지로 시키지 않으셨다. 초등학생이지만 이런 작은 기억과 추억이 떠오르는 이유는, 그때 만일 꾸준히 피아노 배웠다면 나의 예능 능력이 한 가지는 더 있지 않았을까 하는 아쉬움 때문이다. 돈이 들어 있던 봉투도 아니고 그냥 빈 봉투였을 뿐인데, 솔직한 나의 마음을 표현하지 못한 마음이 아쉽기만 하다. 그때부터 피하고 감추는 회피적 성향이 있었는지도 모른다.

고등학교에 진학하면서 나는 인문계 고등학교로 향했다. 그곳에서 좋은 대학교에 입학하고, 졸업 후 좋은 직장에 취업하며 성공적인 삶을 살 것이라는 꿈을 꾸었다. 그러나 현실은 내 기대와는 달랐다. 충남 태안에서는 자부심을 느끼는 학교였지만, 고등학교

1학년 1학기 성적은 중하위권에 머물렀다. 중학교 때와는 차원이 다른 과목의 세분화와 깊이가 내게는 큰 도전이었다. 고등학교 2학년, 문과와 이과로 나뉘어졌다. 국어, 영어, 수학은 공통과목이지만 문과는 사회, 이과는 과학을 더 배우게 된다. 나는 어릴 적부터 과학에 대한 호기심이 있었고, 수학적 사고가 필요하다고 생각해 이과를 선택했다. 그러나 내가 좋아하고 잘하는 것, 그리고 진정한 꿈에 대해서는 고민해본 적이 없었다. 열심히 공부하는 것 같았지만, 내 집중력은 흩어져 있었다. 그저 시간이 흘러가는 대로 살아갔다.

고등학교는 나에게 대학 입학을 위한, 그리고 수능을 위한 공부를 요구하는 곳이었다. 아침 8시부터 밤 11시까지 학교에 있었고, 공부를 잘하는 학생으로 인정받기 위해 선생님들은 강제적으로 공부를 시켰다. 나는 반항 없이 따르기만 했다. 가끔은 야간 자율학습을 빠지고 싶었지만, 양심상 자주 빠지지는 못했다. 그러나 이 과정에서 나는 나 자신을 잃어갔다.

이 시절, 부모님은 농사를 지으며 바쁘셨기에 나의 공부에 큰 관심을 쏟지 못했다. 나를 믿고 지원해주었지만, 나는 그 기대에 부응하기 위해 혼자서 공부에 매진해야 했다. 아파도 학교에 가야 했고, 개근하지 않으면 큰일이 날 것만 같았다. 학생의 본분은 공부라는 생각이 나를 계속해서 몰아붙였다. 그러나 결과는 중하위권의 성적에 머물렀고, 꿈과 열정이 없는 나의 학창 시절은 소극적이었다. 매일 반복되는 일상에서 내가 누구인지에 대한 고민은 전혀 없었다.

지금 와서 생각해보면, 고등학교 시절은 나만의 꿈을 찾지 못하고 대세에 휘둘리며 표류하는 것 같았다. 그래서 나는 한 번쯤 자신에 대해 깊이 생각해보아야 한다고 느낀다. 공부도 중요하지만, 다양한 경험을 통해 나의 시각을 넓혀가는 것이 필요하다고 생각했다. 지금도 늦지 않았다. 과거에 나의 진로와 꿈을 고민하지 않았던 것에 대한 후회가 컸다. 그 또한 나의 성장 과정이었다. 현재의 나를 돌아보고, 내가 진정으로 하고 싶은 것과 좋아하는 것을 찾아가는 여정을 시작해야 한다. 새로운 경험을 통해 나를 적극적으로 찾아가고, 한 발짝 더 나아가서 괜찮은 사람으로 성장할 수 있다.

내가 꿈을 찾지 못하고 방황했던 이유는 적극적인 자극이 없었기에 방황하지 않았나 싶다. 그저 학교 다니고 학원 다니면서 부모님이 시키는 대로, 하라는 대로 살았던 시절이었다. 공부하라고 하면 공부했고 학교 가라고 하면 학교 다녔던 시절의 모습은 시키는 대로 그냥 살았던 시절이었다. 그저 하루하루 부모님이나 선생님이 하라는 대로 따르던 시절이었다.

이런 성찰의 과정을 통해 나는 꿈을 찾아가는 길이 단순한 목표가 아니라, 나 자신을 이해하고 성장시키는 소중한 과정이라는 것을 깨달았다. 앞으로도 나의 꿈을 향해 나아가며, 세종대왕처럼 지혜롭게, 선생님처럼 따뜻하게 사람들을 돕는 사람이 되고 싶다. 그리고 무엇을 배울 기회가 생긴다면 적극적으로 피하지 않고 도전해볼 것이다. 기회는 놓치면 다시 오지 않기 때문이다.

어두운 터널을 지나다

- 이주민

윤정이, 윤찬이의 어린 시절은 소꿉놀이하는 듯했다. 귀엽고 예쁜 모습, 우스꽝스러운 행동 하나도 놓치지 않고 사진으로 남겼다. 아이들의 존재만으로도 양쪽 집안은 웃음꽃을 피웠다.

윤정이의 초등학교 입학 통지서를 받았다. 어느새 성장해서 책가방을 메고 학교에 가다니. 신기하기도 하고 기쁘기도 했다. 새로운 시작에 설레는 마음도 잠시, 성적을 매기는 학교생활을 생각하니 입시 걱정이 되었다. 사회생활 해보니 학력도 무시할 순 없다. 학원이 답은 아니었다. 나도 학창 시절에 학원, 과외 다녀봐서 안다. 공부는 의지가 있어야 한다.

윤정이가 초등학교 입학한 날, 피아노와 미술 학원에 보냈다. 집에서는 독서 수업을 했다. 시간 될 때마다 미술관과 박물관, 민속촌에 다녔다. 아이들은 미술관에서 작품 관람하는 시늉도 한다. 민속촌에서는 구석구석 다니며 체험했다. 아이들이 내성적이라 다양한 체험을 할 수 있도록 노력했다. 네일숍에 처음 갔을 땐 내가 손톱 색을 골라주었지만, 나중엔 윤정이가 색과 디자인을 선택했다. 아이들이 많은 경험을 하고 스스로 결정할 수 있는 사람이길 바랐다. 초등학교 때는 잘 놀고, 많은 경험이 필요하다. 그런 시간이 학교생활에 도움이 된다고 생각했다. 사교육보다는 책과 사회 경험에 중점을 두었다.

현실은 내 생각과 달랐다. 엄마의 계획대로 아이들이 움직이지 않았다. 윤정이는 피아노, 미술 학원이 끝나면 학원에 다니지 않는 친구들과 노는 걸 즐겼다. 친구들과 어울리면서 무단횡단을 하고 집에서 먼 곳까지 가기도 했다. 겁이 없어졌다. 군것질할 돈도 더 필요로 했다.

주변에서 윤정이를 걱정하는 이야기를 들었다. 윤정이가 사귀는 '친구'에 대한 고민이 생겼다. 치과나 이비인후과 간다는 핑계로 친구와 놀지 못하게 했다. 키즈카페나 찜질방에 가기도 했다. 친구들과 놀 시간이 안 맞는 듯 자연스럽게 떨어트렸다.

독서 논술 공부하는 선생님 모임에서 자녀들을 데리고 수업했었다. 강남에서 논술 수업을 하는 선생님은 학생을 참석시켰다. 초등 3학년부터 중학생이 섞인 7명의 아이가 수업에 참여했다. 중학생들은 나이 어린 동생들을 챙겨주며 모두가 즐거운 수업을 했다. 쉬는 시간에는 합성어 끝말잇기를 하고 합성어를 모르는 동생들을 배려하며 게임을 함께 했다. 똑똑하고, 배려심 있고, 긍정적인 친구들이었다. 이런 친구들을 사귀었으면 했다. '친구 따라 강남 간다'라는 말처럼 좋은 곳으로 이끌어주는 친구는 또 다른 형제와 같다.

재외국민특별전형을 알게 되었다. 공부와 시험으로 빡빡한 입시에서 벗어나 조금은 자유로운 입시 방식이었다. 남편은 이직을 고민하고 있었다. 작은 사업체를 인수할지, 새로운 직장을 구할지 고민할 때였다. 남편을 설득해서 베트남으로 가기로 했다. 동생이 베트남에 살고 있어서 결정이 쉬웠다. 베트남에 가기로 하고 아이들은 알파벳부터 속성으로 영어 공부를 했다. 약 6개월 영어 학원에 다니고, 윤정이는 6학년, 윤찬이는 4학년을 베트남에서 시작했다. 윤정이는 베트남에 있는 국제 학교에 다녔다. 학교 수업을 따라간다는 것은 생각할 수도 없었다. 학교만 잘 다니기를 바랐다. 아들은 한국 학교라 걱정은 없었다.

우리 집은 주재원으로 온 집과 달리 비자 문제가 있었다. 비자 해결이 최우선이었다. 한국에서의 남편 경력은 인정받지 못했다. 새 직장은 핸드폰이 주된 사업이라 윤활유 영업을 했던 남편은 나이 많은 초보였다. 집과 회사가 멀어서 회사 숙소에서 지내기로 했다. 나는 조금이라도 도움이 되고자 유치원 일을 시작했다. 유치원 퇴근 후, 집에서 5시경부터 9시까지 독서 공부방을 했다. 처음 시작하는 일이라 학생이 없었다. 새로운 환경에 적응하는 과정인지 가족이 돌아가면서 아팠다. 딸과 아들은 감기와 몸살로 조퇴가 잦았다. 아들은 비타민 부족으로 입안에 반점이 자주 생겼다. 나까지 무더운 더위에 아이스커피를 마시고 일주일 동안 식중독으로 고생했다. 바뀐 공기와 물에도 몸이 적응할 시간이 필요했다. 반년 후, 생활이 안정되니 베트남도 지낼 만하다는 생각이 들었다.

베트남 생활에 적응했을 무렵 남편 회사가 적자로 문 닫았다. 유치원 원장님의 소개로 관광 가이드를 시작했다. 수습 기간을 마치고 본격적으로 일을 시작할 무렵, 설 연휴였다. 베트남에 와서 1년간 고생했고, 다음 해도 열심히 살자는 의미로 여행 계획을 세웠다. 설 연휴에 베트남에 살고 있는 동생 가족과 함께 달랏 여행을 다녀왔다. 개학을 앞두고 코로나가 시작되었다. 남편은 가이드 일을 할 수 없었다. 백수가 되었다. 유치원은 문을 닫았다. 통행증이 있어야만 다닐 수 있었다. 거리를 통제하고 아파트 출입도 자유롭지 못했다. 공부방 학생들은 오지 못했다. 일을 하지 못하니 수입이 없었다. 다행히도 월세는 1년 치를 냈기 때문에 집 걱정은 없었지만, 생활이 불안했다.

열무김치를 5킬로 샀다. 매일 열무 비빔국수, 열무 비빔밥을 먹었다. 간단히 먹으면서 생활비를 아꼈다. 통제 기간이 길어질수록 활력을 잃었다. 집에서 할 일을 찾아보았다. 배추 3통을 사서 김치를 담가보았다. 예전에 먹었던 사과 파이가 생각났다. 유튜브에서 비슷한 레시피를 찾았다. 내 인생 처음으로 김치를 담가보고 베이킹을 해보았다. 처음 해본 김치가 무슨 맛이 있었을까. 몇 번 시도했지만 실패였다. 김치는 사 먹는 게 맛있고, 베이킹은 재료와 도구가 중요했다.

코로나로 수입이 줄었다. 유치원은 계속 문을 닫고 열지 못했다. 부모들은 아이들을 공부방에 보내지 않았다. 코로나가 장기화하면서 걱정이 쌓이고 생활은 단순해졌다. 밥은 하루 두 번만 먹기로 했다. 아이들에게 학교 온라인 수업이 없으면 되도록 늦게 일어나라고 했다. 식사는 간단하게 때웠다. 집에 있는 시간이 길어지자 한두 명씩 학생이 오기 시작했다. 수업은 하지만 코로나에 걸릴까 봐 걱정되었다. 한 명씩 수업하고 수업이 끝날 때마다 알코올로 책상과 손잡이 등을 소독했다. 수업을 유지하기 위해서 나는 코로나에 걸리지 않도록 신경 써야 했다.

코로나로 인해 남편과 집에 있는 기간이 길었다. 겨우 구한 일자리는 비자가 우선이라 월급이 적었다. 유치원은 문 닫았고 공부방은 학생이 적었다. 준비 없이 온라인 수업으로 대체한 학교 교육비는 똑같았다. 국제 학교에 다니는 윤정이는 비싼 수업료를 내고 자율학습을 했다.

딸은 한국 학교에 자리가 없어서 국제 학교에 다녔다. 1년에 2천만 원가량의 학비가 들었다. 아들이 다니는 한국 학교는 3개월에 백만 원 정도였다. 아파트 월세는 월 1,100달러였다. 딸의 학비와 월세는 1년 치를 냈기 때문에 수입이 적어도 괜찮았다. 다음 해에는 동생의 도움을 받아서 어려운 시기를 지냈다. 기본 지출이 커서 걱정이 많았는데 동생 덕분에 잘 넘겼다.

코로나로 일부 가게들이 버티지 못하고 문을 닫았지만, 유치원은 2년 만에 다시 문을 열었다. 공부방 수업도 마음 편히 할 수 있었다. 0에서 다시 시작하는 기분이었다. 버는 것 없이 지출만 있었던 2년의 세월, 한국으로 돌아갈 집은커녕 비행기 티켓 값도 없었다. 베트남에서 버텨야 했다. 이곳에 온 목표를 이뤄야만 했다. 어서 빨리 이 시기가 지나가기를 빌었다. 약 2년간 경제적으로 힘들었다. 코로나 기간이 내 인생 최고의 위기였다고 생각하니 어떤 어려움도 견딜 수 있는 자신감이 생겼다.

어둠 속에서도 눈이 적응하는 시간이 필요하다. 시간이 지나면 앞이 보이고 움직임이 자연스러워진다. 베트남에서 적응하느라 바빴고, 코로나로 경제적 위기를 겪었다. 제대로 판단할 수 없었다. 당장의 상황에서 벗어나고 싶은 마음에 여러 시도를 했다. 그 덕에 나는 단단해졌다. 공부방에 대한 자신감도 느끼고 다양한 수업을 준비할 수 있었다. 힘든 시기를 버티기만 한 것이 아니라 나도 모르게 미래를 준비하는 시간이었다. 어두운 터널을 지나야 햇빛을 볼 수 있다. 그 시간은 내가 성장하는 발판이 된다.

8

결핍, 신이 준 성장의 기회

- 이지은

"아줌마, 아줌마 때문에 가운 벗는 줄 알았잖아요."

실수로 분만촉진제를 연이어 두 번 접종, 미혼모와 바뀐 차트로 아이가 입양 갈 수도 있던 어처구니없는 상황이었지만, 의사의 불호령에 아무런 항거도 할 수 없었다. 평소 다니던 병원이 여름휴가로 진료가 어려웠다. 추천하는 병원으로 오다 보니 나의 상황을 몰라 수술 중 무척이나 놀랐던 모양이다. 건강한 정신과 육체를 가졌다고 자신했지만, 아기를 갖고, 내 안에서 키우며 고장 난 심장을 알게 되었다. 유난히 입덧이 심해 직원들과 식사도 할 수 없을 정도였고, 가만히 있어도 눈에 실핏줄이 터져 충혈되거나 여기저기 멍이 들기 시작했다. 밤이 되면 붓다 못해, 발바닥마저 동그래져서 중심을 잡지 못할 정도였지만 나는 다른 사람도 그런 줄 알았다.

이런 내가 안쓰러웠는지 출산휴가를 예정일보다 45일이나 먼저 챙겨주었지만, 인수인계를 마치고 친정으로 가자마자 양수가 터졌다. 휴가를 가면서 4개월 된 조카를 친정에 맡긴 바람에, 친정아버님이 날 데리고 병원에 가셨다. 처음 겪는 일에 운전도 하지 못하고, 지금처럼 전화로 택시를 부르던 때가 아니라 덜덜 떨리는 손으로 나를 데리고 병원으로 가던 친정아버님의 긴장한 표정은 잊을 수가 없다. 이렇게 급작스럽게 첫 출산을 맞이했다. 오랜 진통으로 아기까지 위험해져 수술을 선택하면서, 심한 부정맥으로 의사도 놀라게 했다. 그래도 자연분만을 해보려고 얼마나 힘을 주었는지 팅팅 부어버린 모습에, 급하게 강릉에서 돌아온 언니들은 나를 찾지 못했다. 산모가 건강하지 않아서였다. 아기가 황달이 심해 인큐베이터가 있는 병원으로 이송되었다. 수술한 지 하루도 되지 않은 몸이었지만, 너무도 가슴이 아파 문 앞까지 배웅하며 아픈 내 마음 밑에 깔린 모성애를 보았다.

담당 선생님이 둘째 계획은 신중히 결정하고, 철저히 준비하라고 하였지만, 깜짝 선물처럼 둘째가 왔다. 병원에 가면 나의 뜻과 다른 결정을 권하실 것 같아 임신 초기에는 병원을 찾지 않았다. 둘째 때는 더 힘들었다. 유산기가 있어 서 있기 힘들어 설거지도 할 수 없었고, 오른손에 습진이 심해 화상 입은 것처럼 벌겋게 속살이 드러나고 진물이 흥건했다. 외관도 흉했지만 가려움은 사람을 미치게 했다. 임신 중이라 피부과 약을 먹을 수도 없다. 좋다는 민간요법을 친정엄마가 알뜰히 챙겨주셨다. 숨이 차 전화 통화를 이어가기도 어려워, 매번 나의 상황을 설명해야 하는 게 비참해 자꾸 외부와 관계를 줄이다 보니 우울증은 깊어졌다.

한번은 부산에서 시아버님이 오셨다가 밤새 호흡하기 위해 소파에 기대 애쓰고, 부은 발로 중심을 못 잡아 쿵쿵 부딪히는 모습을 보시고는 더 이상 볼 수 없어서 새벽에 몰래 부산에 내려가셨다. 그러고는 내가 불쌍해서 울면서 가셨다고 한다. 그래도 씩씩한 태동을 보여주는 아기에게 위로받으며 잘 견뎌냈다. 출산일이 가까워질수록 걱정이 커졌다. 선생님이 말씀도 짧게 하시고 기도하자는 표현을 많이 하신다. 상황이 아주 나쁘단다. 두려웠다. 아직 27개월밖에 안 된, 엄마 껌딱지인 첫째 걱정에 우주가 멈춘 듯했다. 혹여 닥칠 가장 안 좋을 상황도 대비해야 한다. 아이의 성향과 조심해야 할 것들, 어떻게 자라주길 기대하는지 등등의 메모와 앞으로 엄마 없이 맞을 수도 있는 생일과 입학, 졸업에 맞춰 눈물로 편지를 적었다. 감히 나의 상황을 말로 누군가에게 뱉어내면 그대로 될 것 같아 입 밖으로 꺼내지도 못하고 '그럼에도 불구하고'를 외치며 밝은 모습, 적극적인 모습을 보여주려고 애썼다. 수술실에 누워 기도했다. 특별히 나쁜 짓을 하지도 않았지만 그렇다고 선행을 베푼 적도 없다. 무사히 깨어나면 베풀고 나누는 삶을 살겠노라고. 그리고 11월 25일 밤새 눈이 소복이 내린 날 무사히 작은아이와 만났다.

　어렵게 만난 두 아들은 너무도 귀했다. 직장도 그만두고 내가 할 수 있는 모든 정성을 다했다. 하지만 엄마가 힘든 만큼 아기도 힘들었는지, 태어난 지 일주일 만에 오른발에 진물이 나 신생아용 타월 양말이 흥건히 젖고, 천식으로 입원까지 했다. 아기가 숨을 몰아쉬고, 울기만 했다. 그러다 보니 먹은 게 없어 배변이 어려워 관장까지 하게 되었다. 너무도 미안했다. 내가 힘들었던 부분을 아기가 그대로 앓고 있었다. 퇴원 후에도 너무 예민해, 놀러 왔던 지인이 서둘러 돌아가고, 너무 울어서 누가 이기나 보자고 기 싸움을 하다 6시간 만에 두 손 두 발 다 들었다. 이후 이 아이에게는 빠르게 항복한다. 각종 약으로 모유가 말랐다. 한 방울도 먹여보지 못한 안쓰러움에 안아서 수유하고, 오일 마사지를 하는 등 애를 써도 아이의 울음은 그칠 줄을 몰랐다.

정말 살고 싶지 않았다. 나를 죽이려고 태어났다 싶을 만큼 너무도 힘들게 하는 아기 때문에 나도 모르게 11층 베란다에 아이를 안고 올라선 적이 있다. 겨울인지라 창문을 열자 바람이 들어오며, 큰아이의 옷가지가 살랑하며 보였다. 그때 정신이 번쩍 들었다. '나에게는 큰아이도 있지.' 이러면 안 된다는 생각이 번쩍 들었다. 어떻게 얻은 시간인데. 나중에 보니 신생아의 발목 부분이 거칠다. 그렇게 관리를 해줬는데 이게 뭐지 했는데, 습진부터 시작한 아토피였다. 모두 나의 원죄다. 미안하다 못해 죄스러웠다. 아기가 이렇게 운 이유는 가려워서였다. 가려움의 고통을 누구보다 잘 알기에, 미안함의 마음은 태산 같았다.

울고만 있을 수 없다. 난 엄마다. 그것도 나로 인한 아픔을 겪는 아들을 위해 철저히 알아보고, 관찰했다. 당시 좋다는 수피마 면 재질의 옷부터, 아토피에 좋다는 로션, 오일, 주스 등 안 해본 것이 없다. 그러다 인체의 70%가 물이고, 일본에서 알칼리수로 효과를 보았다는 기사를 보았다. 책으로도 나와 있어 읽어보니 타당하단 생각이 들어 일본에 가서 알칼리수와 산성수의 효과와 효능을 직접 눈으로 확인하고, 거금을 들여 사 왔다. 물의 효과인지, 믿음의 효과인지 자기 전 산성수로 씻기고, 혹시 자다가 긁으려 하면 산성수를 진하게 뽑아 환부에 뿌려주었다. 잘 잤다. 잘 자니 밤에 우는 것도 줄었다. 유기농 채소를 위주로 먹는 것도 신경 썼더니 점점 효과가 나타났다. 한편으로 술고래인 신랑도 과음 후 알칼리수를 마시니 자고 나면 아침에 숙취는 덜한 것 같다. 특히 술 냄새가 나지 않는다.

한숨 돌리고 나니 이젠 폐렴이다. 중앙난방 아파트다 보니 바닥은 차가운데 공기가 훈훈해 늘 건조했다. 친정어머니께서 주택에서 살아보면 어떻겠냐는 말씀에, 큰아이 초등학교 입학하기 전날 급히 주택으로 이사를 했다. 역시 연륜에서 나오는 지혜는 의사보다 낫다는 생각이 든다. 여러 방법과 지인들의 조언 덕분에 지금은 언제 아토피를 앓았냐는 듯 말끔하다.

인생에는 고통의 벽이 끊임없이 다가온다. 아이의 건강이 좋아질수록, 나의 건강엔 빨간불이 켜졌다. 어느 날 의료보험 조합이라며 전화가 왔다. 정말 이렇게 병원에 많이 다니는 게 맞냐고 할 정도다. 아이들은 계절에 따라, 유행에 따라 아프고 계속되는 습진에 위경련 등으로 병원에 다니다 보니 횟수가 너무 많아 착오가 있는 줄 알고 연락했다. 그러다가 매월 찾아오는 손님이 뜸했다. 혹여 임신인가 하는 생각에 병원을 찾았다. 완경이란다. 내 나이

34살에. 이후 이름도 낯선 갱년기 증상인 더위와 홍조로 고생했다. 마치 무슨 잘못을 한 듯 급작스레 빨개지는 일은 사람을 참당황스럽게 했다. 당시는 네이버 통해 정보를 쉽게 얻는 때도 아니었고, 주위에 함께 겪는 사람도 없다 보니 그냥 주위에서 아이 먼저 키웠던 분에게 물을 뿐이었다.

아이들 간호로 밤새우는 일이 다반사이다. 몸살기로 등이 뻐근한가 했다. 이미 골다공증이 찾아온 후였다. 내가 건강해야 아이도 가정도 지키는데 지혜롭지 못했다. 그러다 주택으로 옮긴 낯선 환경은 새로운 기회가 되었다. 주택이라 일은 더 많았다. 새벽에 뾰족이 인사하는 풀들, 거미줄도 반가웠다. 햇살이 좋은 날이면 옥상에 빨래를 넌다. 파란 하늘과 바람에 날리는 옷가지 풍경은 덤이다. 참 여유롭다. 그리고 주위에 아는 사람이 없어 사람을 사귀기 위해 자모회 임원을 맡았는데, 임원들이 들어야 할 필수 교육들이 있었다. 이 교육은 자연스레 새로운 세상을 열었고 알게 했다. 아이들이 성장함에 따라 엄마도 함께 성장하는 계기가 되었다.

작은 일도 무시하지 않고 최선을 다해 정성스럽게 대한 태도 덕분에 아이를 키우며 나도 성장했다. 또한 이 태도는 새로운 분야에서도 습관처럼 발휘된다. '누구 때문이 아니라, 누구 덕분'이라고 말 한마디만 바꿔도 힘듦이 즐거움으로 바뀐다. 세상을 대하는 나의 자세다. 아이들 덕분에 생긴 마음의 튼실한 근육이다.

9

나의 어린 시절, 내가 맞나?

- 이효경

　우리 아버지는 교회 목사님이셨다. 내 이름 앞에는 늘 아버지 성함이 먼저 등장했고, 내 존재 이전에 목사님 딸이어야 했다. 착해야 했고 타의 모범이 돼야 했다. 누가 시킨 적은 없다. 그냥 자연스럽게 체득한 것이다. 초등학교 1학년 때는 그렇지 않았다. 교회에서 거리가 좀 떨어진 곳에 학교가 있었기 때문에 난 주위의 시선에서 벗어날 수 있었다. 하지만 내게 허락된 자유로운 시간은 1년에 불과했다. 아버지가 담당하시는 교회가 바뀌면서 우린 이사 가야 했고, 교회 옆 학교로 전학했다. 자연히 교인들, 그 자녀들과의 접점이 늘어났고 그에 비례해서 나의 힘듦도 늘어났다. 나에 대해 모르는 곳에서 특별히 뭘 하고 싶었던 건 아니다. 그저 목사님 딸이라는 색안경 없이 내 모습 그대로 살아가고 싶었다.

　"쟤는 목사님 딸이니까 착할 거야."

　"공부도 잘하겠지? 몇 등이나 할까?"

　"선생님이 쟤네 아버지를 잘 아는 것 같아. 편애하는 느낌이야."

"공평하지 않아! 쟤가 싫어!"

친구라고 생각했던 반 아이들 입을 통해서 이런 종류의 말들이 내게 들려왔다. 어떤 아이는 내 앞에서 크게 떠들며 나를 힘들게 했다. 마치 날 시험하는 듯했다. 그런 일이 거듭될수록 숨어 살고 싶은 생각만 더해갔다. 물론 부모님 이름값으로 특혜를 누린 적도 많다. 처음 만난 사람들이 부모님 때문에 친절히 대해줬고, 별것 아닌 일에도 칭찬해주었다. 맛있는 음식을 사줬고, 조건 없이 선물을 주기도 했다. 처음엔 무척 고맙고 기뻤지만, 시간이 지날수록 큰 부담으로 다가왔다.

오빠와 나는 학교에서 돌아오면, 상급생이었던 언니가 올 때까지 오랜 시간을 함께 놀았다. 밖에 나가서 동네 친구들과 뛰어놀았던 기억은 거의 없다. 밖에 나가봤자 친구들도, 어른들도 교인들이다. 놀다가 아이들끼리 다투기라도 하면 어김없이 돌아오는 건 결국 "목사님 자녀들도 싸우냐?" 하는 말이었다. 눈치 보며 조심조심 놀 바에는 마음 편히 집 안에서 노는 것이 좋았다. 난 오빠가 만드는 조립식 장난감을 옆에서 도왔다. 지금은 레고가 연령에 맞춰서 다양하게 나오지만, 그때만 해도 문방구에서 파는 저가의 조립식 로봇이 최고였다. 오빠가 "총!" 하고 외치면, 난 얼른 총을 찾아서 오빠 손에 대령했다. 조금이라도 늦으면 오빠는 조수가 시원찮다며 잔소리를 해댔다. 잘 만들어지는 날이면 "수고했다 조수!"라며 칭찬해주었고 그렇지 않은 날은 어김없이 조수 탓을 했다. 그래도 가끔 고무줄놀이나 인형 놀이를 해주는 오빠가 있어서 난 행복했다.

늘 교회 일로 바쁘셨던 부모님은 집을 비우실 때가 많았고, 우리 삼 남매는 알아서 밥도 차려 먹고 밥 먹은 설거지를 했으며 공부 또한 누구의 도움 없이 스스로 해야만 했다. 우리 가족은 여러 번의 이사를 했고 교회도 바뀌었지만, 우리의 생활 패턴은 그대로였다. 목사님 자녀들에게서 기대하는 기준치는 변하지 않는 걸까? 왜 늘 착해야 하고 모범적이어야 할까? 우리가 목사님인 것도 아닌데, 조금만 기대치에서 벗어나면 수군거리니 답답할 따름이다. 부모님이 늘 조심스럽게 행동하신다는 걸 온몸으로 느꼈고, 우리도 그대로 따라 할 수밖에 없었다.

내가 본 엄마는 무척 쾌활하고 밝은 성격의 소유자였다. 매사에 긍정적이고, 열정 또한 대단했다. 엄마 고등학생 때는 끼니도 거를 만큼 가난했다고 한다. 엄마는 음악에 재능이 많았고, 수돗물로 배를 채우며 피나는 노력 끝에 결국 서울음대 성악과에 합격했다고 한다. 콩쿠르에 나가서 받은 상장과 빛바랜 졸업 사진, 졸업 연주회 때 오페라 무대에서 주인공 역할 하는 사진 속 엄마가 신기했다. 그때 엄마의 모습은 통통 튀는 여대생 그 자체였고 별처럼 빛나고 있었다. 사진마다 마치 주인공인 듯, 센터에 자리 잡고 모두의 시선을 받으며 함박웃음을 짓고 있는 엄마가 행복해 보였다.

엄마는 학비가 없어서 장학금을 놓치지 않으려고 애를 썼다고 한다. 그런 어려움 속에서도 꿋꿋이 버티고 졸업까지 한 엄마가 존경스러웠다. 집에서도 엄마는 분위기 메이커였다. 음악을 자주 틀어놓았는데, 신나는 노래가 나오면 부엌에서 요리를 하다 말고 춤을 추며 마루로 나오시곤 했다. 이렇게 생기발랄한 엄마가 밖에만 나가면, 조신한 사모님으로 변해야 하니 안타깝고 불쌍했다. 엄마는 바쁜 아빠를 비서처럼 도왔고, 늘 긴장 상태로 교인들을 대했다.

우리 가족은 가끔 아빠 차를 타고 외식하러 다녀오곤 했다. 집으로 돌아오는 길, 교회 옆 사택이 가까웠을 때 언니, 오빠, 나는 차에서 내렸다. 교인들 눈을 피해서 뒷문으로 들어가기 위해서였다. 그 당시만 해도 자가용 승용차가 흔하지 않았다. 혹시라도 차 없는 교인들에게 상처가 될까 봐서 눈에 띄는 행동은 삼가면서 조심했다. 부모님이 시키는 대로 따르다 보니 자연히 사람들을 의식하고 살피게 되었다.

난 교회에서는 교인들 눈치를, 학교에서는 친구들 눈치를, 집에서는 부모님 눈치를 보며 그렇게 살아갔다. 모든 말이나 행동을 하기 전에는 먼저 생각을 했다. 스스로 검토를 한 후 실행에 옮겼다. 부모님은 이렇게 행동하는 나를 보며 애늙은이라고 놀리셨다. 난 눈치 빠른 애늙은이였다. 앞뒤를 재보고 문제 될 만한 일은 요리조리 피하느라 머리가 쉴 틈이 없었다. 그러다 보니 점점 허약해졌다. 성장이 멈춰서 중학교에 가서도 맨 앞자리에 앉곤 했다. 몸도 마음도 병약했다. 병원에서는 신경성이라고만 했다. 늘 머리 아파, 배 아파 빌빌대는 나는 부모님의 고민거리가 됐다.

결국 긴 고민 끝에 결단이 내려졌다. 집에서 멀리 떨어진 외국어 고등학교에 응시하기로 한 것이다. 결국 입학시험 준비를 열심히 해서 지원했고, 다행히 통과돼서 입학하게 됐다. 집 근처에 여고를 두고도 평소보다 한 시간은 일찍 일어나야 했다. 깜깜한 새벽에 스쿨버스에 올라탔고, 밤늦게 별을 보며 집으로 돌아왔다. 고생을 사서 했지만, 마음은 한결 가벼워졌다.

어린 시절, 아이다운 순수함을 지키는 건 정말 중요한 일이다. 가끔 자녀에게 억지로 인사를 시키는 어른들을 볼 때 안타까운 마음이 든다. 마음에서 우러나오지 않는 예절은 결국 겉치레에 불과하다. 결코 지속될 수 없다. 마음에도 없는 인사를 억지로 시키는 것보다, 오히려 어른 공경하는 마음을 심어주는 것이 더 효과적이다. 아이들이 있는 데서 선생님 흉을 보는 것도 악영향을 미친다는 걸 알아야 한다.

10

세상에 공짜는 없다

- 전은태

    1979년, 초등학교 입학을 앞둔 어느 초겨울쯤으로 기억한다. 완전한 겨울은 아니었지만, 제법 쌀쌀한 날씨였다. 밖에서 친구들과 노느라 정신이 팔려 있다 어두컴컴해지는 저녁 시간쯤이 되자 친구들도 집에 들어갔고 나도 배가 고파져 신나는 기분으로 집에 다다라 "엄마, 배고파. 밥 줘"를 외치는 순간이었다. 엄마의 절박한 울음소리가 들려왔다.

    집 마당에는 온갖 살림살이가 널브러져 있었다. 당시 살고 있던 집에 월세가 얼마나 많이 밀려 있었는지 집주인이 찾아와 나가라고 한바탕 소동을 벌인 것이다. 엄마의 절박한 울음소리. '추운 날씨에 쫓겨나야 하나?'라는 두려움. 40년도 더 지난 얘기지만 나에겐 엄청난 충격과 트라우마로 남아 있다. 집주인의 목소리와 눈빛, 표정 그리고 집안 살림살이를 하나하나 밖으로 내던지는 모습이 아직도 생생하다. 엄마의 처절한 울음 때문이었을까? 집주인의 아량으로 우리 가족은 다행히 그해 겨울을 날 수 있었다.

이날의 경험은 내 인생에 엄청난 영향을 주었다. 앞으로 어떻게 살아나갈 것인가를 고민하는 동시에, 어떻게든 성공하고 돈을 벌어야겠다는 마음뿐이었다. 당시, 일곱 살이었을 나이에 나는 일찌감치 생존의 방법을 터득해야만 했다. 마치 북한의 꽃제비 아이들처럼 하루하루를 버텨내기 위해 눈앞의 현실과 싸워야 했다. 내가 알아야 했던 것은 친구들과 어울리는 방법이나 놀이의 즐거움이 아니라, 오늘 하루 어떻게 먹고살지를 걱정하는 것이었다. 먹고 살 걱정이 머리에서 떠나지 않는 날들이었다.

아버지의 사업 실패와 부도로 집안은 가난했다. 말로만 듣던 가난이 아니라, 몸으로 직접 체감해야만 하는 가난이었다. 그 가난은 내가 아파도 병원조차 가지 못하는 가난이었다. 결국은 병원에 가야 할 타이밍을 놓쳐 나는 소아마비와 같은 중증 장애를 얻게 되었다. 아이들은 다리를 절뚝거리는 나를 보고 놀렸지만, 내가 더 신경 써야 했던 건 그런 놀림이 아니었다. 나는 아픈 것보다도 배고픈 것이 더 두려웠다. 매 순간 살아남기 위해 발버둥을 쳐야만 했다.

엄마는 항상 나를 걱정하셨다. 말없이 나를 바라보는 엄마의 눈에는 미안함과 불안이 담겨 있었다. 특히나 다리를 절뚝거리며 걷는 나를 볼 때면, 엄마는 한숨을 내쉬곤 하셨다.

"저놈, 커서 뭐 해 먹고살지?"

"장가는 어떻게 보내지?"

"몸이 성치 않은데 우리 막내아들에게 시집올 색시는 있을까?"

엄마의 속삭임은 한탄이자 기도였다. 엄마의 걱정은 나에게 고스란히 전해졌다. 한참 어리광을 부리며 살 나이에, 나는 어른들이 해야 할 고민을 떠안았다. 어떻게 하면 먹고살 수 있을까? 내가 어떻게 해야 나한테 시집올 여자가 생길까? 초등학교도 들어가기 전부터 나의 머릿속은 늘 이런 고민으로 가득했다. 친구들이 장난감 자동차를 가지고 놀 때, 나는 장래 희망 대신 생존을 꿈꾸며 돈을 벌 생각을 했다. 사랑이라는 것이 무엇인지도 모른 채, 사랑을 얻는 법을 고민했다.

'돈이라도 많이 벌어야 남들처럼 결혼이라도 할 수 있겠지?' 내가 진정으로 원하는 것이 무엇인지는 몰랐다. 단지, 그냥 남들처럼만 살고 싶었다. 남들처럼 밥 먹고, 남들처럼 아프지 않고, 남들처럼 결혼하고 싶었다. 그렇게 내 삶의 목표는 단순해졌다. 남들처럼만 살아가는 것. 하지만 집안 사정은 그조차도 허락하지 않았다. 우리 집안은 너무 가난했다. 대학은 꿈조차도 꿀 수 없는 사치였다. 일찌감치 대학을 포기하고 나는 중학교 때 신문을 돌렸다. 새벽의 차가운 공기 속에서, 아직 어둠이 가시지 않은 골목을 돌며 신문을 던지는 손길은 점점 무뎌져갔다. 그리고 고등학교 때는 학교를 마치면 당구장에서 아르바이트했다. 당구장 구석에서 서빙하고 있으면, 다리가 불편한 나를 보는 사람들의 시선이 점점 비웃음으로 바뀌었다. 장애인 인권조차 없던 시절, 장애인 학생이 아르바이트로 돈을 번다는 것은 고통스러운 일이었다. 병신이란 놀림은 그냥 일상이었고, 웬만한 억울함은 그냥 참고 넘어가야 했다. 내기 당구를 하다가 게임에서 지면 그 손님의 화풀이 대상은 바로 나를 향했다. 놀림과 괴롭힘을 넘어 심지어 당구 큐대로 맞기도 했다. 내가 왜 맞고 있어야 하지? 너무 아파서 그냥 죽고 싶을 정도였다. 그냥 혼자 죽기가 너무 억울하다는 생각이 들어, 이렇게 맞다가 '내가 어떻게 죽어줘야 이 사람들에게 조금이라도 복수할 수 있을까?' 생각하다 분노와 원망이 쌓여만 갔다.

하지만 다른 한편으로는, '아니면 내가 크게 성공해서 이 사람들이 나를 쳐다보지도 못할 만큼 힘을 갖고 성공해야겠다'라는 생각이 들었다. 그렇게 나의 분노는 조금씩 성공을 위한 에너지로 변하기 시작했다. 나는 돈과 성공을 위해서라면 무엇이든 할 준비가 되어 있었다. 그것만이 나를 구원해줄 마지막 희망이었다.

추동 이론. 인간이 생존을 위해 본능적으로 1차적 욕구를, 특히 식욕을 충족시키려 한다는 심리학적 이론이다. 나는 어릴 적 이러한 이론은 몰랐지만, 이미 몸으로 체득하고 있었다. 내가 느꼈던 결핍, 가난, 장애, 학벌에 대한 좌절감들은 모두 나를 움직이게 하는 원동력이 되었다. 그 당시 나는 그저 배가 고팠고, 아프지 않기를 바랐다. 그렇게 내 본능은 배고픔을 달래고 살아남기 위해 지속적인 행동을 계속해서 끌어냈다. 내 목표는 남들처럼 사는 것이었다. 특별한 꿈도, 열망도 없었다. 그저 남들처럼 밥을 먹고, 남들처럼 건강하게 걷고, 남들처럼 때가 되면 결혼하고, 아이 낳고 평범하게 사는 것. 이것이 나의 목표였다. 나는 그 목표를 위해 무엇이든 견뎌야 했다. 이러한 기본적인 욕구조차도 쉽게 충족할 수 없었던 그 시절, 나는 살아남기 위해, 지금 당장 먹고살아야 하기에 나에게 주어진 조건을 받아들이기로 했다.

내가 처음 한 일은 부정적인 마음부터 다지는 것이었다. '왜 나만 가난하지?', '왜 나만 걷는 게 불편하지?', '왜 나에게만 이런 일이 일어났을까?' 아무리 이런 생각을 반복해봤자, 현실은 조금도 바뀌지 않는다는 것을 깨달았다. 그래서 나는 먼저 내 앞에 놓인 상황을 받아들이기로 했다. 그리고 추동 이론이 설명한 것처럼, 무엇이든 해봐야겠다는 마음으로 하나하나씩 행동하기 시작했다. 가장 먼저 내 감정부터 쿨하게 정리했다. 병신, 절뚝발이, 절름발이. 어릴 적 동네 친구들이 던진 상처는 마음속 깊이 남았다. 화를 내고 울어봤자 돌아오는 건 더 큰 따돌림뿐이었다. 엄마는 이런 상황을 알고 항상 마음 아파하셨다. 집을 나서서 장사를 하러 가면서도, 엄마는 언제나 내 손에 100원짜리 동전을 꼭 쥐여주셨다. "쌍쌍바라도 하나 사서 친구들과 반씩 나눠 먹어라. 그래야 친구들이 너랑 놀아줄 거야." 그 작은 100원짜리 동전이, 나를 세상과 연결해주는 끈이었다.

어려서부터 엄마에게 배운 그 마음은 지금의 나를 만들었다. 돈이 없을 때는 병을 주워 구멍가게에 팔아 쌍쌍바를 사고, 친구들과 나눠 먹었다. 그땐 몰랐지만, 지금 생각해보면 사업의 기본 원칙을 일찍 배운 셈이었다. 내가 원하는 것을 얻으려면, 먼저 무언가를 주어야 한다는 것을…

나는 친구들과 어울리기 위해 그들의 마음을 얻으려 했고, 그들이 원하는 것을 먼저 주려 했다. 그것이 나의 생존 방식이었다. 지금의 내가 사업가로 성공할 수 있었던 것도, 어릴 적부터 배운 이 마음가짐 덕분이었다. 친구들에게 놀림을 받지 않기 위해, 따돌림을 받지 않기 위해, 나는 그들에게 먼저 다가가고 행동했다. 내가 먼저 주었고 내가 먼저 베풀었다. 살아남기 위한 이런 마음이 나를 버티게 했고, 지금의 나를 만들었다.

11

멀리서 보면 희극,
가까이서 보면 비극

- 조하나

여행은 언제나 행복하다.

시끄러운 경적이 불협화음으로 울려 퍼졌다. 혼잡하지만 질서 정연하게 사람들이 뒤섞인다. 마치 퇴근 시간의 2호선 같다. 귓가를 울리는 낯선 말소리는 온몸의 신경을 자극했다. 발걸음이 무겁다. 결국은 그늘 한 점이 보이지 않는 빌딩 숲에 멈춰 섰다. 따가운 태양 빛에 온몸이 녹는 것 같다. 한증막 사우나도 이것보다는 나을 것 같다. 숨을 뱉으면 다시 숨이 차오른다. 익숙하지 않은 습도 탓인 듯했다. 얇은 리넨 반소매 끝에 닿는 감촉이 거칠다. 더 이상 덥다는 말조차 나오지 않았다. 멍청하게 서 있다가 친구를 놓칠 뻔했다.

몇 주 전, 갑자기 찢어질 듯 울리는 벨소리에 핸드폰을 꺼내 들었다. 평일에는 매너 모드지만 주말은 아니다. 벨소리가 익숙하지

않은 탓인지 순간적으로 핸드폰을 떨어뜨릴 뻔했다. 발신인은 은
지였다. 받을까 말까를 몇 번이나 망설이다 통화 버튼을 눌렀다.
전화를 받자마자 큰 목소리가 울려 퍼졌다.

"야! 대박! 대박 싼 항공권 올라왔다. 해외여행 콜?"

말문이 막혔다. 여행이라니. 그것도 해외여행. 생각해보지 않았
다. 2년 전 회사 복지 찬스로 만든 10년짜리 여권은 티끌 하나 없
는 새것이다. 거기에 첫 도장을 찍는 거다. 설렘보다는 걱정이 밀
려왔다. 해외여행이라면 비행기를 오래 타야 한다. 나는 고소공포
증이 심하다. 높은 곳이 무서워 놀이기구는커녕 건물 5층만 올라
가도 창밖을 내려다보지 못한다. 작년 출장차 탔던 제주행 비행기
에서는 난리도 아니었다. 가운데 복도석에 앉아 비행기 천장만 바
라보며 심호흡과 식은땀을 연신 닦아댔었다. 이러다 큰일 생기는
거 아닌지 선배가 걱정할 정도였다. 다시 돌아올 때는 배를 타겠
다고 고집부리다가 한 소리를 듣기도 했었다. 게다가 평소 휴가를
기피하는 일개미에게 여행이라니. 순식간에 거절할 수만 가지의
핑계와 변명이 머릿속에 스쳤다. 어떻게 전해야 서운해하지 않을
까 고민하는 찰나.

"우리 나이에 해외여행 안 가본 사람 너밖에 없을걸? 너도 이제
남들처럼 여행도 다니고 해야지."

말문이 턱 하고 막혔다. 머릿속에 있던 변명을 한순간에 날려버
릴 수 있는 말이었다. 소설가 파울로 코엘료는 자신의 책에서 '우
리가 길을 걸으며 만나는 모든 것은 우리 자신에 대한 새로운 깨
달음을 준다. 낯선 곳에서의 경험은 우리의 마음과 영혼을 넓힌

다'라고 말했다. 그는 여행을 통해서 내면이 성장하는 경험을 할 수 있고 삶에 대한 새로운 관점을 얻어 삶을 풍요롭게 만들 수 있다고 했다. 그뿐만 아니다. 시중에 많은 자기 계발서에서는 '20대에 반드시 여행해야 한다'라고 말한다. 영국의 소설가이자 시인인 조지프 콘래드는 '젊은 시절 더 많은 여행을 하지 않은 것을 후회한다'라고 했다. 삶을 풍요롭게 만드는, 반드시 해야 하는 일이자 하지 않음으로써 인생에 후회를 남기는 여행. 그 기회가 나에게 온 것이다. 스물다섯, 20대의 절반이나 지난 시점. 이 여행을 통해 삶을 경험하고 나만의 철학을 얻게 될 것이다. 더 이상 주저하면서 뒤처질 수 없었다. 하지 않는다면 결국은 후회하게 될 거다. 그래, 해보자.

여행 경험이 없어서 그런지, 준비 과정이 그다지 즐겁지 않았다. 하나부터 열까지 신경 써야 할 것이 산더미였다. 우선 여행일부터 정해야 했다. 주말은 비행기 가격이 추가되고 평일에는 휴가 사용이 가능한지 회사 업무 일정을 파악해야 했다. 여행지의 날씨도 알아야 했다. 열 번의 조정을 끝으로 사흘 만에 여행일을 확정할 수 있었다. 날짜를 정하고 나면 일사천리로 해결될 것 같았지만, 한 것이라곤 휴가를 사용하고 비행기표를 예약했을 뿐이었다. 이제 숙박과 관광 일정을 정해야 한다. 이제 시작인데 지쳐버렸다. 여행 경험이 없던 내가 기댈 수 있는 곳은 인터넷 검색뿐이었다. 검색하고 또 검색했다. 가격 비교도 해야 한다. 우리나라와 달리 외국은 흥정도 필요했다. 어느 정도가 적정한 가격인지도 꼼꼼히 메모했다.

이렇게 하다가는 끝이 없을 것 같았다. 은지와 주말 약속을 잡았다. 간단한 눈인사 후 본격적으로 여행 계획 이야기를 했다. 평소라면 티타임을 수다로 채웠을 테지만 오늘만큼은 수험생이 고시 공부하는 것처럼 여행 공부했다. 두 번의 일주일을 보내고 나니 큰 틀이 잡혔다. 우리 계획은 관광지를 돌아보고 현지 시장에 들러 기념품을 사는 것이었다. 그 후에는 트램과 페리를 타고 맛집을 방문하는 계획이었다. 검색을 하다 보니 눈에 띄는 문구가 있었다. 'OO에 가면 반드시 먹어봐야 하는 맛집', 'OO에 가면 꼭 사 와야 되는 추천 상품'. 매혹적인 문구다. 반드시 꼭 해야 한다면 놓칠 수 없다. 필수 인증샷 코스도 챙겼다. 기대감이 커지는 만큼 피로도 쌓여갔다. 여가 시간마다 검색을 했다. 첫 여행이라 모든 것이 새로웠다. 처음은 설렘을 주지만 불안과 걱정이 따라왔다. 그러니 준비하고 또 준비해야 했다. 챙겨야 할 물품도 인터넷 후기를 참고했다. 짐가방 가득 물건들을 쑤셔 넣다 보니 출국 시간이 얼마 남지 않았다. 마지막으로 소매치기 방지에 유용하다는 크로스백에 여권과 환전한 돈을 챙겨 넣었다. 방바닥에는 새것을 뜯은 포장 택들이 잔뜩 어질러져 있었다. '정말 여행을 가는구나.' 이제야 실감이 났다. 4박 5일 여행을 위해 쏟아부은 시간이 두 달 하고도 일주일이었다.

호주에서 학창 시절을 보낸 친구 덕분에 출국과 입국 절차는 순조로웠다. 가라는 곳으로 갔고 가지 말라는 곳은 가지 않았다. 공항 문이 열리자마자 마주한 전경은 내가 이방인임을 확인시켰다.

낯선 언어로 가득한 표지판 사이에서 주변을 두리번거렸다. 이국적인 풍경, 낯선 사람들, 적응되지 않는 날씨에 정신이 아득해졌다. 움직여야 했다. 준비해 온 관광지와 맛집을 지나칠 수 없었기 때문이다. 어딜 가나 한국 사람이 가득했고 같은 장소에서 인증샷을 찍었다. 크고 작은 물집이 발을 가득 채웠지만 멈출 수 없다. 그렇게 4박 5일을 빈틈없이 채웠다. 집으로 돌아오는 길, 닷새간의 기억을 회상하기 위해 가방의 물건들을 하나씩 꺼내보았다. 외국어 설명이 적혀 있는 기념품들, 아기자기한 소품들, 여러 입장권, 필수 인증샷 코스에서 찍은 폴라로이드 사진 몇 장, 동전 몇 개. 일생일대의 첫 해외여행. 그날만큼은 반드시 즐겁고 행복해야 했다. 그럼에도 한숨이 밀려왔다.

꽉 채웠지만 텅 비었다. 마음이 그랬다. 남들 모두 한다는 것, 꼭 해야 한다는 것을 쫓아 여기까지 왔다. 특별하다고 생각했던 경험과 추억은 이미 누군가의 여행에서 본 것이었다. 내 것이지만 내 것이 하나도 없다. 다른 사람의 발자취를 따라가느라 바빴다. 나는 그저 따라쟁이였다.

이제 와서 보니 인생에서 반드시 해야 하는 것은 없다. 그들이 정해놓은 것들은 그들의 것일 뿐, 내 것은 나만이 정할 수 있다. 20대에 반드시 해야 한다는 것을 충실히 하고 나서야 이 사실을 깨닫게 되었다는 것이 모순적이다. 그저 후회가 두려웠다. 반드시 해야 한다는 것을 놓치고 싶지 않았다. 그러나 결국 후회만 남게 되었다.

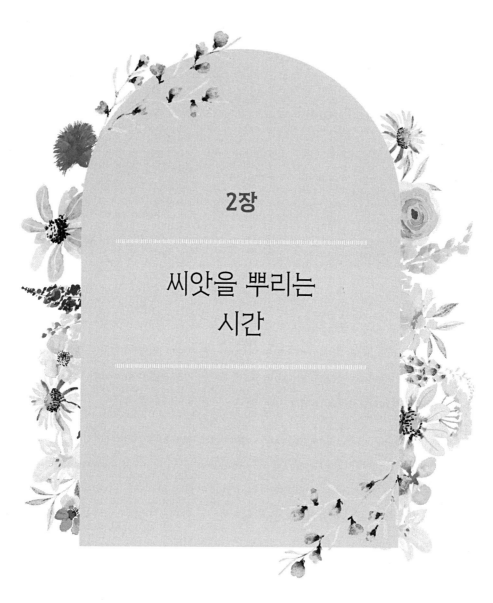

2장

씨앗을 뿌리는
시간

인 생 꽃 을 피 우 는 시 간

1

창문은 늘 열려 있다

- 고지원

새벽 5시. 바다 위 어스름히 깔린 구름 사이로 해가 모습을 드러낸다.

"우와, 내가 일출을 다 보다니! 너무 멋지다!"

조금씩 빛들이 바다 위에 뿌려진다. 딸아이의 탄성도 덩달아 커진다. 모녀가 처음 함께 보는 동해 일출이다. 8월의 바다 향기를 맡으며 하늘 높이 솟아오르는 해를 보았다. 딸과 함께하는 그 순간이 참으로 황홀했다. 어느덧 16살, 예비 고등학생으로 커버린 딸. 일출 기념사진을 찍어주겠다고 하니 웃으며 손가락 브이를 한다. 딸아이 얼굴 위로 세발자전거를 타며 웃던 세 살 아이의 옛 모습이 떠오른다. 마음이 뭉클해진다.

27살, 결혼을 했다. 일과 육아를 함께 하는 것은 쉽지 않았다. 의대 6년을 졸업하면 1년의 인턴 과정이 있다. 이후 4년의 전공의 기간을 거쳐야 비로소 전문의가 될 수 있다. 2009년 가을, 딸을 낳고 이듬해 소아과 전공의 과정을 시작하였다. 요즘에는 근무와 휴식 시간을 명시한 전공의 법이 있지만, 그 당시엔 일과 휴식의 구분이 없던 시절이었다. 한 달에 15일 이상은 병원에서 당직을 했다. 양가 부모님들은 아이를 봐주실 형편이 못 되었다. 평일에는 친척 집에 딸을 맡겼고, 토요일이 되면 시이모님 댁에 맡겼다. 일요일만 내가 직접 아이를 보았다. 젖병, 옷, 기타 육아용품이 세 집에 흩어져 있었다. 근무 후 잠깐 아이를 보고 뒤돌아 나올 때면 미안함에 눈물이 났다. 그저 이 시간을 훗날 아이가 기억하지 못하기를 빌었다.

24시간 당직을 하고 퇴근을 하면 육아의 시작이었다. 집 문 앞에 서서 초인종을 누르기 전, 심장이 쿵쾅쿵쾅 뛰었다. 아이를 만난다는 설렘보다 계속 잠을 잘 수 없다는 걱정이 더 컸다. 좋은 엄마가 아니라고 자책했다. 그럴 때면 함께하는 시간의 양보다 사랑의 질이 더 중요하다고 스스로 다독였다. 하지만 아이에게 동화책을 읽어주다 먼저 꿈나라로 가는 건 늘 나였다. 집에서는 못다 한 병원 일들이 생각이 났고, 출근하면 아이 걱정이 되었다. 몸과 마음이 항상 서로 다른 곳에 존재하는 워킹맘이었다.

소아과 의사가 되기 위해 수련을 받던 전공의 시절. 정작 집안에 소아과 의사는 없었다. 딸이 세 살 되었을 무렵이었다. 놀이터에 나가려고 서두르는데 아이가 오른쪽 귀를 만지며 말했다.
"엄마, 귀가 아파요."
"별거 아닐 거야. 빨리 나가자!"

여느 때처럼 대수롭지 않게 대답했다. 그런데 갑자기 뭔가 아이의 볼을 타고 흘러내렸다. 중이염으로 인한 고름이었다. 대학병원에서 중환자들을 보다 보니 소소한 증상들은 대수롭지 않게 넘긴 결과였다. 어디 이뿐이랴. 예방접종을 해야 하는데 아이를 병원에 데려갈 시간이 없었다. 그래서 병원 외래에서 약을 타서 내가 직접 주사를 놓아주곤 했다. 그땐 몰랐다. 나중에 확인해보니 모든 접종을 근육주사로 한 것이다. 주사약에 따라 근육주사 혹은 피하·피내주사로 구분되는데 아무 생각이 없었다. 참으로 무식해서 용감했다. 아이가 네 살 무렵엔 심한 로타바이러스 장염에 걸렸다. 당시 백신이 유료란 이유로 접종을 시키지 않았다. 탈수 증상을 낮게 하려고 집에서 수액을 맞게 했다. 그런데 나아질 기미가 보이지 않았다. 월요일 아침 출근길에 같이 병원에 가서 일하던 소아 병동에 입원시켰다. 보호자가 옆에 상주해야 했지만 난 일을 해야 했다. 서울 사는 여동생에게 도움을 청했고 기꺼이 와주었다. 소아과 의사로서도, 엄마로서도 빵점이었다. 그럼에도 전공의 3년 차 때 둘째를 낳겠다고 결심했다. 동생이 있으면 외롭지 않을 거란 단순한 생각이었다. 하지만 아이 두 명을 키우는 것은 현실적인 문제였다. 그때 친정엄마가 말씀하셨다.

"뭐든지 저지르면 또 길이 있더라."

이 말을 또 철석같이 믿었다. 계획대로 바로 둘째가 찾아왔다. 쌍둥이 임신으로 오해받을 만큼 배가 나와 숨쉬기도 힘들었다. 2012년 가을, 어느 토요일 오후 출산 전 정기검진을 갔다. 아기가 주 수보다 커서 당장 월요일에 유도 분만을 해야 한다고 했다. 주말 동안 출산 가방을 쌌다. 월요일 아침 여느 때처럼 회진을 돌았다. 그리고 분만 휴가서를 제출하고 교수님들께 인사를 드렸다. 혼자 택시를 타고 다니던 천안 쌍용동에 있는 산부인과 병원으로 갔다. 남편은 내과 전공의로 바빴던 터라 나오지 못하였다. 병원에 도착해 환자복으로 갈아입으니, 간호사가 유도 분만에 도움이 된다며 보라색 짐볼을 가져다주었다. 그 위에 앉아 용수철처럼 콩콩 뛰라 했다. 그 덕분인지, 입원 4시간 만에 아들을 품에 안았다. 분만 후 바로 샤워까지 하니 개운함에 날아갈 것 같았다. 저녁이 되자 누군가 병실 문을 똑똑 두드렸다. 꽃다발을 든 남편이 활짝 웃으며 서 있었다.

둘째가 태어난 후 네 식구가 한 집에서 살 수 있게 되었다. 일을 그만둘 수 없었기에 육아에 도움을 줄 수 있는 입주 도우미 이모님이 절실했다. 10년 넘게 약 7~8명의 이모님이 우리 집을 거쳐 갔다. 물론 감사한 분들도 많았지만, 우여곡절도 많았다. 연말이 되면 한 번씩 생각나는 가슴 아픈 사건 하나가 있다. 둘째가 두 살이었던 크리스마스이브 날, 갑자기 당직을 바꾸게 되어 집에 갈 수 있게 되었다. 엄마의 깜짝 등장으로 아이들이 얼마나 좋아할까 싶어 걸음이 빨라졌다.

밤 9시였다. 밖에서 보니 집 안 불이 꺼져 있었다. 이상했다. 집 안으로 들어가보니 반가운 아이들의 목소리 대신 느껴지는 적막감. 이모님께 급히 전화를 걸었다. 평소 집 앞 슈퍼를 갈 때도 아이들을 데리고 나가도 되는지 연락을 하던 분이었다.

"이모님, 저 집에 왔는데 어디 계세요?"

"어머나, 집에 오셨어요? 죄송해요. 제가 모임이 있어 아이들을 데리고 나왔어요."

눈앞이 깜깜해지고 식은땀이 났다. 천안에서 차로 한 시간이 넘는 용인에 있다고 하였다. 아이들을 만날 때까지도 벌렁거리는 심장이 진정되지 않았다. 잊지 못할 크리스마스이브 날이었다.

소아과 전문의를 취득하고 신생아학을 추가로 공부하고 싶었다. 그러기 위해선 2년의 추가 전임의 과정이 필요했다. 역시나 쉬는 날은 보장되지 않았다. 전임의 기간 중 1년은 서울에서 혼자 자취를 했다. 일주일에 한두 번 밤에 천안으로 가서 잠든 아이들을 보고 새벽 첫 기차를 타고 다시 서울로 돌아왔다. 주말이면 남편이 딸아이를 데리고 대학로에 종종 놀러 왔다. 언제 응급 콜이 올지 몰라 병원에서 일정 반경 안에 있어야 했다. 그래도 어린이 연극도 보고 떡볶이도 먹으며 알차게 시간을 보냈다. 저녁엔 어김없이 이별의 시간이 찾아왔다. 서울역에서 출발하는 기차 안에서 부녀는 유리창에 얼굴을 붙이고 양손을 열심히 흔들었다. 나도 애써 웃으며 손을 흔들어 화답했다. 가슴속으로는 가족들에게 한없이 미안할 뿐이었다.

2024년. 주 2회 서울행 버스에 몸을 싣는다. 올 초 이직을 하고 밤에 일하는 워킹맘이 되었다. 덕분에 아침 시간 아이들 아침을 챙기고 학교 가는 뒷모습을 볼 수 있는 시간이 처음으로 생겼다. 의대 공부는 밤을 새우고 노력하면 해결이 되었다. 하지만 '엄마'

라는 이름은 엄마 인생 초보였던 내게 가장 어려운 인생 공부였다. 예상치 못한 일들은 시한폭탄처럼 불시에 일어났다. 그저 무사히 보낸 하루에 감사하며 지냈다. 돌아보면 길은 언제나 있었고 시간은 자연스레 흘러갔다. 이젠 안다. 찰나는 금세 추억이 되고, 힘든 시간 뒤엔 웃는 시간이 온다는 것을.

내 역할은 오늘도 현재 진행형이다. 이젠 잔파도처럼 일렁이는 걱정들엔 의연하게 대처하는 여유로움이 생겼다. 숨을 가다듬고 큰 파도에 집중해본다. 두렵지 않다. 문이 닫혀도 창문들은 열려 있을 테니까. 이렇게 조금씩 인생 선배가 되어가나 보다. 추억이 된 오늘 하루가 또 이렇게 저물어간다.

2

스토리가 히스토리로 되다

- 김하세한

"이렇게 힘들게 살았는데, 나 죽으면 지지리도 고생하고 산 거 아무도 모르잖아. 그렇게 죽어라 고생시키더니 일찌감치도 죽었네. 애쓴 공도 없이, 나 살아온 이야기를 책으로 쓰면 열 권도 넘을 될 텐데 쓸 줄도 모르니 뭘 어쩌겠어, 그냥 살다 죽는 거지."

엄마는 14년 동안 아버지의 병시중을 했음에도 일찍 떠나갔다며 장례를 치르던 날 울면서 말씀하셨다. 엄마의 말 그대로 지지리도 고생시킨 아버지가 뭐가 좋아서 슬픈 눈물을 짓는지 이해가 가지 않았다. 엄마의 슬퍼하는 마음에 솔직히 공감은 가지 않았지만 위로하고 싶은 마음으로 "엄마, 걱정하지 마! 힘들게 살아온 인생 내가 대신해서 꼭 글로 쓸게." 대답해버렸다. 글을 써본 적 없는 것은 엄마와 내가 다를 바 없다. 시간이 지날수록 내뱉은 말은 돌덩이가 되어 나의 마음을 짓눌렀다. 그 말 한마디가 가슴에 남아 이제라도 엄마의 이야기를 책으로 남겨드리고 싶었다.

"빌어먹을 년."

친할머니가 우리에게 하는 욕이다. 엄마의 빈자리를 늘 애정으로 챙겨주시는 친할머니의 유일한 욕이었다. 아버지는 가정 경제에는 관심도 없었고, 엄마는 그런 아버지를 대신하여 일을 해야 했다. 할머니는 엄마의 일손을 도와 집안일을 도맡다시피 하셨다. 그런 친할머니도 엄마에게는 시어머니였나 보다. 아버지에게 표현하지 못하는 속상한 마음에 할머니까지 미웠을 것이다. 가끔 우리를 앉혀놓고 하소연하실 때 아들 잘못 키워 고생한다며 친할머니에 대한 원망을 늘어놓으셨다. 엄마는 친할머니가 우리에게 욕을 할 때 미웠다고 했다. '하고 많은 욕 중에 왜 하필 빌어먹을 년이냐, 제발 욕하지 말라' 하고 부탁하셨다고 했다. 그래도 친할머니는 한 번씩 욕을 하여 엄마의 속을 뒤집었다. 가난한 집에서 태어나게 한 것도 미안한데 그런 욕까지 들어야 하는 자식들에게 미안한 마음이 들었다고 했다. 지금 이렇게 가난하게 사는 것도 지겨운데, 앞으로 빌어먹는 신세가 될까 봐 무서웠을 거다.

지금부터 내 엄마의 삶을 이야기하려고 한다.

엄마 나이 열 살에 외할머니가 가출했고, 외할아버지는 바로 새 외할머니를 맞았다. 새 외할머니는 이복 남매를 데리고 왔다. 어린 나이에 엄마는 집안일하는 식모처럼 힘겨운 삶을 살았다. 매일 아침 다섯 시, 눈도 뜨기 힘든 이른 시간에 아침밥을 지으라며 새 외할머니는 엄마의 얼굴에 찬물을 뿌려 깨웠다. 새 외할머니의 구박은 열여덟 살까지도 계속 이어졌다. 외할아버지는 그 사실을 알면서도 모르는 체하는 건지 관여가 전혀 없었다고 했다. 때리는 시어머니보다 말리는 시누이가 밉다고 서러운 마음에 엄마는 외할아버지가 더 미웠다.

　스무 살의 엄마는 미용 기술을 배워, 독립해 미용실에서 일하며 혼자 살았다. 돌이켜보면 그 짧은 2년이 몸과 마음이 가장 편했던 시절이라고 하셨다. 혼자 살면서 낳아준 생모가 그리워 여기저기 수소문하면서 찾았다. 새 외할머니에게 구박받으며 자란 이유가 생모에게 버림받았기 때문이라는 생각에 원망스러웠지만, 피가 끌리는지 그리운 마음은 나날이 커져만 갔다고 했다. 가까운 친척들을 통하여 생모의 행방을 수소문하다가 마침내 어렵게 연락이 닿았다. 애써 찾은 생모는 이미 다른 가정을 꾸리고 배다른 남동생까지 있었다고 했다. 엄마는 그런 생모일지라도 마냥 좋아했고 의지했다고 했다. 생모의 소개로 엄마는 아버지를 만나게 되었다. 키가 178㎝에 훤칠하고 잘생긴 여덟 살 연상의 총각이었다. 처음 만난 순간부터 엄마가 좋았던 아버지는 엄마가 다니는 길목에서 끊임없이 기다리고 마음을 얻기 위해 한결같은 사랑을 표현하며 따라다녔다고 했다.
　'저 정도로 나를 좋아해주는데 결혼해도 괜찮지 않을까.'
　부모님의 사랑을 받지 못하고 자란 엄마는 항상 사랑에 목말랐다고 했다. 우스갯소리도 곧잘 하며 웃을 때는 더없이 선해 보이는 모습이 좋아 청혼을 받아들였다. 그때 엄마의 나이가 스물한 살. 결혼을 선택하기에는 너무 어린 나이였지만 부모에게 받지 못한 사랑을 남편에게 채우려는 생각도 있었다. 결혼 후 남편에게 사랑받는 삶이 되리라는 환상이 깨지는 데는 많은 시간이 필요하지 않았다. 신혼 3일째 산산조각이 났다고 엄마는 기억했다. 저녁때가 되면 불쑥불쑥 친구들을 집으로 데리고 와서는 술상을 요구했고 늦은 시간까지 술자리가 이어졌다. 모두가 불콰하게 취해서 돌아가고 나면 술상이 부실하다느니, 친구들 앞에서 말대꾸했느니 하며 갖은 트집과 함께 주사가 시작되고 그 수위는 점점 높아져갔다. 알고 보니 훤칠한 아버지는 세상에서 술을 가장 좋아했다. 엄마가 힘들게 벌어놓은, 끼니를 이을 쌀조차도 술값으로 탕진했다.

술 먹는 사람치고 곱게 먹는 사람이 얼마나 될까? 술만 마시면 소리 지르고, 물건 집어던지고, 의심하고, 가사에 보탬이 되는 일에는 안중에도 없었다. 유독 엄마에게만 폭력을 썼다. 술 취해 집에 들어오면 엄마는 아버지를 피해 도망 다녔다. 불안한 우리는 엄마 모습이 보이지 않으면 가출이라도 했을까 무서워 동네방네 찾아 헤맸다. 어느 날은 뒷산에서 죽을 마음으로 앉아있는데 자식들이 울며불며 엄마를 부르는 소리에 차마 죽지도 못했다고 했다. 엄마는 그랬다. 새 외할머니에게 눈칫밥과 구박받고 자랐는데, 새끼들이 비록 없어서 굶어 죽더라도 엄마라 부르며 살게 하고 싶은 마음 하나로 버텼다. 지긋한 가난, 남편의 술주정에 아들을 낳지 못하는 설움까지 더했다.

내리 딸 셋 낳고 얻은 아들은 9살 되던 해에 사망했다. 감기약으로 처방받은 약이 잘못되어 100일 지날 무렵 아프기 시작했다. 귀한 아들 낳았다고 좋아할 틈도 없이 시름시름 앓는 아들을 보며 가슴앓이하다가 눈 쌓인 어느 산자락으로 보내야 했다. 동네 사람들은 어디에 묻었는지 엄마에게 알려주지 않았다. 어린 자식이 죽으면 가슴에 묻는 거라며 그리워도 찾아가지 못하도록 알려주지 않는 것이 불문율이었다고 했다. 엄마는 지금까지도 자식을 산에 묻은 날과 생일을 잊지 않는다. 겨울 어느 날 밥상에 미역국이 올라오는 날이 죽은 아들의 생일날이다. 미역국을 끓이며 혼자 우는 그 심정을 누가 알아줄까!

엄마는 먹을 것도 변변치 않은 집에서 가족의 끼니 해결과 학비를 감당해야 했다. 엄마의 허리는 농사와 장사로 펴볼 날이 없었다. 아침부터 밤까지 일해야 했고 그 와중에 틈틈이 부업도 했다. 돈이 되는 일이라면 닥치는 대로 몸을 돌보지 않고 일했다. 고진감래라고 엄마 인생도 꽃필 날은 있겠지? 오늘까지도 찬란한 꽃은 만개하지 못했다. 이 글이 작은 씨앗이 되어 고된 삶 속에서 훈장처럼 얻은 질병으로 힘든 날을 보내는 엄마에게 자양분이 되길 소망한다. 엄마를 보면 고생 끝에 낙이 오는 게 아니라 고생 끝에 고통만이 남는다.

사랑도 받아본 사람이 표현할 줄 안다는 말이 있다. 부모에게 사랑을 받아본 적 없는 엄마는 자식들에게 사랑과 감사의 표현에 인색하다. 안 닮아도 되는 성격은 왜 그리 닮아가는지? 나는 자식 중에서도 유난히 "감사합니다", "사랑합니다"를 표현하지 못한다.

올해 나의 생일날 아침, 가장 먼저 그녀에게서 축하 메시지를 받았다. "생일 축하한다. 항상 건강하고 행복해라. 사랑한다"였다. 처음 엄마의 '사랑한다'라는 문자에 왈칵 눈물이 쏟아졌다. '엄마가 나를 사랑하는구나! 엄마도 표현할 줄 아시는구나!' 엄마도 변해가는데 나는 아직도 사랑 표현에 어색하다. 엄마는 언제나 그 모습 그대로 내 곁에 영원히 있을 것 같아서 어리광을 부리는 건지도 모른다. 어리광하는 딸을 사랑해주시는 나의 엄마, 감사하고 사랑합니다.

사랑은 표현할 때 사랑으로 전달된다. 말하지 않으면 아무도 알수가 없다. 엄마에게 드리는 글을 쓰면서 도리어 사랑하는 마음 표현을 배워가고 있다. 뒤늦지 않게 엄마의 인생과 자식을 사랑하는 방법을 알았다. 이로써 엄마의 인생 스토리가 나와 엄마가 함께하는 히스토리가 되었다.

할 수 있는 게 노력뿐이더라

- 쓰꾸미

　노력해서 성공하는 것이 아니라, 성공하기 위해서 할 수 있는 것이 노력밖에 없었습니다.

　사십이 되고 나니 후회되는 것들이 많습니다. 부동산 가격이 오르기 전, 경기도에 집을 장만했습니다. 대출을 받아 샀지요. 대출이 집값의 반을 차지했으니, 월급의 반이 조금 안 되는 돈이 대출금으로 나갑니다. 아들이 수학 학원과 수영을 다니고 싶다고 합니다. 딸은 수영도, 과학도, 피아노도 하고 싶어 합니다. 아이들이 하고 싶은 게 많습니다. 하고 싶다는 거 다 해주고 싶습니다. 아내가 학원들을 알아보고, 신용카드로 학원비를 결제합니다. 월급을 받으면, 그다음 날이 결제일이어서 사용한 카드값이 빠르게 인출됩니다. 통장은 빠르게 텅장(텅빈 통장)이 됩니다. 그렇게 빠듯하게 살고 있습니다.

　불안한 외줄타기. 회사에 다니지 않으면, 수입이 없습니다. 힘들더라도 참고 다녀야 합니다. 한 집안의 가장이니까요. 돈, 많이 벌고 싶습니다. 그럼에도 많이 벌 수 있는 다른 일에 도전 못 합니다. 가족이라는 이름 뒤에 숨어 핑계를 댑니다. 유튜브에서 2023년부터 미국 엔비디아에 투자하여 투자 자금의 2배를 벌었다는, 욕심을 부추기는 영상을 봤습니다. 다른 사람들은 돈을 쉽게 버는 것 같아 허탈감을 느낍니다. 요즘엔 AI와 친환경 에너지같이 새로운 산업에 대한 정보가 많이 나옵니다. 건설회사에 다니고 있는 저는 위기감을 느낍니다. 회사도 경영 상황이 힘들다고 합니다. 새로운 시대적 흐름에 동참하지 못한 생각이 들어 소외감도 듭니다.

2017년, 회사의 경영 상태가 좋지 않아 자택 대기 하면서 돈 걱정 많았던 때가 떠오릅니다. 그때 월급은 반토막 났습니다. 그럼에도 주변 사람들의 시선을 의식해, 지출은 그대로 유지했습니다. 나날이 늘어나는 지출. 돈 걱정으로 한숨 쉬던 제가 떠오릅니다. 언제 다시 회사에 출근할 수 있을지, 출근 후 어떤 일을 할 수 있을지 걱정이 많았던 시기였습니다. 은퇴를 미리 경험한 느낌이라고 해야 할까요? 이 시기에 제 의지대로 살아가는 것이 아니라, 환경에 끌려다니며 살아간다는 느낌을 받았습니다. 그 누구도 회사에 다니라고 강요하지 않았습니다. 또 과도한 지출에 허덕이면서 살아가라고 강요하지 않았습니다. 그때의 저는 위태로웠습니다.

내 삶을 내 뜻대로 살아가기 위해 아직 정답을 찾지는 못했지만, 저에게 효과가 있는 세 가지 방법을 발견했습니다. 그 방법들을 공유해보려 합니다.

첫째, 명상의 결과로, 오늘을 가치 있는 것으로 채우려 노력합니다. 3시 30분에 일어납니다. 일어나서 이불을 정리하고, 거실에 나와서 죽염 한 톨과 물 한 잔을 마십니다. 다 마신 다음에 화장실에 갑니다. 화장실에 앉아서 핸드폰을 꺼내 습관 앱을 실행합니다. 제 꿈에 대해서 적어놓은 문장을 소리 내 읽습니다. 화장실에서 읽으면 제 목소리도 좋아 더 끌립니다. 사람들에게 친절한 인상과 메시지를 잘 전달하고 싶은 욕심이 있어, 소리를 내어서 읽지요. 또 화장실에서 읽어야 가족들의 수면을 덜 방해하게 됩니다. 그렇게 읽고, 해당 문장을 완료로 표기하면서 달성된 꿈의 결과에 대해서도 상상합니다. 그리고 그 꿈을 위해서 오늘 집중할 일을 생각해봅니다. 예를 들면, 중요한 회의가 있는 날에는 습관 앱에서 눈에 들어오는 문구를 발견합니다. "나의 시그니처는 경청과 메모다. 정당하다고 생각되는 비판은 받아들이고, 정말 비난에 불과한 말들에는 관심을 끈다"라는 문구를 읽고 오늘 회의 시간에 다른 사람의 의견을 듣는 제 모습을 상상합니다. 그렇게 오늘 있을 중요한 회의에 집중하며 하루를 시작해봅니다.

둘째, 달리기를 통해 체력과 자신감을 쌓고, 오늘 하루의 컨디션을 확인해봅니다. 기분이 삶을 지배합니다. 책 『운동화를 신은 뇌』에서 나온 내용입니다. 운동을 하면, 신경전달물질인 도파민(집중력), 세로토닌(각성), 노르에피네프린(기분 전환)이 분비된다고 합니다. 이러한 신경전달물질들은 긍정적 태도가 증가하게 하고, 인내심과 자제력을 높여준다고 합니다. 그러니 자연스럽게 도전하고 싶은 욕구가 생깁니다. 저도 달리기를 하기 전까지 달리기에 대한 가치가 없다고 답변했습니다. 달리기 전에는 아침에 눈을 떠서, 생산성이라는 단어에 얽매였습니다. 쫓기듯 책을 읽고, 무엇인가를 배우는 것에 집중했습니다. 그런데 요즘에는 아침에 일어나 스트레칭과 달리기를 먼저 합니다. 그리고 달리면서 제 몸을 확인해보는 과정을 가집니다. 그리고 막상 달리기 전에는 컨디션이 좋지 않았다가 달리고 난 뒤에 컨디션이 돌아오는 경험도 하였습니다. 그러니 달리기는 저에게는 일상을 꾸준하게 유지할 수 있는 가치를 선물해줍니다. 달리기 전에는 현재 상태를 파악하는 가치를 몰랐습니다. 출근 전에 시간이 없다고 불만만 이야기했습니다. 달리면서, 몸과 마음을 관찰하고 오늘 중요한 가치를 채우거나 유지하기 위해 준비하는 시간을 갖게 해줍니다.

셋째, '훔치기' 기술을 활용합니다. '나는 어떻게 회사에 다니고 있는가?' 고민해보니, 새로운 환경에 적응하는 것이 불편하다는 걸 깨달았습니다. 그 불편함에는 미숙함에서 오는 두려움이 있었습니다. 저는 항상 잘하는 모습만 보여주고 싶어 하고, 그로 인해 인정받고 싶어 하는 저 자신을 발견하게 됩니다. 불편함을 느낄 때마다 더 익숙해지기만 하면 될 거라고 자신을 위로하지만, 어떻게 익숙해지는지 잘 몰랐습니다. 그러던 중, 이미 그 일을 잘하는 사람들로부터 배우는 것이 큰 도움이 된다는 걸 알게 되었습니다. 신입 사원이었을 때, 문서를 잘 만드는 김 차장이 문서를 편집하고 정렬하는 방식을 유심히 관찰하고 나서 어깨너머 배운 방법을 따라 해보았습니다. 결과적으로, 사람들은 제가 문서를 잘 만들었다며 칭찬해주었습니다. 이 방법이 유용하다는 걸 깨달은 후로는 달리기, 영어 공부, 시간 관리 등 관심 있는 분야의 노하우를 유튜브에서 찾아보고, 그들의 방법을 훔쳐 배우고 있습니다. 이렇게 다른 사람의 노하우를 적극적으로 배우며 점점 더 익숙해지고 있습니다.

씨 뿌렸다고 무조건 열매가 열리는 것은 아니라는 것을 압니다. 제가 할 수 있는 꾸준함과 반복으로 저의 부족함을 채우는 방식을 선택합니다. 매일 반복되는 일상을 변함없이 실천하기는 어렵습니다. 그래서 기록 특징을 이용해봅니다. 하루의 기록에는 변화가 눈에 띄지 않습니다. 그런데 한 달, 반 년, 일 년이 쌓여 만든 기록을 보면 확실히 성장했다는 것을 보게 됩니다. 그리고 그 기록에 적혀 있는 실패 방법을 반복하지 않고, 개선된 방법으로 다시 도전하면 성공할 수 있다고 믿습니다.

좀 더 좋은 방법을 찾기 위해 책을 읽습니다. 독서 중, 새롭게 알게 된 것이나, 생각하고 느낀 부분을 따로 정리해서 기록하기도 합니다. 또 다이어리에 하루를 어떻게 보내고 있는지를 쓰고, 감사한 부분과 부족한 부분 그리고 집중해야 하는 사항을 기록합니다. 이렇게 누적된 기록의 힘을 통해, 꾸준히 성장할 수 있다고 믿습니다.

성공을 위해 노력이 중요한 이유는 스스로 통제할 수 있는 유일한 요소이기 때문입니다. 잘 사는 사람들과 비교하면 자칫 초라하게 느껴집니다. 그런 감정이 무기력으로 이어지지 않도록 하는 방법은 현재 하고 있는 일에서 가능성을 발견하는 것입니다. 될 수 있다는 가능성만이라도 찾으면, 노력하는 시간을 견디는 저를 발견하였습니다. 그리고 이러한 노력이 선순환을 만들어 점차 나아갈 수 있는 경험도 하였습니다. 노력만으로 반드시 성공할 수 있다고 믿지는 않지만, 오늘 할 수 있는 최선의 노력으로 하루를 채워갑니다. 행복하고 성장하는 삶을 위해 오늘도 노력하며 한 걸음 나아가려 합니다.

남편이라는 나무에
매달린 매미처럼

- 이미란

　새벽 4시 30분, 남편은 남해로 출장 가기 위해 바쁘게 현관문을 닫고 나섰다. 결혼 전부터 출장에 익숙했기에 나는 평소처럼 하루를 시작했다. 그런데 다음 날 새벽, 12시 30분에 모르는 번호가 울렸다. 낯선 목소리가 ○○○씨 아내냐고 묻자, 나는 잠결에 당황하며 누구인지 되물었다. 남편이 출장 중인 곳이라고 했다. 순간 벌떡 일어나 무슨 일이냐고 다시 묻자, 119구급대원이 남편을 병원으로 이송 중이라며 수술 동의를 받기 위해 빨리 남해로 오라고 말했다. 귀에서 삐 소리만 맴돌았고 정신이 아득해졌다.

　남편이 옮겨진 병원으로 시부모님이 먼저 출발했다. 나는 울음을 참으며 아이를 품에 안고, 어렵게 병실에 도착했다. 남편은 아주 힘들어 보였지만, 나를 위로하려는 듯 괜찮다고 했다. 하지만 그가 조금도 괜찮지 않다는 걸 알았다. 일하던 중 전기가 그의 몸을 관통해 손가락 사이로 빠져나갔다고 한다. 다행히 목숨은 건졌지만, 그의 손가락은 돌아오지 않았다. 몇 달간의 입원과 수술이 필요했다.

그날 밤 남편은 생사의 경계에서 딸아이의 얼굴이 떠올랐다고 했다. 그의 심장은 잠시 멎었고, 그 순간이 고요하게 느껴졌다고 했다. 고요함 속, 딸아이를 향한 강한 그리움이 정신을 붙잡고 나올 수 있게 도운 것이다. 다행히 심폐소생술이 성공해 남편을 살릴 수 있었다. 말 그대로 죽다 살아났다. 그날 이후로 어떤 상황도 당연하게 여기지 않게 되었다. 남편이 곁에 있다는 사실, 그가 살아 돌아왔다는 사실이 더없이 소중하게 느껴졌다. 가끔 그날의 기억이 떠오르면 우울하고 슬퍼진다. 사고가 난 직후에는 슬퍼할 겨를이 없었다. 수술해서 손가락이 온전하게 돌아올 수 있을 거라는 희망만 간절했다. 지금에서야 슬퍼할 수 있고 마음껏 눈물도 흘릴 수 있었다. 남편의 그늘이 없어질 거란 불안함이 컸다. 남편만 보고 살아왔는데 일상이 조각나는 기분이었다. 남편 없는 우리 가정은 생각해본 적도 없다.

사고 후 6개월의 시간이 흘렀다. 친구의 권유로 인스타그램을 통해 꽃 풍선 사업을 시작했다. '만약 남편이 없어도 혼자 아이 키우며 살아갈 수 있을까? 조급한 마음속 호기심으로 무작정 뛰어들었다. 5월 초, 인스타그램에 사업을 개시하라고 경험이 있는 친구가 알려주었다. 기간은 20일 정도다. 새벽 5시부터 일어나 만드는 법을 배우고 연습했다. 20개월 된 딸이 유튜브에 노출된 시점이다. 안타까웠지만 어린이집에 보낼 수는 없었다. 세 돌 전까지 내 손으로 키우고 싶은 엄마의 마음이다. 시간 관리를 재조정했다. 새벽과 늦은 밤에만 일했다. 낮에는 아이에게 집중했다. 꿈나라로 가는 아이 옆에서 이불을 뒤집어쓰고 인스타그램에서 꾸준히 활동했다. 초반에 뛰어든 아이템이라 반응이 좋았다. 5월은 감사의 달이라 많은 이들이 선물을 원했고, 주문이 들어오면 고객 상담을 통해 고객 요구에 맞춰 제작했다. 상담, 제작, 배송까지 온종일 분주했다. 하지만 몸이 한계에 다다랐고, 결국 대상포진까지 겪게 되었다. 그럼에도 사업을 계속 이어갔다. 남편도 어느새 퇴근 후 배송팀이 되어 함께 일하게 되었고, 그의 도움 덕분에 한 달 동안 두 배 이상의 수익을 올렸다. 그러나 6월이 되자 주문량은 급감했고, 나는 다시 현실을 직시했다. 지친 몸과 집안 가득 널브러진 살림들, 워킹맘의 열정 불꽃이 파르르 떨리며 희미하게 꺼져갔다.

남편은 나에게 장사에 소질이 없다고 솔직하게 말했다. 남편의 말에 내 시선이 머물렀다. 처음엔 속상했지만, 일할 때 체계가 없었던 내 모습을 떠올리면 인정할 수밖에 없었다. 결국, 남편의 발령으로 힘없이 사업을 접게 되었다. 재고를 처리하기 위해 마지막으로 원데이클래스를 열어 꽃 풍선을 가르쳤다. 아이들을 가르쳐본 경험 덕분에 수업하는 자신감에 빛이 났고, 사람들과 소통하는 시간에 새로운 기쁨을 느꼈다. 그렇게 재료들을 소진시키고 나의 사업은 막을 내렸다.
인스타그램으로 사업을 시작하는 사람들에게 전하고 싶다. 내가 할 수 있는 확고한 아이템이 있다면 전문적 프로그램을 배우고 창업 클래스 강좌까지 듣길 추천한다. 내 사업의 시작에는 무모한 용기가 있었으나 목표와 전문성이 없었다. 구체적인 방안과 전문적인 지식이 밑바탕 되어야 한다. 경험해보자. 오귀스트 로댕이 말했다. "경험을 현명하게 사용한다면 어떤 일도 시간낭비는 아니다." 실패를 두려워하지 말고 배우는 기회로 삼아야 한다는 걸 배우게 되었다. 꽃 풍선 사업은 내 인생, 젊은 날의 값진 경험이다. 매출이 급감할 때 우울감과 약간의 좌절로 힘들었다. 그래서 빨리 포기한 것 같다. 실패한 기억 조각을 트라우마로 보지 말고 개발로 보자. 일하며 어떤 시행착오가 있었는지 경험한 그 순간에 꼭 기록으로 남겨두어야 한다. 기록은 '오늘'을 기억하는 방법이다. 오늘의 성공과 실패를 적어 그때를 해석하고 이해해야 자기 통찰로써 거듭날 수 있다.

삶은 변화무쌍하다. 평범한 아침 일상 속 출장 갔던 남편에 대해 타인에 의해 전화가 걸려 올 때 심정, 두렵고 떨렸고 하늘이 무너지는 것 같았다. 다행히 큰 사고로 진행되지 않았지만, 한 가지 깨달은 것이 있다. 세상의 모든 것은 영원하지 않다. 그리고 사업의 경험을 통해 배운 것도 마찬가지이다. 무엇이든 쉽게 얻을 수 없다는 것이다. 남편의 그늘에만 기대어 살아가던 나는 이제 나만의 나무를 심고, 물을 주며 살아가야 한다. 삶은 언제나 세찬 비바람이 휘몰아칠 수 있다. 평상시에 무탈할 때 강한 폭우 속에서도 견딜 수 있는 단단해지는 정신력을 갖추어야 한다. 그것이 독서이며 자기 계발이다.

5

독립운동가를 만나러 떠난 여행

- 이상임

2019년 8월 11일 오전 10시 10분, 설렘을 가득 안고 인천공항을 출발한 비행기는 2시간 40분 만에 블라디보스토크에 도착했다. 비행기에서 내리는 순간, 바다와 가까운 공항 주변에서 느껴지는 특유의 짭조름한 비린내가 이곳이 낯선 해외라는 걸 실감하게 해주었다.

입국 수속을 위해 줄을 서면서 내내 주위를 둘러보았다. 함께 비행기에서 내린 러시아인들은 하나같이 크고 우람한 체격이었다. 그들 사이에 서 있는 우리 일행은 다소 작고 왜소해 보였다. 왠지 모르게 몸이 긴장되는 느낌이었다. 시야에 들어오는 풍경은 전혀 다른 세계였다. 이전에 방문했던 공산주의 국가인 중국과는 전혀 다른, 이국적인 서양의 분위기가 느껴졌다. 서양을 처음 여행하는 만큼 모든 게 신기하고 낯설었다.

공항을 빠져나와 버스에 올랐다. 우리가 향하는 곳은 우수리스크였다. 한국 독립운동의 숨결이 살아 있는, 우리 역사의 흔적이 남아 있는 곳. 버스가 달리는 동안 블라디보스토크의 풍경이 점점 멀어졌다. 우수리스크로 가는 길 위에서, 이 낯선 러시아 땅에 남아 있을, 그 시절 조국을 위해 싸웠던 독립운동가들의 발자취를 따라가볼 생각에 마음이 묵직해졌다.

블라디보스토크에서의 첫걸음은 그렇게 시작되었다. 낯선 땅이지만 우리 역사가 숨 쉬는 이곳에서 나는, 또 한 번 의미 있는 여행의 페이지를 열어가고 있었다.

우수리스크에서 찾은 고려인 박물관과 문화센터. 북한 말씨를 쓰는 여성 단장님께서 환한 미소로 우리를 맞이해주셨다. 따뜻한 인품이 느껴지는 단장님을 보니, 비록 타국에서 살고 있지만 한 핏줄이라는 생각에 마음이 편안해졌다. 서로 인사를 나누고 작은 공연장으로 안내받았다.

곧이어 '아리랑 가무단'의 공연이 시작되었다. 전통 한복을 입은 고등학생 단원들이 무대에 오르자, 무거운 진지함이 공연장에 퍼졌다. 농사일의 고단함과 추수의 기쁨을 주제로 한 공연은 정성을 다해 표현되었고, 그 안에는 조국을 향한 깊은 그리움과 전통을 잊지 않으려는 노력이 담겨 있었다. 공연을 보며 우리 고유의 문화와 정체성을 지키기 위해 헌신하는 그들의 모습이 가슴 깊이 다가왔다.

공연이 끝나고 학생들의 손을 하나하나 잡으며 고맙다는 인사를 전했다. 그들은 서툰 한국어로 찾아와줘서 감사하다며 고개를 숙였다. 먼 이국땅에서 느낀 우리의 문화와 유대감은 '아리랑' 선율처럼 마음에 오래도록 울려 퍼졌다.

고려인 문화센터에 자리한 안중근 의사 기념비는 높이 1m 남짓의 소박한 크기지만, 그 의미는 결코 작지 않았다. 기념비에는 한글로 "인류의 행복과 미래, 민족의 영웅 안중근 의사"라는 문구가 새겨져 있다. 그의 항일 정신을 기리고자 세워진 이 기념비는 이곳에서 독립을 위해 싸운 조국의 역사를 되새기게 한다.

우수리스크에는 안 의사가 이토 히로부미를 처단하기 전 훈련했던 공원도 남아 있다. 안 의사를 돕고 지지했던 독립운동가 최재형 선생의 자택 등도 곳곳에 자리 잡고 있어, 이곳을 걸을 때마다 한반도 밖에서도 이어진 그들의 항일 의지와 노력이 깊은 울림으로 다가왔다.

호텔에 들어서니 침대가 넉넉했다. 서양인의 체형에 맞춰져 있어 더욱 커 보였다. 빽빽한 일정 덕에 피곤함이 몰려와 잠자리에 일찍 들었다. 다음 날 아침, 화장실을 급히 쓰고 보니 어쩐지 깨끗하게 사용하지 못한 것 같아 마음에 걸렸다. 나와 함께 방을 쓰던 안○○ 선생님이 화장실 청소를 시작하셨다. 그런데 물이 내려가지 않는 게 아닌가. 하수구 구멍을 찾아보려 했지만, 보이지 않았다. 그제야 '건식 화장실'이라는 개념이 떠올랐다.

수건으로 바닥의 물기를 닦아내며 실소가 터졌다. 익숙지 않은 문화가 주는 당혹감에 '도랑물만 건너도 객지다'라는 말이 떠오른다. 낯선 곳에서의 작은 실수와 난감함이 또 하나의 여행 경험으로 쌓이는 순간이었다.

우수리스크 수이푼 강가에 자리한 보재 이상설 선생의 유허비는 그의 굳건한 항일 정신과 애국의 마음을 기리고 있다. 충북 진천에서 태어난 보재 선생은 1906년 이동녕 등과 함께 중국 용정에 서전서숙을 설립하며 근대 교육과 항일 정신 고취에 전념했다.

1907년에는 고종 황제의 밀지를 받아 이준, 이위종 선생과 함께 만국평화회의가 열리는 헤이그로 급히 향했지만, 그 뜻은 이루지 못했다. 세계에 일본의 침략을 호소하고 조국의 독립 의지를 알리고자 한 그의 노력이 유허비에 담겨 있어, 이곳에서 그의 숭고한 정신을 다시금 느낄 수 있다.

연해주에서 1917년에 병으로 세상을 떠난 보재 이상설 선생의 유해는 이곳에 뿌려졌다. 그가 마지막 숨을 쉬었던 이 땅에 선생의 희생과 신념을 기리는 상징이다. 유허비 상단에는 선명한 태극 문양이 새겨져 있고, 앞뒤로 한글과 러시아어로 그의 생애와 업적이 음각되어 있다.

그날 하늘에서 쏟아진 빗물은 마치 선생의 눈물 같았다. 유허비 앞에서 한참 동안 그의 정신을 되새겼다. 조국을 위해 생애를 바친 분에 대한 존경이 가슴 깊이 밀려왔다.

최재형 선생의 마지막 거주지를 방문한 날, 깊은 감동과 숙연함이 밀려왔다. 함경도의 노비 출신으로, 연해주에 이주해 군수업으로 모은 재산을 모두 바쳐 무장 독립운동을 펼쳤던 선생. 연해주 사람들은 그를 '최 페치카'라 불렀고, 그 별칭에는 연해주의 험난한 환경 속에서도 따뜻하게 독립운동을 이끌던 그의 정신이 담겨

있다. 특히 안중근 의사의 의거를 지원하고 대한민국 임시정부 초
대 재무총장에 임명되었던 선생은 1920년 일본군에 체포되어 순
국하였다.

　신한촌에 도착해 '신한촌 기념비' 앞에 섰을 때, 세 개의 기둥이
우리의 발길을 멈추게 했다. 중앙의 기둥은 한국을, 왼쪽은 북한
을, 오른쪽은 고려인과 재외동포를 상징하며, 연해주 한인들의 독
립운동을 기리고 재러시아 한인들을 위로하기 위해 세워졌다. 기
념비는 매일 오후 4시까지 이베체스라브 씨가 관리하고 있었으나,
우리가 방문한 날에는 건강 문제로 출근하지 못하셨다고 한다.

　그때 주변에 있던 몇몇 한인들이 다가와, 따뜻한 미소와 함께
"찾아와주셔서 고맙다" 하는 인사를 건넸다. 우리도 그들의 손을
잡으며 감사의 마음을 전했고, 마치 같은 마음으로 이어져 있다
는 느낌이 들었다. 또 대한민국 임시정부 초대 국무총리였던 이동
휘 선생의 집도 이곳 신한촌에 남아 있어, 독립을 위해 헌신한 그
들의 발자취를 가슴 깊이 느낄 수 있는 곳이었다.

　1920년 신한촌은 끔찍한 비극을 겪었다. 일본군이 일부 일본군
병력의 피살을 빌미로 한인들을 무차별적으로 공격해 학교에 몰
아넣고 불을 지르는 학살을 자행했다. 러시아 당국의 압력으로 개
척리에서 쫓겨나 신한촌에 새 터전을 꾸리던 이들에게, 이 사건은
고단함 위에 얹힌 비극적인 고통이었다.

　신한촌의 2차 비극은 1937년 중일전쟁 시기, 스탈린이 일본으로
부터 극동 지역을 지킨다는 이유로 한인들을 중앙아시아로 강제

이주시킨 사건이다. 강제 이주에 앞서, 한인 지식인 2,500여 명이 저항을 막기 위해 처형당했으며, 이들 중에는 진천 출신 독립운동가이자 「낙동강」의 저자로 잘 알려진 카프 문학가 포석 조명희 선생도 포함되어 있었다.

강제 이주 당시, 19만 명의 한인들은 목적지도 모른 채 공포 속에서 열차에 올랐다. 40일 동안 약 6,000㎞를 이동하며 물과 식량조차 제대로 공급받지 못해 굶주림과 질병으로 인해 무려 16,500명이 열차에서 목숨을 잃었다. 도착한 곳은 허허벌판에 가까운 척박한 땅이었다. 첫해에만 7,000명, 이듬해 4,800명이 힘든 환경을 견디지 못하고 생을 마감했다. 이들은 오늘날 중앙아시아에서 '카레이스키'로 불리는 고려인들이다. 그들의 고난과 생존은 지금까지도 강인한 민족의 역사를 증언하고 있다.

1910년 8월 29일, 일본 제국주의에 의해 나라를 빼앗긴 후 수많은 독립운동가들은 조국의 독립을 위해 전 세계로 뻗어나갔다. 중국 상해에 임시정부를 세우고, 홍커우 공원에서 의거한 윤봉길, 청산리에서 항일 대첩을 이끈 김좌진, 연해주에서 활동한 이상설과 안중근, 최재형, 미국의 안창호, 쿠바의 임천택, 몽골의 이태준, 카자흐스탄의 홍범도, 네덜란드의 이준까지, 이들은 전 세계 곳곳에서 조국의 독립을 위해 치열하게 싸웠다.

독립운동가들의 발자취를 따라가다 보면, 한국을 넘어 세계로 향한 꿈과 염원이 선명하게 그려진다. 그들의 헌신은 오늘날까지도 우리에게 깊은 영감을 주고 있다.

6

숨겨진 꿈의 발견

- 이은진

꿈이 없고 무엇을 해야 할지 정해지지 않았던 중고등학교 시절, 학생의 본분인 공부만 하면 되는 줄 알았다. 하지만 일률적으로 배우는 공부는 재미가 없었다. 수능을 위한 공부일 뿐이었다. 시간이 흘러 대학수학능력시험을 치르고 결과도 나왔다. 목표도 없이 재미없는 공부한 결과는 너무나 뻔했다. 전국 대학 지도를 펼쳐 어디에 입시 원서를 넣어야 할까 고민했다. 성적에 맞추어 대학교를 정하고, 과를 정하려니 입시 원서 넣을 만한 곳이 없다. 원서 넣는 기간이 있으니, 일단 찔러보기 작전으로 가군, 나군, 다군 원서를 넣었다. 역시 쉽지 않았다. 이러다 고졸 출신으로 남는 게 아닐지 걱정과 두려움이 앞섰다. 4년제 대학교는 안 될 것 같고, 전문대라도 진학하자는 마음으로 경기도 안산에 위치한 전문대 간호학과에 입학원서를 넣었다.

병원에서 아픈 환자를 돌보는 의사는 중학교 2학년 때 꿈꾼 적이 있었지만, 간호사가 되고 싶은 적은 없었다. 하지만 취업 잘되는 학과로 유명했기에 간호학과 입학원서를 넣었다. 며칠 뒤 합격 연락을 받았다. 그동안 불합격 연락만 받다가 합격 소식에 너무 기뻤다. 엄마와 함께 발을 팔짝팔짝 구르기까지 했다.

고등학교를 졸업 후 대학교에 진학하는 친구들은 주로 자취하거나 하숙해야 했다. 이미 합격해서 자취방 알아보고 학교 탐방도 다녀온 친구들도 많았다. 대학교 입학 전 아르바이트를 하는 친구들도 있었다. 하지만 나는 대학교 입학 일주일 앞두고 대학교 합격 소식을 받았다. 충남 태안에서 경기도 안산까지 통학으로 다닐 수 있는 거리가 아니었다. 부랴부랴 아빠랑 자취방을 알아보았다. 자연스럽게 독립이 시작되었다.

첫 독립을 시킨 부모님의 마음은 어땠을까? 걱정이 깊었던지라 매일 저녁 밥은 먹었는지, 잠은 잘 잤는지 통화를 했다. 처음 한 달은 혼자 자는 것도 무서워 할머니랑 함께 지냈다. 주말에는 태안 집에 자주 내려갔고, 학교 수업이 있는 날에는 자취방에서 시간을 보냈다. 그러나 인간은 새로운 환경에 잘 적응하게 되어 있다. 점차 혼자 지내는 용기와 힘이 생겼고 적응이 되었다.

1학년 1학기 첫 수업을 들었다. 기본간호학과 생물학 수업이었다. 고등학교 때 배운 내용이다 보니 낯설지 않은 과목들이었다. 오로지 수능을 위한 고등학교 수업에 비교해본다면 대학교 수업은 훨씬 재미있었다. 건강사정 과목을 배울 때는 직접 나의 몸을 사정하며 건강 정도가 어떤지 예측하는 재미가 있었다. 단순 암기가 아니었다. 이해하면서 외우고 현장실습도 병행하며 몸을 움직이는 공부가 흥미로웠다. 성적 우수 장학금도 받았다. 공부의 재미를 알게 되었고, 4.5점 만점에 4.12점으로 졸업했다.

발 마사지 동아리 활동도 하였다. 노인을 대상으로 요양원, 경로당으로 찾아가 발 마사지를 하고, 거동 못 하는 분들의 집으로 찾아가서 발 마사지 봉사를 했다. 동아리 봉사뿐 아니라 발에 대해 구체적인 인체 공부도 했다. 간호사의 길이 임상뿐 아니라 보건교사로도 열려 있다는 것을 알게 되었다. 상위권 성적을 유지하면 교직이수반에 들어갈 수 있었기에 누구보다 열심히 학교생활을 하여 교직이수를 해냈다. 어렸을 때의 꿈, 학교 선생님이 될 수도 있는 기회가 열린 것이다. 다양한 목표를 설정하며 대학 생활을 해나갔다. 신나고 재미있었다.

함께 어울리는 10명의 친구가 있었다. 그중 나 혼자 자취를 했기에, 나의 자취방은 우리들만의 아지트가 되었다. 특히, 시험이 끝나는 날에는 뒤풀이 장소로 변신했다. 마트에서 장을 보고 고기 구워 먹고 술도 마시며 어울려 놀기도 했다. 시험 기간에는 공부해야 할 범위가 넓어 각자 분량을 나누어 정리하고 어떤 것이 시험에 나올지 자체 시험지도 만들어 공유하였다. 공부와 노는 일 다 병행할 수 있었다. 뚜렷한 목표가 생겼기 때문이다.

서울에 사는 친구가 있어 서울 나들이도 종종 했다. 지하철 타고 서울에 다녀오며 신세계를 경험했다. 남산 나들이, 롯데월드, 오이도 바다 등 그동안 가보지 못한 곳 다양하게 가보기도 했다.

태안군 근흥면 동네에서만 경험하고 좁았던 시야가 점점 트이기 시작했던 20대 초반이었다. 방학에는 고향에 내려가 아르바이트 했다. 도서관 사서 일과 수학 학원의 채점 일이었다. 도서관에서는 도서 정리 및 책 대출해주고 쉬는 시간에는 책 읽기도 했다. 그리고 하루 하고 도망쳤던 전단지 돌리던 일도 생각난다. 한 손에 잡히지도 못할 분량의 전단 뭉치를 받고 빌라들을 다니면서 현관문에 붙이면 되었다. 쉽게 돈 벌기 좋은 아르바이트였다. 남의 현관문에 몰래 붙이고 안 붙인 척 달려와야 했다. 남의 눈치 보는 거 자체가 싫어서 몇 시간 못 하고 전단지 뭉치를 버리고 도망쳐버렸다. 단순 막노동은 나와 맞지 않는 것을 깨달았다.

2학년부터 2주는 학교에서 수업하고 2주는 실습을 병행하였다. 1,000시간의 실습 시간을 채워야 했다. 학교에서 정해준 실습지에서 임상 경험을 미리 경험해보며 훗날 나의 일터를 선택하는 데 도움을 받기도 했다. 학교에서만 배웠던 것을 실제 환자에게 해보는 실습을 누구보다 앞장서서 열심히 했다. 학생 간호사에게는 활력 징후 측정하기, 혈당 측정하기, 침대 정리, 환자 이송 등 단순한 처치를 시키곤 했다. 단순한 처치를 매일 하더라도 재미있었다. 선생님의 감독하에 처치도 해보며 실무 경험을 쌓아가는 시간이었다.

고대안산병원 내과 병동에서의 실습 경험이 특히 기억에 남는다. 학생 간호사 실습은 주로 관찰자 역할이었지만, 그곳에서는 업무가 많았다. 학생 간호사들도 입원 환자 응대하기, 간호 정보 조사지 인터뷰하기, 휠체어 태워 검사 다녀오기 등 많은 일들을 분담해서 했다. 덕분에 실습 시간이 지루하지 않았다. 마치 학생이 아닌 정식 간호사로 일하고 있는 것 같은 기분이 들었다. 병동의 선생님들을 도울 수 있어 나름 뿌듯했던 2주의 시간이었다. 우연히 진학한 간호학과 수업은 고등학교 3학년 수업 시간과 비슷했다. 아침부터 저녁까지 빡빡한 수업이었다. 하지만 공부 자체가 즐거웠기에 힘든 시간을 이겨낼 수 있었다. 가족의 품을 떠난 첫 독립은 나를 더 성장시키는 계기가 되었다.

성적에 맞추어 입학했는데 지금까지 직업으로 하고 있다. 간호학과 입학은 정말 잘한 일 같다. 나의 능력과 적성에 딱 맞는 일이었다. 취업 준비생들에게 한마디 전하고 싶다. 관심 분야를 미리 찾아 공부하고 노력할 수 있다면 금상첨화일 것이다. 하지만 적성이 바로 발견되지 않아도 너무 걱정하지 않았으면 좋겠다. 삶 속에서 우연히 내가 좋아하고 잘할 수 있는 일을 발견할 수 있다.

7

내가 가꾸는 섬

- 이주민

　유치원 아이들이 하원한 오후, 모두 책상을 옮기고 풍선을 불며 다음 날 행사 준비를 하고 있었다. 집에서 공부방 하는 걸 아는 동료 선생님들은 아무 말이 없지만 발길이 떨어지지 않았다. 일손을 돕다 보니 수업 시간이 임박했다. 서둘러 유치원을 나섰다. 유치원과 집은 1킬로미터 정도의 거리다. 가까운 거리라 택시가 가지 않으려고 한다. 빠른 걸음으로 가는데, 얼굴에 빗방울이 떨어졌다. 곧 비 내리겠다는 생각에 경보를 하듯 걸었다. 다리에 힘을 주고 빠르게 걷는데, 얼굴에 맞는 빗방울이 점점 굵어졌다. 마음이 급했다. 조금은 뛰듯이 걸었다. 비가 쏟아지기 전에 집에 도착할 수 있겠다는 생각이 들었다. 중간쯤 갔을 때 비가 퍼붓기 시작했다. 순식간이었다. 바람까지 세차게 불었다.

　가방으로 빗물이 들어찼다. 원피스는 몸에 달라붙고 세찬 맞바람에 걷기도 불편했다. 머리카락이 얼굴에 달라붙었다. 앞도 잘 보이지 않았다. 보도블록에 고인 빗물로 발이 푹푹 빠졌다. 속옷

이 비쳤다. 몰골이 말이 아니다. 파라솔 밑에 앉아 있는 베트남 남자들이 웃으며 구경한다. 기분이 나빴다. 창피했다. 그들 앞에서는 초연한 듯 걷다가 지나치면서 뛰었다. 화가 났다. '선생님들에게 미안하다고 말하고 제시간에 퇴근할걸', '끝까지 돕지도 못하고 이런 봉변을 당하다니', '무거워도 우산 갖고 다닐걸'. 별별 생각이 들었다. 현관에 들어서니 물이 줄줄 흘러 흥건했다. 빗물 때문에 집 안으로 들어갈 수 없었다. 놀란 남편이 수건을 건네며 학생이 와 있다고 했다. 2명의 학생이 나를 기다리고 있었다. 학생에게 젖은 모습 그대로 보이며 씻고 올 테니 책 읽고 있으라고 했다.

서두르며 씻는데 이렇게까지 살아야 하나 싶어 짜증이 났다. 머리를 감는데 갑자기 피식 웃음이 났다. 허겁지겁 씻는 내 상황이 우스웠다. 학생들은 옆방에서 공부하고 있는데 이렇게 씻고 있으니 말이다. 고생 각오하고 왔는데, 진짜 고생했네. 내가 이 정도로 열심히 살고 있다는 기특함으로 생각이 바뀌었다. 억척스럽게 사는 드라마 주인공이 된 듯했다. 곧 성공할 것 같았다. 기분이 좋아졌다. 학생들에게 쏟아지는 비를 뚫고 온 무용담을 말하며 수업에 늦어서 미안하다고 말했다.

한국에서 논술 수업을 할 때, 언어 장애나 ADHD 학생이 몇 명 있었다. 치료센터의 비용이 부담스러운 학부모가 센터 치료 대신에 독서 수업을 문의했었다. 언어치료센터의 1회 치료비가 8만 원이라고 했다. 나는 90분 4회 수업에 12만 원이었다. 멀리 있는 치료센터 가는 횟수를 줄이고 독서 수업을 하고 싶다고 했다. 실어

증인 초등학교 1학년, 언어 장애와 틱이 있는 중학생도 있었다. 내 자식이라 생각하니 마음이 아팠고 돕고 싶었다.

베트남에 오니 말이 늦은 아이들이 많았다. 해외에서 오래 살았거나 다문화 가정 등의 이유로 어휘력이 떨어지는 아이들이 많았다. 전문가가 아닌 내 눈에도 치료가 필요한 아이가 종종 보였다. 지금은 언어치료센터나 심리치료센터가 생겼지만, 센터가 없던 때에는 선무당의 실력이라도 도움을 주고 싶었다. 도움이 필요한 아이들이 오면 거절하지 않았다. 학생이 많지 않은 시기였기 때문에 가능했다.

이해가 늦고, 수업에 방해가 된다는 이유로 학원에서 받아주지 않거나 교육비를 몇 배로 받는다는 이야기를 들으면 안쓰럽기도 했다. 내 아이가 ADHD라는 이유로, 이해력이 떨어진다는 이유로 다른 아이들의 2, 3배 교육비를 낸다면 속상할 듯했다. 운영자 입장도 이해한다. 나도 매번 갈등한다. 그러나 외면하기 힘들다. 도움이 필요한 아이들의 수업은 어렵지도 않다. 내가 할 수 있는 선에서 돕고 싶었다. 기존 수업과 다르게 새로운 시도도 해봤다. 수업하면서 아이들의 변화가 보였다. 아이의 성장을 도울 수 있어서 뿌듯했다. 달라진 아이들의 모습에 엄마들 소개가 늘었다.

코로나19가 시작되고 거리가 통제됐다. 같은 아파트에 사는 학생 일부만 왔다. 보내는 부모도 수업하는 나도 코로나에 걸릴까 봐 조심스러웠다. 조금이나마 안심할 수 있도록 한 시간에 한 명만 수업했다. 수업이 끝날 때마다 초인종부터 문고리, 책상, 연필,

의자 등 손이 닿는 곳은 알코올로 소독했다. 주변에서 두 번씩 코로나 걸릴 때도 한 번도 걸리지 않고 수업했다. 코로나가 장기화하자 더 이상 놀 수 없었던 학생들이 하나둘씩 오기 시작했다. 불안한 와중에도 믿고 보내주는 학부모에게 감사했다. 학생들이 오면서 경제 가뭄이 해갈되었다. '죽으라는 법은 없다'라는 말이 떠올랐다.

일부 유치원이 월세를 감당하지 못하고 문을 닫았다는데, 내가 다닌 유치원은 문을 열었다. 오래 비워둔 유치원을 며칠간 청소했다. 아이들은 유치원 적응 시간도 필요했다. 학습 시기를 놓친 아이들의 수준을 올리기 위한 수업 준비가 많았다. 행사 일정도 많았다. 늦게까지 회의하고 준비하느라 일부 수업을 취소해야 했다. 주말 수업을 취소하는 일도 생겼다. 9시경 공부방 수업을 마치고 저녁을 먹은 후 유치원 수업 준비를 해야 했다. 보통 2시에 자고 6시 50분에 일어났다. 유치원을 중심에 두다 보니 공부방 학생들에게 미안해졌다. 유치원과 공부방 수업 중 하나를 선택해야 했다. 수입이 안정적인 유치원과 학생이 늘어날 미래의 공부방 중에서 말이다. 고민이 많았다. 나는 좀 더 적극적으로 공부방을 해보고 싶었다.

통제가 끝나고 예전의 일상으로 복귀했다. 그러나 코로나 시기와 크게 달라지지 않은 수입이었다. 코로나로 많은 가정의 수입이 줄었다. 주재원 가정도 월급이 삭감되었다. 거리에는 문 닫은 가게들이 보였다. 한국으로 귀임하는 가정도 많았다. 일부 학생들은 돌아오지 않았다. 답답한 마음으로 유치원에 놀러 갔다. 유치원으로 돌아오라는 동료 선생님의 말에 흔들렸다. 현재의 수입을 생각하니 유치원 월급이 아쉬웠다. 마음이 오락가락했다. 흔들리는 마음을 잡기 위해 유치원에 발을 끊었다.

입소문으로 학생을 모집하는 방법이 효과적이었다. 상담이 곧 가입이었다. 코로나로 학생이 없던 시기에 학생 맞춤 수업을 했었다. 독서 수업이었지만 2학년은 수학도 가르쳤다. 개별 수업을 하니 효과가 좋았다. 프랜차이즈이지만 내 현실에 맞게 바꿨다. 학생 한 명 한 명에게 필요한 것을 추가했다. 경계성 지능 장애, ADHD, 자폐 관련 책을 읽으면서 수업에 적용했다. 아이들을 생각하며 필요한 교재를 만드는 게 재미있었다. 걱정되는 아이들 수업에 신경 쓰다 보니 잘하는 아이들에게도 필요한 것을 주고 싶었다. 엄마들의 반응이 좋았다. 공부방 시작할 때는 한글이 늦거나 책을 안 읽는 아이들이 주였는데, 시간이 지날수록 잘하는 아이들이 들어왔다. 학생들에게 맞는 책을 준비하고 수업 준비하는 시간도 늘어났다. 학생이 늘어 수입도 늘었지만, 잘하는 학생을 위한 수업 준비로 책값도 많이 나갔다.

재정난으로 조금이라도 더 벌기 위해 고민해야 했다. 그런 고민이 학부모에게 인정받았다. 어느 순간 학생이 늘고 있었다. 또 해외로 나오는 선생님에게 나의 경험을 나눠줄 수 있었다.

모든 게 계획대로 잘되었다면 내 장점을 알지 못했을 거다. 그저 내가 잘해서라고 생각했겠지. 위태로웠던 시기를 버텨낸 경험이 다른 선생님들에게 시작할 수 있는 용기를 줄 수 있었다. 어려움 겪어보지 않은 내가 누군가의 멘토 역할을 할 수 있었을까? 유치원에 발길을 끊으면서 나는 외로운 섬이라고 생각했다. 그러나 나는 이 섬을 사람들이 찾아올 수 있도록 가꾸고 있었다. 내가 좋아하는 모습의 섬을 만들고 있었다. 지금도 누구나 들어올 수 있는 다리를 만들며 발전하고 커가고 있다.

8

그것 봐! 헛된 노력은 없어

- 이지은

가정주부로 아이를 챙기고 집을 세우며 느끼는 행복감은 컸지만, 그 사이로 스며든 허함을 부정할 수 없었다. 그러다 생각한 이중 가계부. 가족과 친정 부모님 것까지 각 도서관의 회원증을 만들어, 도서관에서 책을 빌려오면 정가와 무료 수업이라고 스스로 가치를 매겨 모두 수입으로 잡았다. 책을 읽을수록 수입이 늘어나는, 어디에도 없는 가계부였다. 하지만 자존감을 높이는 데는 탁월한 효과가 있었다. 가령 백만 원짜리 강의라고 가정하면, 너무도 귀한 생각에 의복을 정갈히 하고, 관련 도서를 찾아 예습하고, 과제도 성실히 했다. 가사와 공부로 시간에 쫓겼지만, 오히려 에너지가 채워지고 행복해졌다.

학원 보내는 대신, 내가 배워서 가르치자는 생각에 교원대와 충북대에서 영재 수학과 과학을 수료하였다. 아이들과 쿠키를 구우며 고체에서 액체로 상전이하는 버터로 융해와 응고를, 탄수화물의 노화와 호화를 알려주며 용어는 꼭 한자로 풀어주었다. 세탁

세제를 이용해 화학실험도 곧잘 했다. 굳이 과학 학원을 보내지 않아도 생활 속에서도 과학을 충분히 만날 수 있었다. 수학은 선행학습이 아닌 심화로 맥을 잡았다. 최상위 수학을 풀게 하고 올림피아드 대회를 통해 열심히 공부해서 성취감을 맛보게 해주었다. 학교를 통해 알게 된 지역사회 교육협의회와 도서관에서 각종 논술, 스피치, 동화구연 등을 배웠다. 하나를 알고 나면 두 개가 궁금한 지인들이 생겼다. 덕분에 전래놀이와 보드게임 자격증도 갖게 되었다. 논술을 배우며 역사의 중요함을 알았다. 우리 때는 판서를 받아적고 암기하여 시험 점수로 남기다 보니, 머리 나쁜 나로서는 암기과목이 참 싫었다. 그런데 새롭게 배우는 역사는 달랐다. 지역에 따라 다른 문화가 형성되고, 그 문화 속에 역사가 담긴다는 것과 사건의 결과가 새로운 사건의 원인이 되어 꼬리를 물고 흐르는 게 역사였다. 당시 청주에는 역사학원이 없어 첫차로 서울에 올라가 종일 공부하고 밤이 되어서야 내려왔다. 워낙 싫어하던 과목이라 재미도 없고, 필요에 의한 공부이다 보니 아무리 열심히 해도 진도가 나가지 않았다. 하지만 한 번 두 번 반복하다 보니 '아하' 소리가 절로 나고, 이웃 나라가 주는 영향으로 우리 역사가 변화하는 걸 보며, 세계 역사도 제대로 알고 싶어 함께 공부하였다. 분명히 학교에서 배운 내용인데, 어쩜 이리도 새롭던지! 연도와 배경을 책도 안 보고 읊어대던 선생님이 존경스러웠다. '배워서 남 주자'란 생각에 우리 아이와 조카들을 모아놓고 지리, 인물, 한국사를 가르쳤다. 가르칠 때는 조카가 아닌 수강생이란 생각으로 수업 준비도 나름 철저히 했다. 어설픈 이모, 고모지만 재미있게 잘 따라주어 오히려 고마웠다.

큰아이가 초등학교 2학년이던 당시는 토요일 수업이 격주로 있었다. 학교 일을 열심히 하다 보니 우암초등학교 교장 선생님의 선처로 교실 두 칸을 사용할 수 있게 되었다. 학습에 어려움을 겪는 친구들을 도와주는 '학습 도우미' 차원에서 수업을 시작했으나 아무도 오지 않았다. 그래서 수업 방식을 바꿔 쉬는 토요일 오전 9시부터 오후 5시까지 수학, 논술, 과학실험을 가르쳤다. 다들 쉬는데, 굳이 학교에 와서 공부해야 할 아이들이기에 흥미를 우선으로 하여 수업을 준비했다. 책도 보고, 유명 학원에서 진행하는 커리큘럼도 모방해 준비하다 보니 내가 더 신나고 설레었다.

그중에서 학생들이 알려준 구구단 쉽게 외우는 방법과 간간이 진행한 수학자와 인사하기 그 방법은 지금도 학원에서 사용한다. 화산폭발 모형은 더 실감 나게 만들고자 색을 섞고 분수 불꽃을 가운데 꽂아 만들었다가, 불꽃이 너무 크게 튀어 놀라기도 했다. 이렇게 4학년 1학기까지 신나는 수업이 진행되었고, 학생들이 학교 밖 대회에서 좋은 성적을 내준 덕분에 교장 선생의 간식 선물도 받고, 선생님들 회식 자리까지 초대를 받았다. 이런 응원은 다음 과정을 향해 나갈 에너지가 되었다.

열심히 배우다 보니 충주도서관과 백봉초등학교에서 논술과 글쓰기 지도를 할 기회가 왔다. 모두 먼 거리라 차가 없으면 접근하기 어렵다 보니, 내게 기회가 온 것이다. 수업하러 간 학교는 전문

사진작가들이 계절마다 풍광을 찍으러 오는 빼어난 환경을 가진 곳이었지만, 아무래도 시골이다 보니 교육환경이 열악해 더 애착이 가고 책임감도 느꼈다. 나름대로 간식도 준비하고, 특별수업도 기획하여 다양한 수업을 보여주고자 다른 선생님들의 학습지도안도 참고하여 지도안을 만들었다. 거실 베란다 창을 거울과 칠판 삼아 연습하고, 캠으로 찍어 어색한 부분을 보완하고 나서, 두 아들 앞에서 쑥스럽지만 시연도 해보았다. 제일 두려운 관람자이기에, 적절한 피드백을 하는 아들에겐 감사비를 줘가며 좋은 수업을 만들고자 가진 열정을 쏟아냈다. 나름 학교에서 평가도 좋아 3년째 수업을 하던 중, 부진아 지도를 해달란 부탁을 받았다.

5학년이지만 한글도, 연산도 되지 않는 아이. 친구들에게 인기도 없고, 머리에 이와 때가 많은 안타까운 친구였다. 집에 돌아와 학생의 입장에서 '무엇이 가장 먼저일까?' 성적보다 친구들과 평범하게 지내며 위축된 마음을 푸는 게 우선이란 생각에 이 친구의 외모를 가꿔주기로 했다. 외적인 모습이 바뀌면 자신감이 생겨, 나와 학습을 받아들이는 마음도 커질 것 생각에서였다. 먼저 약국에 가서 "선생님, 이 없애는 약 주세요" 했더니 약사 선생님이 날 이상하게 보며 멀찍이서 약을 건넨다. 내가 이가 있는 사람으로 오해하신 모양이다. 외모가 바뀌고 좋은 향이 나니 반 친구들의 반응도 달라지고, 나도 이가 없으니 친한 척 옆에 가기도 편해졌다.

부모님의 이혼으로 할머니와 둘이 사는 이 아이는 한 번도 돈을 써본 적이 없단다. 요즘도 이런 가정이 있다니. 마침 어린이날 전이라 신문마다 어린이날 선물 광고지가 넘쳐났다. 커다란 전지에 갖고 싶은 선물을 골라 오려 붙이고, 제품의 이름으로 한글을, 가격으로 연산을 연습시켰다. 또 종류별 동전과 지폐를 준비해 학교 앞 중국집에 가서 음식을 시키고, 여러 가지 화폐를 사용해 계산하는 방법으로 실생활에도 접목한 수업을 했다. 친구들에게 '부끄러운 부진아 수업'이 아닌 '부러운 수업'으로 이미지가 바뀌었다. 점점 나아지는 실력을 칭찬하면서도, 현재의 공부를 잘 따라가야 수업이 즐겁겠다는 생각에 교과서를 소리내어 읽히고, 따라 쓰게 했다. 모르는 용어는 한자 풀이로 이해시켰다. 매일 다섯 시간을 함께하니, 친구의 성적도 늘고 더불어 나의 실력도 향상되었다. 그리고 학생들의 내면을 보는 눈도 가지게 되어 심리상담까지 배우게 되었다.

서울, 대구, 천안을 찍으며 청주에서 만날 수 없는 강의를 들었다. 거금의 수업료와 시간을 투자해 기회가 닿는 것은 닥치는 대로 배웠다. 특히 부모 교육과 대화법, 에니어그램은 엄마에서 부모로 성장시킨 소중한 교육이기에 주위에도 많이 권했다. 이러다 보니 육아도 도와주어야 하고, 돈도 막 쓰는 것 같은 내 모습에 남편은 친정아버님께 "아버님, 지은이는 결혼하더니 왜 이렇게 공부만 해요? AS가 필요해요"라며 너스레도 떤다.

한번은 돈 안 되는 자격증 말고 국가자격증을 따라고 진심을 말하기도 했다. 지금 생각하니 알뜰한 남편의 관점에서, 힘든 내색 없이 재밌다며 사방팔방으로 다니는 내가 정말 놀러 다니는 걸로 오해할 수도 있겠단 생각이 든다. 남편은 바보다. 밤잠 줄여 공부하고, 일찍 나가려면 미리 식사와 간식, 청소까지 준비하는 우아한 백조의 발놀림을 몰라주다니.

또 선생님들이 추천하는 도서도 살뜰하게 챙겨두다 보니 책이 너무 많았다. 남편은 "집에 오면 책들이 덤비는 것 같아서 불안해." 정말 서재가 담지 못한 책들이 거실과 베란다까지 장악해 그렇게 느낄 만도 했다. 나는 그렇게 살아냈다.

사실 공부는 했지만, 특별한 목표는 없었다. 한 가지 아이들 곁에 오래 있어주며, 추억을 많이 남겨 혹시 모를 나의 빈자리를 미리 채워주자는 생각이었다. 이때는 몰랐다. '오늘을 살기보다 내일을 위해 투자하라'라는 말을 생각하며 단순히 아이들과 잘 놀아보고자 발을 뗀 걸음이, 전투적으로 조율하며 쌓아놓은 배움의 시간이었다. 그 시간이 고스란히 나의 이력이 되어 새로운 직업을 갖는 기회가 될 거란 것을 알지 못했다.

만약 평범한 출산을 하고, 건강한 아이를 키웠다면 내가 이런 노력을 기울였을까? 신은 감내할 수 있는 시련만 준다더니 출산과 육아를 통해 나를 예뻐하심을 고스란히 느낀다. 태어난 것 자체가 선물이라고 생각한다. 지금도 힘든 시간이면 '나를 더 키워주시려 애쓰시는구나'로 바꾸어 해석한다. 웬만하면 부정의 단어도 사용하지 않는다. 감사한 시간이기에 긍정의 맘으로 더 곁을 살피고 자신을 독려한다. 말의 힘을 알기에.

9

학창 시절의 시련과
여전히 드는 의문, 내가 맞아?

- 이효경

외고 입학 후 몇 달간은 해방감에 취해 자유로움을 만끽하며 새로운 환경을 즐겼다. 각 지역에서 난다 긴다 하는 우수한 학생들이 모였으니 놀랍고도 신선했다. 선생님들도 멋있었고, 특히 원어민 선생님들은 매력적이기까지 했다. 나는 불어과였는데, 프랑스 파리에서 온 피앙토니 선생님을 볼 때면 깊은 눈동자에 마음이 설레기도 했다. 또한 불어 문법을 가르치시는 우리나라 남자 선생님도 얼마나 멋지시던지 여학생들한테 제일 인기가 많았다. 여학생들은 선생님의 칭찬 한마디 "트레비앙!(아주 잘했어!)"을 듣기 위해 예습 복습을 열심히 했다.

모든 순간이 재미있었다. 여중에 다니다가 남녀 합반이 되니 어색하고 불편했지만, 엉뚱하고 유치한 남학생들이 귀엽기도 했다. 가끔 썸 타는 커플이 생기면 놀리는 재미도 쏠쏠했다. 떡볶이집도 눈치 안 보고 들어갈 수 있어서 좋았고, 사복 자율화 학교라서 무슨 옷을 입어도 상관이 없었다. 여러 가지가 좋았지만, 그중 제일 기분 좋았던 건 더 이상 '너희 아버지가'로 시작하는 인사와 그로 인한 선입견에 시달리지 않아도 된다는 안도감이었다. '이제 이 학교에서, 내 중학교 친구 세 명을 제외하면 내가 누군지 모른다. 오예!' 이 생각을 할 때면 짜릿하기까지 했다. 하지만 그 기쁨은 그리 오래가지 못했다. 또 다른 역경이 나를 기다리고 있었기 때문이다.

우리 학교는 특수학교이며 대학 입시에 특화된 신설 외고였다. 나는 우리 학교 3회 입학생이었다. 아직 졸업생이 없었고, 우리에게 거는 기대는 상상을 초월했다. 학부모들의 극성 또한 만만치 않았고, 입학생 한 명 한 명이 그 지역 혹은 출신 중학교를 대표한다는 마음가짐을 가지고 있었다. 내신 때문에 모두가 경쟁심에 불타 있었고, 학교는 그 심리를 이용해서 최대한 학구열을 올리기 위해 수단 방법을 가리지 않았다. 모의고사 때마다 전국 1등이 나왔는지가 최대 관심사였고, 학교가 전국 몇 등을 했는지에 따라서 수업 분위기가 좌지우지됐다. 주말이나 공휴일이 지나고 나면 어김없이 시험이 기다리고 있었다. 특색 고사라는 이 시험 결과로 일주일간 자리 배정이 되었고, 등수대로 앉아야 하는 잔인함이 몸과 마음을 죄어왔다.

나는 살던 동네를 벗어나 자유를 찾아야겠다는 의지가 강했던 탓에 외고 입시 준비에 몰입했고, 불어과 여자 1등으로 들어가는 결과를 낳고 말았다. 결국 내 성적은 떨어질 일만 남은 상황이었다. 새로운 환경에 적응하기 힘들었던 나는 예상대로 성적이 쭉쭉 떨어졌고, 장거리 등하교와 입시 위주 주입식 교육에 점점 지쳐가기 시작했다.

그렇게 힘든 고교 시절을 보내던 나에게 충격적인 일이 벌어지고 말았다. 고2 중간고사 기간이었다. 학생 모두가 내신 등급을 잘 받기 위해서 예민한 시기. 근데 다른 반에서 부정행위를 한 여학생을 감독 선생님이 눈감아줬다는 소문이 사실로 밝혀진 것이다. 여학생들은 모두 운동장으로 나가서 진상규명을 촉구하는 침묵의 시위를 벌였다. 교실로 들어가라고 하면 운동장 바닥에 주저앉았고, 그대로 조용히 앉아 있으라고 하면 일어섰다. 하지만 일사불란했던 시위는 오래가지 않았고, 강압적인 지도부 선생님들로 인해 맥없이 시험장으로 들어가야 했다. 교실로 들어오면서 백지동맹을 맺었다. 절대 그냥 넘어가지 말자는 의지였다. 난 당연히 다수의 뜻에 따랐다. 그래야 우리가 원하는 공정함이 지켜지리라고 믿었다. 하지만 우리 반에서 백지 답안지를 제출한 사람은 충격적이게도 나 한 명뿐이었다. 반뿐 아니라 전교에서 백지 답안지를 낸 학생은 오직 나만 있었고, 나를 제외한 모든 학생은 정상적인 답안지를 제출한 것이다. '어이 상실'이란 말은 딱 이런 상황에 쓰는 말이리라.

나는 말문이 막혔다. 애들은 나에게 와서 "너 진짜 백지 냈어? 어떡해!"라며, 발을 동동 굴렀다. 굳이 빵점 처리되면 어쩌냐는 말로 내 속을 뒤집어놓는 아이도 있었다. '진짜 백지를 냈냐고? 너희가 그렇게 하자며? 나 뭐 한 거니? 내가 바보구나!' 말은 못 하고, 속으로 생각만 했다. 이 사실이 믿기지 않았다. 머릿속이 하얘졌다. 나는 상실감과 배신감을 느꼈지만, 미련한 나를 탓할 수밖에 없었다. '센스 있고 똑똑한 척은 혼자 다 하더니 꼴좋다!' 헛웃음이 나왔다. 그 당시 나는 선도부였고, 우리 담임 선생님은 선도부장 선생님이셨다. 첩첩산중 아닌가? 골치가 아파져왔다. 당장 부모님께 뭐라고 말할지도 걱정이었다. 불행 중 다행인 점은, 부모님과 담임 선생님께서 내 편을 들어주셨다는 점이다. 학교와 싸워주셨고, 제일 가벼운 선에서 징계가 마무리됐다. 나를 보며 얼마나 답답하고 어처구니없으셨을지 상상이 안 될 정도지만, 적어도 내 앞에서만큼은 힘을 내도록 다독여주셨다. 집에 돌아온 내 등을 두드려주시며 "힘들면 전학 갈래?" 걱정스럽게 물으시던 아빠의 한마디도 기억에 남는다. 부모님은 사춘기 예민한 시기의 나를 향해 든든한 버팀목이 되어 주셨다. 언니와 오빠도 늘 내 편이라는 표현을 잊지 않았다. 나는 몸과 마음이 지칠 대로 지쳐 있었지만, 가족들의 관심과 사랑 속에 그럭저럭 버티고 있었다. 학교 공부만으로는 모자라서 독서실도 끊었다. 모두가 잠든 시각, 새벽 1시경에 독서실에서 돌아오면 언니가 대문을 열어줬다. 귀찮을 법도 한데, 전혀 힘든 내색하지 않고 웃으며 가방을 받아 들던 언니도 고마운 존재이다.

내가 잘하든 못하든 늘 곁에서 지켜주는 존재가 있다는 건 큰 행운이고 기적 같은 일인 것 같다. 그때는 그 소중함을 몰랐다. 나만 힘들고 세상 무거운 짐은 나 혼자 짊어진 듯 괴로워한 것이다. 지금에 와서 생각해보니 가족이라는 울타리 때문에 힘들기도 했지만, 살면서 가장 어려울 때는 가족이 큰 힘이 되어주었다. 부모님 두 분의 이해 깊은 사랑과 오빠와 언니의 따뜻한 배려는 내가 다시 제자리로 돌아와 성장할 수 있는 든든한 버팀목이 되어주었다. 그 시기를 묵묵히 버텨준 가족들이 정말 감사하다.

10

부러우면 이기는 거다

- 전은태

　나는 움직여야 할 동기와 계기가 충분했다. 어쩌면 너무나도 명확해서 거부할 수도 없었다. 말을 배우기 시작할 때부터 지금까지 노력을 이어왔다. 그리고 앞으로도 나는 단 한 순간도 쉬지 않고 노력을 이어갈 것이다. 그 이유는 단순했다. 살아남아야 했기 때문이다. 어릴 적부터 나는 먹고살기 위해 움직여야 했다. 시간이 흐르고 그 목적이 변했어도, 나를 움직이게 하는 본능적인 그 힘은 늘 나를 사로잡았다. 추동 이론에서 말하는 것처럼, 사람은 본능에 의해 움직인다고 한다. 더 이상 노력이 필요하지 않은 순간이 와도, 나는 이미 내 몸과 마음에 각인된 그 관성을 버릴 수 없었다. 무엇이라도 해야 할 것 같은 불안감. 나는 쉬면 안 된다는 생각에 사로잡혀 있었다.

　그렇게 수십 년을 살아왔더니, 이젠 그 관성이 나의 일부가 되어버렸다. 마치 옛날에 농사짓던 시골 어르신들이 "움직이고 일해야 아프지 않다"라고 하듯, 나도 그랬다. 일하거나, 노력하거나, 공부하거나 혹은 봉사활동이라도 해야 내가 살아 있다는 느낌이 든다. 그저 가만히 있으면 마치 내가 죽은 것만 같았다. 나는 살아 움직여야만 내 존재를 느낄 수 있었고, 그 속에서 생동감을 느꼈다.

그러던 어느 날, 문득 문장 하나가 떠올랐다. "배는 선착장에 있을 때 가장 안전하다." 그렇다면 그 배를 왜 만들었을까? 이 말은 나에게 큰 깨달음을 주었다. 사람도 마찬가지다. 아무것도 하지 않고 그저 안전한 곳에 머물러 있을 거라면, 왜 태어났을까? 사람이라면, 반드시 자기만의 흔적을 남겨야 한다. 죽어서 가죽만 남길 거라면, 우리는 동물과 다를 바 없지 않은가? 이름을 남겨야 한다.

처음에 나는 인간의 가장 기본적인 욕구, 즉 배고픔을 해결하기 위해 움직였다. 하지만 시간이 지나면서, 나는 그 행동과 경험 속에서 조금씩 더 넓은 세상을 보게 되었고, 그 욕구는 점차 더 나은 삶을 살기 위한 욕망으로 발전했다. 1차적인 생리적 욕구를 넘어서, 나는 더 높은 차원의 욕망을 느끼기 시작했다. 나는 남들처럼 살고 싶었던 욕구에서 더 나아가, 그 이상의 목표를 꿈꾸기 시작했다. 처음에는 나를 움직이게 하는 동력이 단순히 '살아남기'였다면, 이제는 '성취하고, 더 많은 것을 얻고 싶다'라는 욕망이 나를 움직였다. 여기서 나는 추동 이론의 힘을 실감했다. 인간이 추구하는 욕망은 멈출 수 없다. 처음엔 나도 작은 욕구에서 시작되었다. 단지 남들처럼 밥을 먹고, 남들처럼 살아가고 싶었다. 그러나 그 욕구가 충족된 후에도, 나는 거기에 머물지 않았다. 더 큰 무대를 향한 새로운 목표와 새로운 욕망이 나를 이끌었다.

'부러우면 지는 것'이라는 말이 있다. 그러나 나는 이 말에 동의하지 않는다. 부러워해야 성장한다. 부러움이란 단순한 감정이 아니다. 그것은 욕망의 또 다른 표현이다. 부러워하는 만큼, 사람은 더 성장하고 발전한다. 누군가를 부러워한다는 것은, 그 사람을 닮고 싶다는 욕망이 있다는 것이다. 욕망이 없으면 움직일 이유도 없다. 나는 나의 욕구를 부러움으로 발전시켰다. 그리고 그 부러움이 또 나를 움직이게 했다.

'내 주변에 5명의 백만장자가 있다면 나는 여섯 번째 백만장자가 될 것이고, 내 주변에 5명의 게으름뱅이가 있다면 나는 여섯 번째 게으름뱅이가 될 것이다.' 나는 이 말을 진심으로 믿는다. 사람은 결국 자신이 속한 환경의 영향을 받는다. 만약 내가 어울리는 사람들이 단순히 1차적 욕구에 만족하며 살아간다면, 나 역시 더 이상 목표를 설정하지 못할 것이다. 그러나 내 주변에 욕구를 끊임없이 확장하고, 더 높은 목표를 세우며 살아가는 사람들이 있다면, 나는 그들을 부러워하게 될 것이다. 그들의 성취가 나에게 동기가 되고, 나 역시 그들처럼 되고 싶다는 욕망을 품게 된다. 그렇게 나는 내가 가진 결핍을 채우기 위해 끊임없이 노력할 것이다. 그 과정에서 나는 성장하고, 발전하며, 더욱 강해질 것이다.

나는 단순히 남들처럼 살자는 1차적인 목표를 넘어, 더 큰 꿈을 꾸기 시작했다. 그 꿈이 나를 멈추지 않게 했다. 내가 자동차 영업을 시작한 것도 결국 이러한 부러움에서 비롯된 것이었다. 어린 시절, 자동차는 나 같은 사람이 가질 수 없는 꿈같은 존재였다.

차를 가질 수 없더라도, 그 꿈에 가까이 다가가고 싶었다. 차를 보는 것만으로도, 어쩌면 대리만족을 느낄 수 있을 것 같았다.

그렇다. 나는 부러움을 버리지 않았다. 오히려 그 부러움을 끌어안고, 그것을 원동력으로 삼았다. 부러워하는 만큼 그 꿈에 가까워질 수 있다는 사실을 뒤늦게 깨달았다. 그리고 그 깨달음은 나를 행동하게 했다. 이 과정에서 나는 스티븐 스필버그의 이야기를 듣게 되었다. 영화계의 거장인 그는 영화감독이 되기 전, 영화사 스태프로 일하던 꼬맹이 시절부터 감독이 되는 꿈을 품고 있었다고 한다. 그에게 영화감독이란 너무나 부러웠던 존재였다. 그래서 그는 촬영 현장에 제일 먼저 나와 있었고, 마치 자기가 그 영화의 감독인 것처럼 행동했다고 한다. 그 이야기를 듣는 순간, 나는 마치 내 이야기를 듣는 것 같았다.

나 역시도 자동차 영업사원 시절, 자동차 대리점의 대표가 너무 부러웠다. 그것이 내 첫 목표였다. 나는 스필버그처럼 행동했다. 나는 단순한 영업사원이 아니었다. 마치 내가 그 대리점의 대표인 것처럼 행동했다. 언젠가는 내가 이 대리점을 인수하겠다는 목표를 가졌고, 그 꿈을 향해 행동했다. 그 결과, 불과 4년 후, 나는 29살이라는 젊은 나이에 대리점을 인수하게 되었다. 나는 깨달았다. 목표를 설정하고 그것을 마음속에 품는 순간, 그 목표는 씨앗처럼 뿌려진다. 그리고 그 목표를 이루겠다는 강한 의지가 행동으로 이어진다면, 그 씨앗은 언젠가 열매를 맺게 된다. 영업사원 시절, 대리점 대표님은 나에게 "차를 많이 팔고 싶나?"라고 물었다.

그리고 "내일부터 백화점에 가서 네가 사고 싶은 것 다 사고, 비싼 술집에서 몇백만 원씩 써봐라"라고 말했다. 나는 처음에 그 말을 이해하지 못했다.

대리점 대표님이 이어서 말하길, "너 그 카드값을 갚으려면 죽어라고 차를 팔아야 할 거야. 그럼, 차를 팔고 싶지 않아도 자연스럽게 많이 팔 수밖에 없지." 그는 농담 반, 진담 반으로 말했지만 시간이 지나면서 나는 그 말이 무엇을 의미하는지 이해하게 되었다. 결핍을 나 스스로 만들어내는 것이었다. 나는 결핍을 만들고, 그것을 즐기기 시작했다. 백화점에 가서 사치를 부리지는 못했지만, 할부로 고급 자동차를 질러버렸고 그 할부금을 갚기 위해 죽어라 자동차를 팔아야 했다.

나는 그때 깨달았다. 내가 무언가를 성취하고자 할 때, 스스로 위기를 만들어내면 더 강하게 움직일 수 있다는 사실을. 내 스스로 추동을 만들어내면, 그 추동은 나를 행동하게 했다. 그 후로 나는 내 인생에서 무언가를 원할 때마다, 무조건 저지르고 본다. 그 목표를 위해 결핍을 즐기고, 스스로 위기를 만들어 추동을 만들어냈다. 그렇게 나의 삶은 끊임없이 움직였고, 나는 멈추지 않았다.

이제 나는 중년이 되었고, 이제는 후배들에게 내가 배운 이 원칙을 자주 이야기해준다.

"일단 저질러라. 그러면 웬만한 건 다 해결된다."

내가 가장 좋아하는 명언은 "이봐, 해보기나 했어?"이다. 현대자동차 창업주 정주영 회장의 애기이다.

11

갓생러의 말로

- 조하나

어중간한 사람에 이름을 붙인다면 내 이름 석 자가 적합할 것이다.

고등학생이던 시절, 책을 좋아했다. 자연스레 가장 좋아하는 수업은 문학이 되었다. 교과서에 실린 시, 소설, 산문을 종류에 상관없이 몇 번이고 읽었다. 그럴 때면 그날의 분위기, 날씨, 소음까지 떠올라 즐거웠다. 조용한 시간을 보내고 있던 그해, 극악무도한 난이도를 자랑했던 기말고사 시험에서 나는 어처구니없는 결과를 받고야 말았다. 시험 후 첫 수업 시간, 문학 선생님이 부르시자 나는 자리에서 일어났다. 어리둥절할 틈도 없이 박수 세례가 쏟아졌다. 어려웠던 시험 3번을 맞춘 유일한 2명 중의 한 명이 내가 된 것이다. 전교 1등도 틀린 문제였다. 갑자기 관심의 대상이 되어버렸다. 소문은 바람같이 퍼져나갔다. 이튿날부터 전교에서 공부 좀 한다는 아이들이 찾아오기 시작했다. 공부를 어떻게 했는지, 무슨 문제집을 푸는지, 학원은 어디로 다니는지를 물었다. 그저 교과서에 담긴 문학이 재미있어서 계속 읽었을 뿐이었는데.

단박에 문학 영재가 되어버렸다. 수줍음이 많고 조용한 아이였던 나는 사람들의 관심이 무서워졌다. 쉬는 시간만 되면 독서실로, 화장실로 몸을 숨겼다. 이 관심에서 벗어나는 방법은 하나였다. 일부러 문제를 틀리기로 했다. 두 번의 시험에서 기대에 미치지 못하는 점수를 얻자 조용한 일상을 되찾을 수 있었다. 그렇게 시작해 지금까지 어중간한 삶이 이어져왔다. 스물일곱이 되던 해, 더 이상 이렇게 눈치 보며 살고 싶지 않다는 생각이 들었다. 어중간 삶을 그만두기로 했다.

가장 먼저 못다 한 공부를 해야겠다 결심했다. 늦지 않았을까하는 고민은 접어두기로 했다. 결심을 행동으로 옮기지 않으면 열정은 금세 식는다. 오래 고민하지 않고 바로 영어 회화 새벽반에 등록했다. 이른바 '갓생러'가 되기로 했다. 스스로에게 증명하고 싶었다. 할 수 있다는 것을.

새벽 5시면 알람이 울렸다. 익숙하지 않은 시끄러움은 잠을 쫓아주지 못했다. 겨우겨우 몸을 일으켜 준비를 마치면 7시가 넘었다. 다행히 학원은 회사 건물 바로 옆이다. 이동시간 30분을 포함하면 늦지 않게 수업에 참석할 수 있었다. 정확히 한 시간 수업이었다. 강의실에 앉아 주위를 둘러보면 대부분의 사람에게서 희미한 샴푸 냄새가 났다. 나만큼이나 갓생을 사는 사람들. 피로감과 함께 으쓱한 기분이 들었다. 누군가는 정장에 넥타이를, 누군가는 투피스 정장에 높은 구두를 신고 있다. 나 또한 셔츠 블라우스에

H라인 치마를 입었다. 학생에게는 어울리지 않지만 잠시 후면 직장인이 된다. 전투에 앞선 군인들은 전쟁에서 승리하기 위해 훈련을 한다. 나 또한 그렇다. 멋진 삶을 위해 자기 계발을 한다. 그것만이 인생 승리법이라고 생각했다. 꼬박 한 달, 수업을 듣고 나니 한계에 부딪혔다. 강의실에서 꾸벅꾸벅 조는 일이 생기고 출석조차도 못 하는 날이 많아졌다. 더는 무리였다. 나의 갓생은 한 달 만에 포기 임박이다.

고민하는 중 때마침 점심 수업이 있다는 걸 알게 되었다. 늘 있는 점심시간을 활용해 공부하면 갓생을 할 수 있을 것 같았다. 그럼에도 불구하고 늘 피곤했다. 영어 학원뿐만 아니라 학위를 따기 위한 수업도 들었다. 새벽까지 강의를 듣고 과제를 하고 시험공부를 했다. 틈틈이 학원 숙제도 해야 했다. 물론 처리하지 못한 직장 일도 마무리 지어야 했다. 그러니 아침에 쉽게 일어날 수 없었다. 갓생을 살기 위해서 이 정도의 어려움은 문제가 아니라고 생각했다. 누군가 말하지 않았는가. '아프니까 청춘이다'라고 말이다. 청춘이니까 아파도 괜찮았다.

두 달째가 되자 점심시간 수업 참석도 어려워졌다. 외국계를 지향하는 우리 회사는 저녁 회식보다는 점심 회식이 많았다. 회식이 잡히면 회사 막내인 나는 외출 선언을 하기가 곤란했다. 구태여 회사 사람들에게 개인 행적을 알리고 싶지 않았기도 했다. 그래도 열심히 사는 나를 양해해주는 차장님의 배려 덕에 일주일에 세 번 정도는 학원에 갈 수 있었다. 그렇게 석 달을 버티며 갓생을 하고 있었다. 여느 때와 같이 퇴근길에 올랐다. 남은 업무처리를 하느라 평소보다 조금 늦은 시간이었다. 사람이 꽉 차 있던 2호선을 겨우 비집고 들어가 손잡이를 잡는데 눈앞이 핑 도는 기분이 들었다. 집 근처 역까지 남은 시간은 20분. 참아야 했다. 지금 내리면 다음 일정에 차질이 생긴다. 눈을 감고 숨을 천천히 들이마셨다. 생각하지 못한 비릿한 향이 느껴져 눈이 번쩍 떠졌다. 혹시나 하는 마음에 가방을 들고 있던 왼손을 올려 얼굴을 만져보니 역시나 피다. 가방 안에는 휴지 한 장이 보이지 않았다. 어쩔 수 없이 전철에서 내려 화장실로 향했다. 거울에 비쳐 보이는 모습이 말이 아니었다. 화장지를 둘둘 말아 코를 막고 역 안 의자에 털썩 앉았다. 한참을 그렇게 있었다. 그날 바로 회화 학원을 그만두고 다시 중간의 삶으로 돌아왔다.

몇 해를 더 보낸 여름날, 이번에야말로 '갓생러'가 되기 위해 직장을 그만두고 본격적으로 대학원 진학 준비를 시작했다. 몇 년 전 포기한 영어는 걸림돌이 되었다. 하지만 어쩔 수 없다. 더 이상 어중간하게 있을 수 없었다. 1년여 간의 수험생활 후 원하는 대학원 합격증을 얻게 되었다. 뛸 듯이 기뻤다. 하지만 해결해야 할 문제들이 많았다. 아직은 생업을 포기할 수 없으니 말이다. 내가 진학한 특수대학원은 일반대학원과 달리 매일 수업을 하지 않는다. 직장과 병행해야 했다. 학업에 지장 가지 않는 계약직으로 이직했다. 일이 끝나자마자 수업을 듣고 집으로 돌아오면 자정이 되었다. 대학원은 예상보다 과제가 많았다. 그것들을 해결하고 나면 어느

새 새벽이 되었다. 그렇게 평일을 보내고 주말이 되면 부족한 잠을 잤다. 일 년을 그렇게 보냈다. 스스로 대견하다 생각했다.

2학기가 끝나갈 무렵, 공강이 생겨 동기들과 커피 한잔을 하게 되었다. 일상, 학업, 진로에 관한 대화를 나누다 보니 이미 동기들은 관련 분야에서 경력을 쌓고 있다는 걸 알게 되었다. 이럴 수가. 누구보다 열심히 살고 있다고 자부했었는데 반만 걸친 사람이 되었다. 다시 나를 채찍질할 수밖에 없었다. 여가와 취미, 휴식 시간까지 투자하니 주말 시간이 생겼다. 그 시간을 특강과 교육으로 채워 넣었다. 그렇게 일 년을 보냈다. 이제는 정말 최선을 다했다고 자부할 수 있었다. 열심히만 하면 모든 것이 순조롭게 충만해질 줄 알았다. 그렇게 스스로 만족스럽다고 믿는 시간을 보냈다.

두 번의 사계절을 보내고 돌아온 어느 봄날, 여느 날처럼 전철에서 전공 공부를 하고 있었다. 학자들이 풀어놓은 이론들을 머릿속에 욱여넣는데 누군가 어깨를 건드렸다. 실수겠거니 하고 다시 활자 속으로 얼굴을 파묻었는데, 이번에는 리듬감 있는 두드림이다. 귀를 막고 있던 이어폰을 빼내며 고개를 들었다. 낯익은 얼굴이 환하게 웃으며 날 부르고 있었다. 어색한 미소를 지으며 인사를 했다. 아는 사람인 것 같은데 도통 이름이 생각나지 않았다.

기억을 떠올리기 위해서 차 한잔의 시간을 냈다. 가벼운 이야기를 나누니 머릿속을 스쳤다. 예전에 함께 숙박 교육을 받았던 분이다. 충격이다. 그동안 어떤 일을 했고 어떤 삶을 살아왔는지 명확했다. 어제 본 개론 책을 몇 쪽까지 보았는지도 기억났다. 그런데 그동안 어떤 사람들을 만나고 무슨 이야기를 나누었는지 기억나지 않았다. 꽉 채우고 싶어 고군분투했지만 결국 허점투성이였다.

갓생을 사는 동안 나는 철저하게 '혼자'였다. 망망대해에서 홀로 덩그러니 돛단배를 젓고 있는 모습이 그려졌다. 갑자기 외로움이 해일처럼 밀려왔다. 홀로 있는 덩그러니 돛단배는 침몰하고야 말 것이다.

3장

싹을
티우기까지

인 생 꽃 을 피 우 는 시 간

'혹시'와 '설마'가 만나

- 고지원

"안녕하십니까! 의학전문대학원 1기 신입생 서○용입니다! 나이는 1979년생이고, 봉사 동아리에 관심이 있어 이 자리에 오게 되었습니다. 잘 부탁드립니다!"

'사랑 더하기' 개강 모임. 아동 재활원을 방문하여 놀이 봉사를 하는 동아리였다. 본과 3학년 선배로 모임에 참석했던 나. 청바지에 노란색 티셔츠를 입은 신입생의 우렁찬 목소리에 눈길이 갔다. 아직 공식적인 신입생 모집 전이었던지라 그 자리에 온 유일한 신입생이었다. 나보다 나이는 세 살 많았다. 동글동글하고 선한 얼굴과 초롱초롱한 눈. 내 이상형이었다.

그로부터 1년 후, 우리는 캠퍼스 커플이 되었다. 내 의대 졸업을 9개월 남긴 시점이었다. 밤늦게 도서관에서 나올 때면, 그는 자전거를 타고 달려와 나를 뒷자리에 태웠다. 눈이 오나 비가 오나 매일을 함께했다. 어두운 자취방 골목을 비추는 보름달 아래, 손만 잡아도 행복하고 가슴이 벅찼다. 2008년 2월. 연애 시작 11개월

차에 우린 합법적 부부가 되었다. 27살에 초고속 결혼이었다. 주변 가족들과 친구들에게 놀라움을 안겨주었던 일생일대의 사건이었다.

결혼 17년 차를 맞은 2024년. 얼마 전 남편에게 말했다. "여보는 양파 껍질 같아. 신기하게 매해 새로운 걸 알게 되네. 하하하."

결혼 후 일과 육아로 정신없는 30대를 보냈다. 40대가 되니 한결 여유가 생기고 서로 얼굴 볼 시간이 많아졌다. 그러면서 새삼 서로의 다른 점을 알아가고 있다. 난 '혹시나' 하는 마음에 무엇이든 미리미리 챙기는 편이다. 약속 시간에 10분은 먼저 가야 하고 여행 가방도 출발 이틀 전부터 싸기 시작한다. 음식이든 물건이든 넉넉한 게 좋다. 혹시 부족하면 안 되니까. 남편은 '설마'를 이야기한다. 설마 못 탈 일은 없을 테니 기차 출발 시간에 딱 맞춰 간다. 여행 준비는 당일 아침에 즉흥적으로 한다. 음식은 꼭 필요한 만큼만 산다. 신선한 것으로 자주 채우는 것이 좋다고 생각한다. 이것들은 빙산의 일각에 불과하다. 가끔은 혼자만의 시간을 즐기는 나와, 모든 것을 늘 함께해야 하는 그. 파스텔 색조를 좋아하는 나와, 원색의 알록달록 티셔츠를 좋아하는 그. 어질러진 물건을 바로 치워야 하는 나와, 모았다가 한꺼번에 치우길 바라는 그. 물냉면파인 나와, 냉면은 무조건 비빔이라는 그. '사랑한다'라는 말이나 표현을 잘 못하는 나와 하루에도 여러 번 '사랑한다'란 말을 집 안 곳곳에 속삭이는 그. 사랑이란 이름으로 만나 부부가 되었으니 이런 다름은 쿨하게 인정하며 지내야 했지만 쉽지 않았다. 17년을 살아보니 이제야 조금씩 노하우가 쌓여간다.

첫째, 다름을 인정하고 맞춰주기. 애초에 나와 피를 섞은 가족도 다 다르다. 30여 년을 다른 환경에서 자란 개인이 만나 부부가 되었다. 결혼 생활이란 각자의 색깔로 도화지 위에 같이 그려가는 그림이다. 개성 있는 색깔들이 조화를 이룰 때 비로소 아름다운 그림이 완성된다. 빨강이 노랑이 될 수 없고 노랑이 초록이 될 수 없다. 살면서 내 안의 잣대로만 판단하면 상대를 이해하기 어려웠다. 상대의 생각에 귀 기울여주고 존중하는 자세를 갖는 게 우선 필요했다. 생각해보면, 기차 출발 전 미리 기다리면 내 맘은 편했지만 상대로선 시간 낭비였다. 출발 3일 전부터 짐을 꾸리든, 당일에 허겁지겁 싸든 여행을 못 간 적은 없었다. 나를 이해해주기 바라는 것은 시간 낭비일 뿐이었다. 그저 상황에 맞게 한 명이 맞춰주면 그만이다. 무엇보다, 함께하는 삶 속에서 각자의 색깔을 그릴 수 있는 기회는 무수히 많지 않은가.

둘째, 대화할 시간 갖기. 우리 부부는 성당에서 결혼식을 올렸다. 주례 신부님께서 "대화를 많이 하며 살라"라고 당부하셨다. 지키기 쉬운 일이라 생각했다. 하지만 살아보니 같은 집 안에서조차 대화할 시간은 많지 않았다. 밥은 먹었는지, 직장에선 별일 없었는지, 퇴근길 차는 안 막히는지 등의 일상적 대화는 쉬웠다. 하지만 깊이 있는 대화는 서로 노력해서 시간을 만들어야 했다. 아이들이 잠들고 맥주 한 캔과 함께 마주 본 시간, 둘만 떠난 여행 속 시간 등 방법은 많았다. 대화 주제는 다양했다. 각자 일에 대한 고민, 아이들 이야기, 서로에 대해 미안했던 것들, 혹은 아쉬웠던 것들, 그리고 우리 미래 모습에 관한 이야기까지. 이야기하면 할수록 서로가 서로의 대나무 숲이 되어간다. 진솔한 속마음을 유일하게 터놓고 이야기할 수 있는 고마운 내 반쪽이다. 늘 옆에 있다고 상대를 다 아는 것은 아니다. 그러기에 서로의 속마음을 최신 버전으로 계속 업그레이드해야 한다. 그 방법은 '끊임없는 대화' 뿐이다.

셋째, '함께'에 익숙해지기. 일요일 아침 7시. 여느 때처럼 출근 시간에 맞춰 눈을 뜬 남편이 날 깨운다. 뒷산에 가자고 한다. 휴일의 꿀잠을 방해하다니. 약이 바짝 오른다. 남편은 '혼자'하는 것을 좋아하지 않는다. 쉬는 날 어딜 가든 '함께', 집 안에서 텔레비전을 보더라도 '함께', 심지어 졸릴 때도 '함께' 누워야 잠이 든다. 어느 날 내가 물었다.

"우리 '함께'가 너무너무 과한 것 아니야?"

"무슨 소리야, 서로 얼굴 보고 지낼 날이 계속 줄어들고 있잖아. 최대한 함께해야지. 우리 이다음에 유골함도 애들한테 섞어달라고 하자!"

죽어서도 뼛가루로 함께할 생각을 하니 웃어야 할지 울어야 할지 모르겠다. 하지만 이 사람, 진심이다. 마음만 먹으면 쉽게 할 수 있는 것이 '함께'인 것 같다. 마주 보고 상대의 흰머리 하나 더 찾아주는 것, 훗날 함께 곱씹을 수 있는 추억을 만드는 것, 서로의 온기를 한 번이라도 더 느끼는 것. 앞으로는 핸드폰이 날 유혹하더라도 남편 얼굴을 조금 더 봐야겠다. 미우나 고우나 평생의 반려자이고, 함께할 시간은 지금도 줄어들고 있으니 말이다.

넷째, 다툼은 조기 종료하기. 남편은 화가 나면 목소리가 커지고, 난 말수가 줄어든다. 별것 아닌 일인데 서로 감정이 상했다. 티끌에 점화가 되어 지나간 일들과 쌓였던 섭섭한 감정들까지 함께 몰려온다. 자칫 빈대 잡으려다 초가삼간 다 태울 수 있는 위기 상황. 우선 심호흡을 하고 천천히 대화를 시작한다. 무엇이 상대의 감정을 상하게 했는지, 혹시 오해가 있는 것은 아닐지 자초지종을 따져봐야 한다. 10분도 채 걸리지 않는다. 어색한 대화의 시간이 끝나면 주로 남편이 먼저 다가와 포옹을 한다. 나도 화난 마음을 길게 가져가고 싶지 않다. 그의 포옹에 웃으며 화답한다. 지난 17년간 우리의 다툼은 대부분 이렇게 조기 종료되었다. 다툼의 시간이 길어질수록 상처도 깊게 곪아간다. 무엇보다 아이들 앞에서의 부끄러움은 부모 몫이다. 조금은 억울하고 화가 나도 돌아서면 잊힌다. 부부 사이 누가 더 잘난 것은 없다. 서로 조금씩 부족할 뿐. 다툼 대신에 서로를 보듬는 시간이 더 많으면 좋지 않겠는가.

올가을에 남편과 단둘이 설악산 대청봉에 올라보기로 했다. 1,500미터가 넘는 산은 첫아이 낳기 전 한라산 이후 처음이다. 아직 올라갈 체력도 준비되지 않았고 등산 코스도 선택하지 않았다. 점점 나도 느긋해지는 것 같다. 내가 변했나? 아니다. 그저 조금 상대에게 발맞춰 갈 수 있는 요령이 생긴 것뿐. '혹시' 비가 오지 않는다면 '설마' 산에 못 갈 일은 없을 것이다. 산에서 알아가게 될 새로운 모습들과 추억이 될 시간이 기대된다. 정상에서 함께 먹는 김밥은 엄청 맛있겠지? 부부로서 살아가는 앞으로의 여정도 함께 맛깔나게 즐길 수 있기를 바란다.

성공은 도미노처럼

- 김하세한

"회원님, 2회차 수강 처리가 완료되었습니다. 3회차 수강 예약이 안 되고 있어 확인차 연락드립니다." "회원님 무슨 일 있으세요? 연락이 안 되어 걱정됩니다." "회원님, 운동 안 나오세요?" 빚 독촉받듯 '회원님'으로 시작하는 문자를 받았다. 내 돈 내고 빚 독촉받는 기분은 무엇일까? 이런 문자들이 내게는 익숙하다. 근육으로 다져진 건강하고 탄탄한 몸, 오로지 운동만으로 만들 수 있는 대체 불가한 몸. 이것이 내가 원하는 것이다.

4번, 5번 척추의 이상으로 찾아오는 허리 통증은 모든 생활을 마비시킨다. 큰아이가 4살 무렵이었다. 아이가 놀고 난 후 거실은 흡사 도둑을 맞은 집처럼 발 디딜 틈 없이 어질러져 있다. 장난감을 정리하려고 무심하게 허리를 숙이는 순간, 갑자기 허리에서 '우두둑' 하는 소리가 천둥처럼 들렸다. 그대로 굳어버린 화석처럼 허리를 펼 수도, 한 발짝 뗄 수도 없다. 움직이려는 생각만으로도 통증이 느껴지는 듯했다. 통증은 전혀 움직일 수 없다는 나의 상태를 확인받는 것 같았다. 가혹한 허리 통증으로 눈물이 주르륵 흘렀다. 움직여보려고 애를 써도 제자리에서 꼼짝달싹하지 못했다.

아이가 이상했는지 "엄마, 엄마" 부르면서 다리를 붙잡으려 든다. 나도 모르게 "저리 가" 하며 신음인지 말인지 모르는 소리를 질렀다. 소리는 웅얼거릴 뿐 입 밖으로 나오질 않는다. 아이가 놀라지 않게 마음을 진정시키기에 온 에너지를 쏟았다. 다행히 거실 테이블 전화기가 조금만 손을 뻗으면 닿는 위치에 있다. 천천히 아주 천천히 전화기 쪽으로 어떻게 움직였다. 가까운 곳에 사는 여동생에게 전화를 걸었고, 30여 분이 지났을까 부리나케 왔는지 현관 벨소리가 들린다. 벨소리에도 열어줄 현관문 쪽으로 가질 못한다. 4살 아이도 직감이 있는지 의자를 끌어다 밟고 올라 자신의 키보다 높은 안전고리를 젖히고 문을 열었다. 사태가 심각함을 안 여동생은 119에 신고하고 출동한 구조대에 의하여 들것에 실려 병원으로 후송되었다. 기가 막혔다. 허리가 아파서 구급차에 실려 가는 현실이 믿기지 않을뿐더러 어처구니가 없었다.

이때부터 운동 학원을 찾아 본격적으로 헤매기 시작했으며 선택한 첫 운동은 요가였다. 스피드와 순발력이 없어도 가능하다는 점이 좋았다. 다양한 자세와 호흡법을 통하여 유연성을 길러 근육이 이완되면 아픈 허리가 나을 것 같았다. 쑥스러움과 낯선 곳에 대한 부담감을 줄이려는 생각으로 친구를 졸라서 함께 시작한 것이 문제점으로 나타났다. 나무토막 같은 서로의 몹쓸 몸뚱이를 보면서 수업 시간 내내 웃음보가 터졌다. 요가 동작이 아니라 몸 개

그 동작과 흡사했다. 또한 서로의 시간이 맞지 않으면 결석도 당연했다. 뜨문뜨문 출석은 결국 재미를 느낄 수 없게 하였고 그만두는 원인이 되었다. 등록비도 환불 불가라는 학원 운영 지침에 고스란히 기부 아닌 기부금으로 되어버렸다.

두 번째 선택은 수영이다. 어린 시절 우물에 빠진 경험으로 물에 대한 공포증이 있었다. 뻣뻣한 나무토막도 뜨는데 하물며 사람이 물에 뜨지 못할까 하는 마음이었다. 세 번째 수업까지는 전생에 박태환이라도 된 듯 강사의 가르침에 잘 따라갔다. 그냥 물에서 놀기만 해도 좋았다. 매일 다니고 싶은 생각이 들 정도로 나에게 맞는 제대로 된 운동을 찾은 예감이었다. 예감은 보기 좋게 빗나갔다. 이번에는 피부질환이다. 얼굴을 제외한 신체의 모든 부분이 빨간 물집으로 가득했다. 피부과 진료 후 한 달 가까이 쉬면서 회복하였다. 다시 수영장에 나가면서 피부질환도 재발되어 그만두는 결과로 이어졌다. 역시나 등록비는 환불 불가였다.

주기적으로 찾아오는 허리 통증은 계속되었다. 물리치료, 도수치료, 주사 치료 등 통증이 찾아올 때마다 갖은 치료 방법을 동원하였다. 입원 치료로 가사와 자녀 양육, 직장 업무 모두 챙기지 못해 우울감까지 생겼다. 살기 위해서라도 운동해야 하는 상황이었으며, 다음으로 선택한 운동이 필라테스였다. 재활치료를 목적으로 개발된 운동요법이라는 설명에 귀가 솔깃했었다. 1:1의 수업 20회 수강권을 등록했지만, 필요한 용품은 그만둘 것을 대비하여 천천히 구매할 요량이었다. 내심 그만둘 수 있다는 마음을 몸은 바로 알아차린 듯했다. 고강도로 진행되는 운동 프로그램은 저녁 시간 별다른 약속도 아닌데 누군가가 불러내면 운동을 취소하게 만들었다. 당연하게 환불금은 제로였다.

이후에도 허리 통증은 계속되었고, 자세 불균형은 더 심해졌다. 끈기 없음을 탓하며 정신적으로 육체적으로 괴로웠다. 어떤 운동이 좋을까? 숨쉬기 운동만 해야 하는가 답답했다. 시도는 끊임없이 했다. 그러던 중 지식생태학자 유영만 교수님 강의를 우연한 기회에 수강하게 되었다. 당시는 코로나 시대로 한 칸 띄어 앉기로 지정 좌석제였다. 배정받은 자리는 교수님과 눈 마주침이 가능한 연단 바로 앞이었다. '땀은 근육이 흘리는 눈물이다'라며 금은 돈을 주고 살 수 있어도 근육은 돈을 주고 살 수 없다고 하셨다. 금 테크는 망해도 근 테크는 망하지 않는다. 강의 내내 교수님의 아우라가 모든 것을 말해주고 있다. 청바지에 체크 셔츠를 입은 모습에서 나이를 거스르는 단단한 몸이 보인다.

나를 주저앉히던 수많은 핑계가 살포시 떠오르면서 다시금 의지력이 꿈틀거렸다. 실패 요인을 생각한 결과, 친구에게 의지했고, 적응 기간 없이 본 운동으로 진행하였으며, 운동시간 선택도 모임이 많은 저녁 시간이었다. 실패를 해결할 방법은 누군가를 의지하지 않고 나를 믿으며 천천히 적응하는 것이다. 그리고 일정이 많은 저녁 시간보다 아침 시간을 이용하는 방법이다. 아침잠이 많은 내가 1시간만 일찍 일어나는 것으로 시작하여 혼자서 동네 하천변을 걸었다. 일주일에 최소 3회, 5천 보만 걸어보자는 마음이었다. 한여름에 시작하여 코스모스를 보고 낙엽 지는 나무를 지나치면서 흰 눈을 맞을 때까지 이어졌다. 올바른 걷기 방법을 알려주는 앱으로 걷기를 다시 배우며 하루하루 걸음 수를 늘려갔다. 2년이 넘은 지금은 매일 10㎞를 걷고 달린다. 그동안 나의 몸도 진화되어 달리는 매력에 빠졌다. 허리 통증과 빈번하게 체했던 몹쓸 몸뚱이에서 해방되었다.

'운동하시나 봐요?' 가장 행복한 질문이다. 이 질문을 듣는 순간, 대답보다도 입가에 미소가 먼저 찾아온다. 누가 뭐래도 나는 운동하는 사람이라는 사실이 자랑스럽기 때문이다. 통증에서 해방되고자 나에게 맞는 운동을 오랜 시간 찾아 헤맸지만, 포기하지 않았던 이유는 분명히 있었다. 그것은 바로, 운동을 할 수밖에 없는 목표가 있었기 때문이다. 처음 운동을 시작할 때 가장 중요한 것은 자신이 원하는 목표를 분명히 파악하는 것이다. 체력과 건강 상태에 맞게 운동을 선택하는 것도 중요하다. 모든 운동은 꾸준함을 요구하기 때문에, 그 과정에서 재미와 즐거움을 느끼는 것이 필수조건이다. 운동이 힘들고 지루하게 느껴지면, 금방 포기하게 된다. 운동을 통해 건강한 몸을 만들고, 삶의 질을 향상하는 것은 누구에게나 가능하다.
　건강한 삶을 위한 필수 요소로 지금부터라도 자신에게 맞는 운동을 시작한다면, 몸과 마음 모두가 더욱 건강해질 것이다. 운동을 통해 얻은 에너지는 다른 일상적인 활동에도 좋은 영향을 미치고, 더 활기차고 긍정적인 삶을 살아갈 수 있게 도와준다. 계속

해서 나에게 맞는 운동을 찾고, 꾸준히 실천하며 더 행복한 삶을
만들기를 바란다.

결과의 기다림은
소비가 아니라 투자이다

- 쓰꾸미

결과를 만들어지기 위해서는 기다림이 필요합니다.

2024년 5월, 초등학교 4학년 딸아이가 강낭콩을 집에 들여왔습니다. 학교에서 한해살이 식물에 대한 수업의 한 부분으로 집에서 강낭콩을 키우게 되었습니다. 딸아이가 '랑콩'이라는 이름도 붙여주었습니다. 딸아이가 이름을 불러주며, 아침저녁으로 분무기로 물을 뿌려주었습니다. 아내는 딸아이가 학교에 있는 낮에 햇빛이 잘 드는 곳을 찾아서 화분을 옮겨주기도 했습니다. 새로운 식구가 들어온 것처럼 신경이 쓰였습니다. 그렇게 2일이 지나도 싹이 올라오지 않습니다. 기다리지 못한 딸이 포크를 가져와서 땅을 뒤적거립니다. 그러다가 뿌리를 내리지 못하고 있는 콩만 발견하고 칭얼거립니다. 그렇게 실망의 감정을 털어버리지 못하고 다시 콩에 흙을 덮어주면서 뒤적거립니다. 이때 제가 딸아이에게 이야기합니다.

"그만, 그만. 그러다가 랑콩들 죽는다. 뿌리가 내릴 때까지 기다려야지."

딸아이는 대답은 알겠다고 말하면서, 포크를 가지고 땅을 계속 뒤적거립니다. 뿌리를 내릴 수 있는 시간과 여유를 주어야 한다고 말합니다. 그리고 뿌리를 내리고, 자리를 제대로 잡아야 랑콩이 강낭콩답게 클 수 있다고 반복해서 말해줍니다.

2024년 7월에 제 첫 공저 책 『문장, 살아갈 힘을 얻다』가 출간되었습니다. 제 이름이 들어간 책을 가지고 싶다는 욕심에서 무작정 시작하게 되었습니다. 그때는 책을 쓰는 방법을 지금보다 더 몰랐습니다. 그런데 공저 글벗들과 라이팅 코치들의 격려 덕분에 책이 나올 수 있었습니다. 출간 계약까지만 해도 실감이 나지 않았습니다. 종이 계약서에 서명할 때도 회사 결재 서류에 서명한 느낌이었습니다. 그런데, 출간 계약이 완료되어 책의 디자인이 확정되는 순간, 그리고 종이책이 집에 도착하였을 때, 그 감정들은 제가 매달 모은 적금이 만기가 되어 저에게 선물을 주는 느낌이었습니다. 주변 사람들에게 "나는 작가입니다"라고 자랑하고 싶은 마음뿐이었습니다. 책도 직접 판매가 되는지 확인하고 싶었습니다. 그래서 책이 출간되고 1주일 뒤, 광화문 교보문고에 갔습니다. 그리고 책이 진짜 있는지 확인할 겸, 가족들에게 자랑도 하고 싶어서 가족 모두가 교보문고로 같이 갔습니다. 신간 매대에 있는 제 책을 사진에 담아봅니다. 그리고 제 얼굴에 가득한 미소와 함께 책을 들고 사진도 남겨봅니다. 그렇게 제 인생에 작가라는 씨앗을 심었다는 생각과 제 책이 사람들에게 큰 감동을 줄 거라는 상상을 하며 혼자 히죽거립니다.

제 이름을 아침, 점심, 저녁 한 번씩 꾸준하게 네이버에서 검색해봅니다. 그렇게 제 첫 공저에 대한 서평과 의견이 없나 계속해서 살펴보게 됩니다. 그런데 인터넷에는 흐릿한 흔적이 나오는 결과만 보입니다. 흐릿한 흔적만 보이니, 계속해서 제가 원하는 결과만 찾으려는 검색을 하면서 시간을 보내게 됩니다. 그렇게 8월 말까지 혼자 계속 검색하면서 반응을 살펴보게 됩니다. 원하던 결과와 현실 반응에는 차이가 컸습니다. 그 차이가 제 글쓰기 실력 부족 때문이라는 생각도 합니다. 그래서 사람들의 반응이 없는 것은 아닌지 자책도 합니다. 이러한 부정적인 감정 때문인지 첫 공저 책의 마치는 글에서 '2030년까지 책 20권을 내겠다'라던 당찬 포부가 두려움으로 바뀝니다.

제 첫 책, 독자들의 반응을 애타게 찾는 모습과 딸아이가 땅속에서 강낭콩의 뿌리를 찾으며 흙을 뒤적거리는 마음이 겹쳐 보입니다. 조금 더 글을 잘 쓰고 싶어 하는 마음이 있어서, 매일 아침에 필사하고 있습니다. 『인간은 노력하는 한 방황한다』에서 김종원 작가도 대략 100여 권의 책을 냈지만, 30권 정도는 반응이 없었다고 합니다. 제가 책 한 권을 내고 세상이 바뀔 것으로 생각하였던 저 자신이 작아 보입니다. 딸아이에게 강낭콩을 심고 뿌리를 내릴 때까지 기다리라고 말하였던, 제 모습이 생각나서 더 창피합니다. 잘난 체하면서 딸아이에게 말했기 때문에 더 창피합니다. 책을 한 권 쓰고 결과가 좋기를 바라는 제 마음이 너무 가벼워 보였습니다. 도전하고 결과를 기다리는 행동을 성숙과 투자라고 생각하지 못했습니다. 기다림을 낭비라고 생각하면서 외면하려는 제 마음이 딸아이의 강낭콩의 뿌리에 대한 칭얼거림으로 느껴집니다. 좀 더 성숙한 마음을 가지고자 아래 3가지를 실천하면서 기다림의 시간을, 성장을 준비하는 시간으로 바꾸어보려고 합니다.

첫째, 매일 블로그에 글을 올리려고 노력합니다. 글쓰기의 실력이 부족하다고 불만만 표현할 것이 아니라, 매일 쓰면서 성장하려고 합니다. 그래서 책을 느리게 읽고 생각한 점을 씁니다. 그렇게 필사도 하고 느린 독서도 하고 생각한 점도 씁니다. 일상에서 저만의 눈으로 본 사항도 써봅니다. 글쓰기 공부를 하고 배운 것을 토대로도 써봅니다. 회사에서 보고서만 써서 그런지 아내가 제 글을 읽고 있으면 딱딱하다고 합니다. 정확하게 어떠한 부분인지는 표현하지 못했지만, 딱딱하다고 했지요. 어느 부분인지 모르니, 무조건 부드럽게 쓴다는 생각을 가지고 매일 쓰기로 합니다. 이렇게 꾸준하게 하루에 하나씩 씨앗을 뿌리면, 싹이 나올 것을 기대하면서 계속해서 씨앗을 뿌려봅니다. 그리고 사람들의 반응과 댓글을 기다립니다.

둘째, '오티움(otium)'이라고 생각하며, 더 성장할 수 있는 부분을 찾는 시간이라고 생각해봅니다. '오티움'은 라틴어로 '여가'를 의미합니다. 그 뜻이 점점 넓어짐으로 인하여 취미나 여가 활동을 통해 자신의 삶을 풍요롭게 만드는 것을 의미합니다. 저는 조금 더 의미를 확장하고 싶습니다. 새로운 경험을 하고, 경험한 것을 제가 가지고 있는 것들과 합쳐서 더 좋은 글로 써내고 싶습니다. 얼마 전에 전자책과 관련한 수업을 들었습니다. 그리고 전자책을 냈습니다. 개인 저서의 초고를 작성하고, 퇴고를 들어가기 전에 쉬는 기간에, 새로운 자극이 필요해서 전자책에 도전하였습니다. 『루틴이다!』라는 제목의 전자책이 나왔습니다. 이 전자책을 쓰면서 제가 가진 것들에 대해 생각해볼 수 있는 좋은 시간이었습니다. 주말에 쉬면서, 제 장점을 정리한다는 느낌으로 책을 출간했습니다. 사소한 루틴이라도 목적을 가지고 꾸준하게 한다면 목표를 이룰 수 있다는 것을 경험했던 것과 제가 발견한 가치를 전달하고 싶었습니다. 그렇게 중간 여가 시간을 새로운 것에 도전하는 시간으로 활용하였습니다.

셋째, 여가를 삶에 중요한 부분이 무엇인지 성찰하는 시간으로 사용합니다. 자원을 동일하게 투자하더라도 결과가 다른 것이 정상입니다. 그렇다면, 결과가 좋은 사항에 대해서 더 투자하고 싶어 하는 것은 당연한 자세라고 생각합니다. 그러니 해야 할 것과 하지 말아야 하는 것을 본인들이 직접 결정해야 합니다. 예를 들면, 저는 '디아블로' 게임을 좋아하였습니다. 20살 때에 '디아블로 2'가 인기였고, 지속해서 이 게임을 해왔습니다. 2024년도 초까지만 해도 디아블로4를 아내와 즐기며 금요일 저녁, 주말 오후에는 이 게임에 집중하였습니다. 주말마다 아이들이 저와 아내에게 언제 PC방에 가나 물어봅니다. 아차 싶었지요. 아이들에게 롤 모델이 되고 싶었습니다. 게임을 하며 즐거움을 확보하는 것보다, 제 생각을 글쓰기로 표현하는 것이 더 가치가 있다는 모습을 보이고 싶었습니다. 그래서 PC방을 다니지 않고 있습니다. 그렇게 게임에 몰입하던 시간을, 이 책과 같은 아웃풋을 내기 위해서 글쓰기에 꾸준하게 시간을 투자하고 있습니다.

무엇인가 씨앗을 뿌렸다면, 기다릴 줄 알아야 합니다. 저는 그 시간을 저의 성장이 되는 시간이라고 생각합니다. 또 그 시간은 성장의 시간일 뿐 아니라, 제가 시작하였던 마음이 계속 동일한 마음으로 유지되고 있는지 확인해볼 수 있는 좋은 시간입니다. 만약에 시작하였던 마음과 기다리는 동안에 마음이 다르다면, 그것은 아마 시작하였을 때 발견하고 추구하려고 하였던 가치가 변한 것은 아닌지 확인해봐야 할 것 같습니다. 만약 그 가치가 변했다면, 지속하기 힘들다는 것을 발견하실 수도 있습니다.

저는 올해(2024년) 초에 스페인어를 배우고 싶어서 책을 샀습니다. 그리고 주말마다 스페인어를 배우겠다는 계획도 세웠습니다. 그리고 그러한 계획을 세운 그 주에는 열심히 유튜브 강의도 듣고, 복습하면서 열의가 불타올랐습니다. 그러다가 연휴와 회사 업무가 많아지면서 스페인어를 배우는 것을 잠시 멈추었습니다. 잠시 멈추니 계속 멈추는 것은 더 쉬워졌습니다. 처음에 시작할 때는 좋은 감정과 동기를 가지고 시작합니다. 그러나 개인적인 어려움이나 해야겠다는 열정이 떨어진다면, 지속하기는 힘듭니다. 그러니 무엇을 시작하고 진정하게 뿌리가 내리고 자리를 잡기까지는 결과적으로 얻고자 했던 가치를 잊지 말고, 하루하루 꾸준하게 실천했던 기록을 보면서 성과가 나오기까지 기다립니다.

아이, 부모를 성장시키는
하늘의 선물이다

- 이미란

　우리 부부 사이에 태어난 딸, 로하는 어느새 7살이 되었다. 엄마가 된 내 삶은 아이를 중심으로 소소한 일상이 모여 차곡히 쌓여 갔다. 그녀의 작은 손을 잡을 때마다, 세상이 얼마나 부드럽고도 강렬한지 깨닫는다. 아이를 키우며 지나간 하루하루는 마치 느리게 흐르는 강물 같았다. 우리는 함께 작은 소행성을 만들며, 그 속에서 가족이라는 새로운 우주를 탐험하고 있다. 최고는 아니더라도, 언제나 최선을 다했다. 좋은 옷을 사주진 못했지만, 물려받은 옷을 깨끗이 세탁해 입혔다. 장난감 대신 주방 서랍 속에서 삶의 도구들을 꺼내 함께 놀았다. 그 소박한 놀이가 우리 두 사람에게는 세상에 없는 장난감 놀이였다.

　작고 소중한 생명이 내 품 안에서 자라났다. 처음 기어다닐 때, 그 작은 몸이 얼마나 기특했는지 모른다. 어느 날 두 팔을 벌려 나를 향해 걸어올 때, 내 가슴 속에선 설레는 사랑이 울컥 솟아올랐다. 그 사랑은 여전히 차오르고 있었다. 흐르는 계절들의 착한 선물로 핸드폰 사진첩은 아이 모습으로 가득하다.

휘날리는 벚꽃잎을 한 움큼 쥔 아이의 작은 손, 여름 열대야 속 하염없이 내리는 장마 빗소리 오케스트라 향연에 우비를 입고 관람객이 되었다. 가을 노을 너머 들판은 더할 나위 없이 풍족한 장난감이 가득했다. 뜀뛰기 실력이 뛰어난 메뚜기는 기꺼이 아이와의 달리기 시합에 응해주었고, 까만 콩알은 아이를 놀리기라도 하듯 이리저리 굴러다녔다. 그리고 겨울이 왔다. 첫눈을 보며, 로하의 두 눈에 비친 세상은 새로웠다. "로하야, 눈 내린다"라고 이야기하자 자기 눈을 가리키며 두 눈 사이를 왔다 갔다 어리둥절해하는 모습을 보며 그 순수함에 웃음을 참을 수 없었다. 로하의 두 눈에 비친 세상은 언제나 새로웠고, 나는 그 순간들을 기억 속에 새겨놓았다. 오늘도 어김없이 눈뜨자마자 아이의 기분을 살피며 하루를 시작한다. 가벼운 아침과 함께 어젯밤 꿈과 오늘의 일과를 나열한다. 언제 이렇게 커서 대화하는 나이가 되었는지 새삼스러운 감정이다.

그러나 육아는 항상 행복한 순간들만은 아니었다. 직장과 육아 둘 중 택하라면 육아 경험이 있는 사람은 직장에 나가서 돈 버는 게 낫다고 말한다. 엄마의 상황에서 격렬히 공감한다. 모락모락 김 나는 흰쌀밥, 다른 사람이 해준 밥을 집중해서 먹을 수 있는 유일한 곳이 직장이었다. 유치원에서 25명 가르치는 일보다 내 아이 1명 키우는 게 훨씬 더 힘들다. 특히 아이가 유난히 힘들게 했던 날이 있다. 그때마다 떨리는 심장을 부여잡고 끓어오르는 화를 삭인다. 인내심이 필요한 순간은 하루에 몇 번이고 계속된다. 화가 폭발하는 순간 화의 불씨는 폭탄이 된다.

병원에서 있었던 일이다. 아픈 아이의 혈청검사를 요구했다. 꼭 해야 하기에 힘든 상황 속에서 아이를 달래고, 꾸중했으나 주사가 무서운 아이는 소리치며 울다 신발도 벗어 던지고 병원을 뛰어다녔다. 평소 조용하고 차분한 아이의 낯선 모습에 당황스러웠다. "정신 차려, 무조건 해야 한다고!" 괴물로 변한 엄마 모습에 아이는 소스라쳐 놀라 울었다. 결국 두 손, 두 발 묶인 채 간호사 5명의 도움으로 검사에 성공했다. 아이 등을 토닥이며 체력이 고갈된 내 눈가가 촉촉해졌다. 다 큰 줄 알았는데, 주사 앞에서 어린애가 돼버린 모습에 정신이 혼미했다. 아이를 쫓아다니다 지친 나는 나 스스로에게 화가 났다.

잠자기 전, 아이는 혼자 책장에서 책 한 권을 꺼내 읽고 애착 이불을 끌어안으며 눈물을 훔치고 있었다. 깜짝 놀라 우는 이유를 묻자, 책 속의 글귀가 자신을 위로했다고 한다. 지친 하루 끝, 눈물을 훔치며 책을 읽는 로하의 모습을 보았을 때, 아이를 위로한 건 그저 한 권의 책이었다. "괜찮아, 잘할 수 있어"라는 문장이, 내 딸의 마음을 어루만졌다. 그 순간 깨달았다. 로하에게 진정 필요한 건 따뜻한 공감이었다. 책을 꼭 끌어안고 잠든 아이의 머리칼을 매만지며 안쓰럽고 미안했다. 내 속에서 태어나 누구보다 잘 안다고 생각했는데 자랄수록 새롭고 혼란스럽다. 내 마음도 아이처럼 위로받고 싶었다. 아이가 책에서 위로받았으니, 책이 있는 도서관으로 갔다. 끌리는 제목의 책을 꺼내 비슷한 상황 속 이야기를 읽어 내려가며 울컥하는 가슴을 끌어안았다. 이렇게 아이가 성장할 때 부모도 함께 성장한다. 좋은 책은 흔들리는 마음의 양식이 된다. 책 속에는 위대한 멘토가 있다. 내 상황에 필요한 경험과 지식을 꺼내쓸 수 있도록 도움을 준다.

로하는 내 삶의 스승이다. 그녀가 성장할수록, 나 역시 어른이 되어간다. 사랑, 인내, 그리고 삶의 진정한 가치를 깨닫게 해주었다. 아이를 통해 세상을 더 깊이 이해하게 되었다. 나를 중심으로 돌아가던 세상에서 살았던 날들, 이제는 배려와 인내 속 이타적인 삶을 살게 해 준 아이다.

내 인생 최고의 선물 김로하. "로하야! 하루하루 멋지게 성장하는 네 모습을 보면 참 뿌듯해. 너의 존재 덕분에 엄마 아빠도 성장했어. 함께 걸어가는 우리의 길은 언제나 빛나고 있어. 네가 세상을 더욱 빛내는 별이 되길 바랄게. 사랑해! 로하야 엄마의 딸로 태어나줘서 고마워!"

세상 그 어떤 힘든 일도 든든한 가족의 울타리 안에서는 다 해결할 수 있다. 남편이 가장 위험한 위기에서 로하를 떠올리고 강인하게 버틴 것처럼, 우리 부부의 행복은 로하로 인해 점이 모여 선이 되었다. 나는 그 선을 촘촘하게 엮어서 행복이라는 씨줄과 날줄로 우리 가족의 삶을 연결해나갈 것이다.

5

시베리아 횡단 열차 여행

- 이상임

아침 라디오에서 흘러나오는 김국환의 '은하철도 999' 주제곡은 익숙한 멜로디로, 기억을 더듬어보면 1980년대 초반이 떠오른다. 이 곡은 일본 만화가 마츠모토 레이지가 만든 애니메이션 영화에서 비롯되었고, 당시 매일 보는 일과처럼 자리 잡았던 작품이었다. 영화에 가까운 이 애니메이션은 '우주를 항해하는 기차'라는 기발한 설정으로 사람들의 마음을 사로잡았다. '영원한 생명'을 찾아 떠나는 소년 철이와 그 여정을 함께하는 여주인공 메텔의 이야기가 기차의 레일처럼 끝없이 펼쳐진다. 이 작품의 모델은 시베리아 횡단 철도로 추측되며, 마츠모토가 창조한 메텔의 털모자와 겨울 풍경을 배경으로 한 장면들은 '시베리아 기원설'에 힘을 실어준다. 원작자 마츠모토 레이지는 2023년에 세상을 떠나며 그만의 우주를 남겼다.

나는 상상 속에서 '은하철도 999'의 출발역이 블라디보스토크라고 굳게 믿고 있었다. 시베리아 횡단 열차를 타기 위해 도착한 블라디보스토크역은 마치 궁전을 연상시키는 제정 러시아 건축 양식으로 1912년에 완공된 역사(驛舍)였다. 아담한 규모와 함께 17세기풍의 러시아 건축 양식이 어우러져 마치 미술관에 온 듯한 느낌이 들었다. 이곳은 우리 근대 역사와도 깊은 연관이 있다. 1937년 한인 강제 이주의 역이었으며, 많은 독립운동가들이 사용했던 역이기도 하다. 플랫폼으로 나서면 시베리아 횡단 철도의 시작점과 로마노프 왕가의 상징인 쌍두 독수리 기념비가 눈길을 끌었다. 꿈에 그리던 횡단 열차 여행을 앞둔 우리는 들뜬 마음에 사진을 찍기에 바빴고, 일행들과 함께 기분에 겨워 공중 부양하며 한껏 즐거움을 만끽했다.

출발을 앞두고 여행을 총괄하는 양 작가가 다소 침통한 표정으로 안내를 시작했다. "선생님들, 이 역에서 출발해 이르쿠츠크까지는 72시간이 걸립니다. 그런데 우리가 탈 열차에는 식당칸이 없으니 식사는 중간중간 기차가 정차하는 역에서 해결하셔야 해요. 필요한 음식값으로 러시아 루블을 나누어드리겠습니다." 여행의 낭만적인 기대와 함께 장시간 열차 여행의 현실적인 준비가 필요하다는 점이 느껴지며 긴 여정의 첫 시작이 조금은 무게감 있게 다가왔다.

예상치 못한 상황에 당황스러움과 불만이 뒤섞인 분위기 속에서, 결국 시베리아 횡단 열차는 예정대로 출발하였다. 어스름한 밤, 블라디보스토크역에서 검은 연기를 뿜는 기차는 옛 한국 화물기차를 떠올리게 했다. 무거운 가방을 낑낑대며 실은 후, 덜컹거리는 소리를 뒤로하고 기차는 밤 9시, 긴 숨을 뱉으며 이내 출발했다. 기차의 내부는 한 량에 8개의 방이 있는 구조로, 방마다 3명에서 4명이 머무를 수 있게 양쪽에 2층 침대가 나란히 놓여 있었다. 다행히 우리는 한 량을 빌려 현지인들과 섞이지 않고 독립된 공간에서 여정을 시작했다. 노련한 여승무원들이 교대로 청소와 쓰레기 처리를 관리해주었다.

잠깐의 양치질과 고양이 세수를 마치고 짐을 침대 밑에 밀어 넣자마자, 어느새 피곤함에 이끌려 깊은 잠에 빠져들었다. 새벽이 흐르고 아침이 밝아올 무렵, 눈을 뜨니 기차 창밖으로 붉게 물든 시베리아의 광활한 지평선 너머로 태양이 떠오르고 있었다. 강렬한 아침 햇살과 함께 기차는 끝없이 펼쳐진 대지를 따라 달리고 있었다.

아침 7시, 한 역에 정차한 기차에서 내려 일행들과 함께 나눠 받은 루블로 공동구매를 계획했으나, 피로에 지친 이들은 쉽게 몸을 일으키지 않았다. 대신, 첫 아침은 각자 준비해 온 비상식량을 꺼내기로 했다. 고추장, 김치, 단무지, 장아찌에 라면과 햇반을 더하니 기차 안에서도 푸짐한 한식 상차림이 완성되었다. 비록 입이 껄끄러웠지만, 침대에 걸터앉아 먹는 라면 한 젓가락은 세상 어디서도 맛볼 수 없는 꿀맛이었다. 달달한 노란 봉지 커피 한잔도 피로한 아침에 활기를 더해주었다.

기차는 덜컹거리는 쇳소리를 일정하게 내며 끝없이 펼쳐진 러시아 풍경 위를 지나갔다. 녹음이 우거진 시베리아 벌판은 서양 풍경화처럼 눈앞에 펼쳐졌고, 끝을 가늠하기 어려운 대지 위에서는 마부가 큰 낫을 겨드랑이에 끼고 풀을 베고 있었다. 한가로이 풀을 뜯는 말과 소들, 그들의 낙원이 된 광활한 초록 들판은 한 폭의 그림 같았다.

　몇 시간을 달렸을까, 배꼽시계가 울릴 때쯤 기차는 어느 역에 정차했고, 그 주변은 번개시장으로 활기찼다. 식당칸이 없는 이유를 알 것 같았다. 우리는 호기심이 동해 하나하나 음식 탐색에 나섰다. 향신료가 가득한 닭구이와 신선한 야채 샐러드, 이름 모를 다양한 음식들이 코끝을 자극했다. 물가도 저렴해서 10인분을 원화 3만 원가량에 해결할 수 있었다. 식당이 없다는 불평은 어느새 사라졌고, 시장 구경과 음식 사기에 즐거움이 가득했다. 기차는 2시간 간격으로 정차했고, 그때마다 음식 구매에 신이 나곤 했다. 이런 낯선 경험들이야말로 여행의 묘미였다.

　기차는 시베리아 대지를 달리고 있었고, 쇠바퀴와 선로가 맞물려 내는 리드미컬한 소리가 귀를 가득 채웠다. 차창은 뿌연 안개가 낀 듯 흐릿해지며, 머릿속에는 자연스레 두 인물이 떠올랐다. 그중 한 분은 보재 이상설 선생이었다. 1907년 대한제국이 위태롭던 시절, 보재 선생은 고종의 밀명을 받들어 블라디보스토크에서 이준 열사와 만났다. 두 사람은 고종의 위임장을 가슴에 품고 시베리아 횡단 열차를 타고 네덜란드 헤이그로 향했다. 제2차 만국평화회의에 조국의 뜻을 전하고자 한 여정은 아마도 희망으로 가득 찼을 것이다. 그러나 보재는 황제의 뜻을 이루지 못했고, 이준 열사는 헤이그 공동묘지에 묻혔다. 혼자 남아 열차에 오른 보재의 돌아오는 길은 얼마나 절망과 슬픔으로 가득했을까.

　다음으로 떠오르는 인물은 손기정 선수다. 1936년, 그는 베를린 올림픽에 출전하기 위해 경부선과 서울역을 지나 경의선을 타고 만주를 거쳐 러시아 치타역에 도착했다. 당시 여객열차로는 올림픽 시간에 맞추기 어려워 화물열차를 이용해 15일 만에 베를린에 닿을 수 있었다. 마중 나온 일본 대사관 직원은 손기정을 보자마자 "웬 조선인이 왔냐? 선수단에 조선인이 왜 두 명이나 있냐?"라며 모욕적인 발언을 내뱉었다고 한다. 그러나 그는 굴하지 않고 1936년 8월 9일, 베를린 올림픽 마라톤 시상대에서 1위를 차지했고, 3위에는 남승룡 선수가 올랐다. 월계관을 썼지만 그는 미소를 짓는 대신 고개를 숙이고 일장기를 월계수로 가렸다. 지금 우리는 보재 선생과 손기정 선수가 오갔던 선로 위를 달리고 있다. 그들의 발자취를 따라가며, 2019년 8·15 광복절을 기념해 이 시베리아 열차에서 독립운동가와 역사의 흔적을 되새긴다.

6

도전과 실패,
그리고 다시 시작

- 이은진

대학교 학점은 상위권 성적을 유지했기에 서울권 대학병원으로 취업할 줄 알았다. 그러나 안전지대로 원서를 넣었던, 수원에 있는 종합병원이 첫 직장이 되었다. 처음부터 생각했던 병원이 아닌 보험용이라 3년 정도 경력을 쌓고 이직하기로 계획했다. 그렇게 나의 첫 직장생활이 시작되었다. 첫 직장에서의 시작은 설렘보다는 걱정과 근심으로 가득했다. 1,000시간의 실습으로 다져진 임상의 경험이 있었지만, 실제 임상은 너무도 다르기에 걱정이 앞섰다. 처음 입사 1년간은 치열하게 공부했다. 학교에서 배운 내용이었지만 생소하기만 했다. 주사 놓기 실전부터 약 이름 외우기, 의사 보고하기 등 새롭게 배워야 할 것들이 산더미였다. 1년간 임상 노트를 마련하여 모르는 건 찾아 기록하고 또 기록하였다. 내가 잘하는 것은 기록이었다.

시간이 흘러 3~5년 차, 이직하기 좋은 경력이 되었다. 대학병원으로 이직하기 위해 구직사이트를 기웃거렸다. 전문 학사로 부족하여 방송통신대학교 간호학과로 편입하여 부족한 학사를 채웠다. 일하면서 2년 동안 공부하는 시간은 다시는 공부 못 하겠다는 마음이 절로 들 정도로 힘들었다. 임상 파트에서 벗어나 보고자 보건교사 준비도 해보고, 간호직공무원 준비도 했었다. 미국 간호사가 되면 좋겠다 싶어 미국 간호사 공부도 시작했으나 성과를 내지 못하였다. 목표를 정하기는 했는데 끝까지 해내지 못했던 것이 아쉽다.

입사 5년 후 적응이 되었고 일과 후 취미 생활도 하는 여유도 생겼다. 2017년 3월 결혼도 하고 이직 생각은 아득해졌다. 하지만 마음은 여전히 대학병원 간호사 타이틀을 내려놓지 못했다. 2018년 대학병원 암병원 개원으로 간호사 구인 공고가 떴다. 조금 더 큰 병원에서 일하고 싶어 입사지원서를 넣었고 합격통지를 받았다. 당장 다음 달이 입사일이었다. "괴롭힘의 악명이 높은 병원이다, 버틸 수 있겠느냐?" 일하던 병원의 수간호사 선생님, 간호 부장님이 붙잡기 시작했다. 고민이 되었다. 하지만 더 나은 성장을 기대하며 이직하기로 결정을 했다. 새로운 곳에서 환갑잔치까지 할 생각으로 오래 있겠다고 다짐했다.

쉬는 날도 없이 바로 이직했다. 나름 한 직장에서 오래 근무했다고 생각했기에 아무리 악명이 높아도 부서마다 다르고 버틸 수 있을 거라는 확신이 있었다. 8년 전 처음 입사했을 때와는 다른 설렘과 기대감이 가득했다. 신경외과 병동으로 발령을 받았다. 이직 전에는 8년 3개월 동안 내과 병동에서 근무를 했다. 발령 부서, 병동 분위기, 마주하는 동료들 모두가 새롭고 생소했다. 하지만 임상 경력이 있기에 '잘하겠지' 하는 기대감에 심적 부담감이 있었다.

첫날부터 프리셉터(신규 간호사가 병원 환경에 잘 적응하고 간호업무를 독립적으로 할 수 있도록 이끌어주는 선배 간호사)의 포스는 남달랐다. 전 병원에서는 액팅(처방을 직접 수행하는 간호사), 차지(처방을 받고 전해주는 간호사) 따로 나누어서 하는 간호 체제에서 액팅, 차지 한 명의 간호사가 다 해야 하는 팀 간호. 간호 체제부터 전산 프로그램까지 모든 게 생소하였다. 병원 구조부터 전산 프로그램, 근무 형태에 익숙해지기까지 한참 걸렸던 것 같다. 아니, 익숙해지지 못했다.

데이 근무는 새벽 6시에 출근해서 오후 5시에 퇴근하고, 오후 근무는 오후 1시부터 12시 퇴근이 다반사였다. 매일 환자의 검사 결과, 근무 시간에 못다 한 업무하느라 퇴근이 늦었다. 거의 12시간 이상은 병원에 있었던 것 같다. 쉬는 날이 전 병원보다 많았지만 제대로 쉬는 날이 거의 없었다. 8년의 경력이 있지만, 신규 간호사처럼 공부했다. 출근 전에도 공부하고, 퇴근하고도 공부하기를 반복했다.

매일 "선생님은 경력이 있는데 왜 아직도 모르냐", "언제까지 봐줘야 하나"라는 선배 간호사들의 말에 자존감이 뚝뚝 떨어졌다.

공부해도 모르는 게 많았고 실수투성이에 매일 혼나기를 반복했다. 매일 파트장님과 면담을 해야 했다. 파트장님은 사무적으로 대하고 아침에 인수인계할 때도 계속 지적했다. 나를 탐탁지 않아 했던 것 같다. 이럴수록 나는 이를 악물고 오래 버티자! 이 생각 뿐이었다. 하지만 이런 생각은 오래가지 못했다.

오후 근무 중의 일이다. 혈압 조절이 안 되는 환자의 혈압 약이 추가되었다. 오늘 먹어야 할 약은 반 알, 내일 아침 먹어야 할 약은 한 알이다. 나이트 근무자가 출근했다. 다음 날 아침 약을 확인하였다. 내일 아침 약으로 있어야 할 혈압 약 한 알이 없었다. 뒤늦게 나는 오늘 먹어야 할 약과 내일 아침에 먹어야 할 약이 뒤바뀌었음을 인지했다. 하지만 솔직하게 말할 수가 없었다. 인수인계가 끝나고 나이트 근무자 선생님은 있어야 할 약의 행방을 뒤지기 시작했다. 이미 그분은 내가 거짓말을 하고 있다는 사실을 눈치채고 있었다. 하지만 뒤늦게 사실대로 솔직히 말할 용기가 나지 않았다. 오늘 또 실수했다는 자책과 솔직하지 못했던 것, 두 가지가 합쳐져서 자존감이 바닥까지 내려앉았다.

밤 12시가 넘어서 퇴근했다. 맨 정신으로는 잘 수가 없었다. 남편이 해외 출장 다녀오면서 사 온 양주 한 병이 보였다. 술도 잘 못 마시는 내가 양주 한 병을 꺼내 잔에 따르지 않고 병째로 마셨다. 안주도 없이 마셨다. 눈물이 나고 속이 상했다. 야근하고 온 남편이 나의 모습을 발견했다. 남편도 힘들었을 텐데 나를 토닥토닥 안아주며 너무 힘들면 이제 그만해도 된다고 했다. 내가 벌어도 충분하다며 쉬어가도 된다고 말을 해주었다. 맞벌이를 하지 않아도 된다고 해주는 남편이 감사했다. 나의 욕망을 채우기 위한 이직과 맞벌이였다. 전적으로 나의 선택을 믿어주는 남편이 있어 든든했다.

다음 날 아침 출근을 해서 파트장님과 면담했다. 잘하겠다고 한지 일주일도 지나지 않아 또 실수했다. 파트장님이 어떻게 할 건지 물었다. 도저히 다시 한번 잘하겠다고 말할 수가 없었다. 결국 그만두는 게 나을 것 같다고 이야기했다.

상급병원에서 일하고 싶은 꿈이 있었고, 조금 더 나은 환경을 찾아 이직했지만 즐겁지가 않았다. 임상이 맞지 않는다고 생각했다. 간호사의 경력을 더 발전시키고 싶지도 않았다. 간호사로서의 커리어를 포기하기로 했다. 관련 책도 정리하고 그동안 공부하며 정리했던 것들도 모두 없애버렸다. 상급병원으로 이직하면 명예가 생기고 행복할 줄 알았다. 아무런 준비 없던 상급병원 이직이었다. 공부만 하면 되는 줄 알았지만, 공부해도 계속 실수 연발이었다.

상급병원으로의 이직이 없었다면? 힘들어도 그냥 다녔더라면? 허우적거리는 과정이 있었기에 지금 성장한 내가 있다. 한 단계 나아가는 과정을 마련했다고 생각한다. 앞으로도 나는 해보고 싶은 일이 있다면 또 실패하는 경험도 해나가면서 한 단계 나아갈 것이다.

7

손톱 밑 가시 들여다보기

- 이주민

"엄마 때문에 베트남에 와서 힘들어졌어! 친구랑 헤어지고, 하기 싫은 영어랑 베트남어도 하고!"

중학교 1학년 아들의 사춘기가 절정에 올랐을 때다. 초등학교 4학년 때 베트남에 와서 별 탈 없이 잘 지낸다고 생각했다. 6학년 끝날 무렵, 영어 학원 원장님 연락이 왔다.

"윤찬이가 숙제를 안 해 오고 말대꾸가 늘어나는 게 사춘기가 시작된 것 같아요."

공부 잘한다는 말은 못 들어도 예의 바르다는 말을 듣는 아들이었다. 말투와 눈빛, 행동이 불량스러워졌다는 말에 충격을 받았다. 예의 바르게 행동하라고 잔소리했지만, 공부하기 싫은 아들은 영어 학원에서 화풀이했다. 선생님에게 사죄하며 당분간 쉬면서 아들이 정신 차리도록 가르쳐서 보내겠다고 했다. 6학년 말부터 중학교 1학년까지 약 1년을 쉬었다.

아들은 학교에 다녀오면 집에만 있었다. 방문을 닫고 핸드폰만

봤다. 지루해지면 안방에서 TV를 봤다. 벌을 준다는 생각으로 학원을 쉬었는데, 아들은 물 만난 물고기가 되어 원 없이 놀기만 했다. 나는 수업하는 학생 눈치가 보여 아들에게 잔소리할 수 없었다. 속만 터졌다.

성적표를 받아 온 날, 화가 폭발했다. 성적이 말이 아니었다. 상상도 할 수 없었던 'E'가 있었다. 공부하지 않고 게임만 했던 결과다. 아들이 대들기 시작했다. 자기는 누나와 다르다고. 공부 못한다고. 자기가 잘해도 칭찬이나 보상이 없어서 하고 싶은 마음이 들지 않는다고 한다. "다 엄마 때문이야! 한국에 있었다면 이렇지 않았을 거야." 어이없는 변명에 분노가 올랐다. 엄마 때문에 영어를 하는 게 힘들다고 한다. 1년간 영어 학원도 다니지 않고 쉬고 있는데, 누나처럼 국제학교도 아닌 한국 학교에 다니는데 영어 때문에 스트레스라고 한다. 말도 안 되는 핑계에 화가 나서 잡히는 대로 때리기 시작했다. 아들은 도망 다니면서 매를 피한다. 화가 나고 약 오른 나는 손과 발을 이용해 때렸다. 아들은 막고 나는 때리고. 지쳐 바닥에 널브러진 아들과 나는 눈물만 흘린다. 바닥에는 부러진 30㎝ 자와 효자손, 기다란 장난감들이 널브러져 있다. 눈물, 콧물 닦아낸 눅눅한 화장지가 쌓였다.

아들은 인정받지 못하고 공부 못한다는 이유로 없는 사람 취급받는 게 싫어서 자살을 생각했다고 한다. 하지만 용기가 없어서 실행을 못 했다고. 이유 같지 않은 이유로 자살을 생각했다는 아들의 말에 충격받았지만, 너무나 나약한 아들의 정신력에 실망이 더 컸다.

베트남에 온 이유는 단 하나, 아이들에게 좀 더 좋은 환경을 만들어주고 싶었다. 한국에서 입시는 치열하다. 학창 시절 즐겁게 보내면서 입시 준비를 했으면 했다. 그런 내 마음 몰라주고 핑계를 대다니. 베트남 온 목적은 실패인가? 한국에 계속 있었다면 아들은 행복했을까? 내 욕심에 아들을 망치고 있는지를 고민했다. 생각이 많아졌다. 엄마로서, 어른으로서 따끔하게 충고해주고 싶었다. 하지만, 말도 안 되는 변명에 욕만 나오려고 한다. 욕이 입 밖으로 나오면 또 감정이 격해질 듯했다. 자살을 생각했다는 아들이 욱한 감정에 그 순간 잘못된 선택을 할까 봐 겁이 났다. 그냥 입을 다물었다.

그 이후에도 아들이 성적표를 받는 날은 집안이 조용하지 않았다. 왜 이런 일이 반복되는지 속상했다. 창피해서 누구에게도 말할 수 없었다. 아래층에 사는 엄마가 오랜만에 얼굴 보자고 했다. 언니는 밥을 잘 먹지 못했다. 서로 첫째가 고1 동갑이라 중간고사를 어떻게 봤는지 이야기가 나왔다. 아들이 중간고사 시험지를 백지로 냈다고 한다. 평소 공부 욕심이 많았던 아이였다. 딸 윤정이보다 성적도 좋고 반장을 할 만큼 학교생활에 적극적이었다. 그런 아이가 백지를 냈다니 놀라웠다. 공부를 왜 해야 하는지 모르겠단다. 죽고 싶다며 베란다로 나가는 걸 너무 놀란 언니는 몸으로 매달려 아들을 붙잡았단다. 눈물만 나온다고 한다. 아들에게 공부 말고 하고 싶은 걸 물으니, 게임만 하고 싶다고 했다. 그래서 컴퓨터를 새로 사주었다고 한다.

공부, 공부, 공부. 아이들에게 공부 이야기만 했던가. 나는 입에 달고 살지 않았다고 생각했는데, 아이들이 느끼기에는 아니었나 보다. 언니의 이야기를 들으니 나는 양반이었다. 똑똑한 아이도 한순간에 변했다. 더욱이 자살이라는 것을 눈앞에서 행동으로 보였다니 오싹하다. 이런 모습을 보려고 베트남에 왔나? 무엇이 중요한지 다시 생각했다. 좋은 대학에 보내고 싶었던 이유는 노력하는 친구들의 모습을 보고 아이들도 성실한 삶을 살기를 바랐다. 더불어 경제적 보상이 함께 따라오면 좋겠지만, 아이들이 좋아하는 일을 하는 데 경제적 보상이 적어도 행복하면 됐다. 주변 사람들과 비교하는 삶이 아니라 내가 가진 것에 행복을 느끼고 안주하지 않는 삶을 살았으면 했다. 그런데, 공부에 스트레스를 받고 게임으로 회피한다. 짜증과 화풀이가 가족의 대화다. 가족이 행복해지려고 왔는데 아들은 죽음을 생각하고 있었다.

성적에 'E'가 있으면 어떠냐. 나쁜 짓을 안 하면 됐지. 살아 있는 게 중요하지. 사춘기 지나면 정신 차리겠지. 아래층 언니에 비하면 내 우울은 아무것도 아니었다. 모든 과목도 아니고 베트남어 성적 'E'. 인생에 중요하지 않다고 생각하며 마음을 비웠다. 어떤 개그맨처럼 '머리에 노란 꽃 꽂고 살아보자' 마음먹었다. 나는 조금 쉬운 출발을 돕고 싶었지만, 아이가 싫다고 하니 멀리 돌아가도 괜찮다고 생각했다. 어른이 되어 후회하면 그때 시작해도 늦지 않다. 꼭 20대, 30대에 성공해야만 하는 것은 아니다. 나도 지금 시작하는 것이 있다. 마음을 비우니 머리가 가벼워졌다. 마음 한 구석엔 성적에 대한 걱정과 아쉬움이 남았지만, 아이들에게 '엄친아, 엄친딸'의 모습을 바라는 마음을 지웠다.

아들은 베트남에 적응하며 살기 힘들다고 한다. 엄마는 아줌마가 와서 청소해주고, 밥도 사 먹으면서 편하지 않냐고. 집에서 수업하는 것도 편해 보였나 보다. 나는 베트남에 와서 고생한다고 생각했는데, 아들의 시선에는 아니었나 보다.

가끔 학생들이 자기 엄마에 대해 이야기한다.

"우리 엄마는 게임만 하는데요. 청소는 메이드가 와서 다 하고요. 빨래도 세탁기가 다 하는데 힘들긴 뭐가 힘들어요. 엄마는 매일 게임하고 TV만 봐요."

철없게 생각했다. 그런데 나도 아들에게 그렇게 비쳤다. 속이 상했지만 인정할 건 인정해야 했다. 매일 청소 도우미가 와서 청소해주기 때문에 가사일을 거의 하지 않는다. 유치원 일을 하고 공부방을 하면서 시켜 먹는 일이 잦았다. 반찬 가게를 알면서는 밥만 하고 반찬은 시켜서 먹었다. 내가 유치원과 공부방 일하면서도 밥하고 청소하면 고생한다고 생각해줄까?

아들의 문제를 혼자 고민하고 우울해했다면 우울증과 두통에서 빨리 벗어나지 못했을 거다. 언니의 이야기를 듣고 머리와 가슴이 가벼워졌다. 이웃 언니도 나에게 이야기하지 않았다면 가슴에 쌓인 답답함을 풀어내지 못했을 테다. 언니도 마음을 공감받고 위로받았다. 누군가는 언니의 이야기가 별거 아니라고 하는 사람이 있을 수 있다.

'내 손톱 밑의 가시가 제일 아프다'라는 말이 있다. 아들은 자기가 가장 힘들고 나는 내가 제일 고생한다고 생각했다. 과정은 힘들었지만, 마음을 터놓고 이야기하니 다 필요 없다는 생각이 든다. 집안이 우울하고 서로 남처럼 지내는 데 성적이 중요한가. 가정의 행복을 위해 욕심을 버렸다. 공부 잘하고 예의 바른, 내 마음속에 정의 내린 아들, 딸의 모습을 지웠다. 눈앞에 보이는 아이들의 모습 있는 그대로 바라보기로 했다. 더불어 하루빨리 사춘기가 끝나기를 기도할 뿐이다.

8

세상은 하얀 도화지다,
네 꿈을 펼쳐라

- 이지은

2010년 당시는 입학사정관제도 도입이 이슈인 때였다. 궁금하여 웅진출판에서 진행하는 교육을 신청하고 기다리던 중, 둘째가 세워둔 오토바이 배기관에 데어 병원에 있었다. 왜 교육에 참여하지 않았냐고 전화가 왔다. 분명 교육은 목요일, 오늘은 화요일? 뭐지, 그런데 흥덕구에 새 지점이 생겨 주소에 따라 교육 일정이 달라졌단다. 아픈 아이 핑계로 안 갈 수도 있는 충분한 상황이었으나, 약속은 지켜야 한다는 생각에 부랴부랴 달려갔다.

낯선 장소에서 슬쩍 눈치 보던 중, 지적인 여성분이 늦게 도착한 나를 안내해주는데 느낌이 참 좋았다. 강의가 끝나고 모두 일어나는데, 안내해준 여성분이 앞으로 나왔다. 다른 강의가 또 있나 싶어 예의상 앉아 있었는데, 강의가 아닌 웅진 홈스쿨 예비 선생님들의 면담 자리였다. '혹시 홈스쿨에 관심 있냐'는 말을 했지만 나는 전혀 생각이 없었다. 홈스쿨은 말 그대로 집에서 학생들 공부를 시키는 시스템인데, 나는 집은 쉬는 곳, 노는 곳, 자는 곳이라 방해받으면 안 된다는 생각이었다. 그런데 "혹시 논술 수업 가능할까요? 한국사는요, 그럼, 세계사는요?"란 연거푸 하는 질문에 모두 가능하다고 답했다. 그럼 집을 공개하지 않고 센터를 맡아서 교육해줄 수 있냐는 것이다. 그것도 아이들 학원 가고 없는 저녁 시간이라 더 맘에 들었다. 거기에 유성에서 하는 2박 3일 교육을 다녀오면 서재용 큰 테이블을 준다는 말에 더 욕심이 생겼다. 마침 서재에 놓기 위해 테이블을 알아보던 중 너무 고가라 미루고 있던 시기였고, 또 웅진 홈스쿨 교육 일정에 아이들은 4박 5일 캠프, 남편은 출장 교육장이 바로 옆 호텔에서 1박 2일 세미나가 있었다. 가족에게 불편을 주지 않고도 해낼 수 있는 너무도 절묘한 교육 일정에 뭔가에 홀린 듯 묘한 기분이 들었다. 이렇게 우연이 만들어낸 인연은 나의 삶에 큰 변화를 불러왔다.

약속을 귀하게 여긴 덕분에 얻은, 선물 같은 인연으로 웅진 홈스쿨 산남동 센터에서 수업하게 되었다. 한국사, 세계사, 논술. 웅진의 교재로 수업을 진행해야 했다. 밤새 교재를 연구하고 정리하여 아이들 교안을 만들었다. 역사는 학년별로 접근을 달리하였다. 예를 들어 저학년은 한국을 빛낸 100인의 위인들 노래에 나오는 인물을 기준으로 시대를 풀어냈고, 심청전, 춘향전 등 소설이 나오게 된 당시의 역사적 상황에 살을 붙여나가 이해를 도왔다. 고학년은 간단한 중국사를 먼저 풀어주었다. 우리 역사에 나오는 고조선을 멸망시킨 한나라, 나·당 연합, 명나라 등 중국의 시대별

이름과 우리나라와의 관계를 가르쳤다. 그리고 임진왜란부터는 유럽의 십자군 전쟁으로 대서양의 시대가 열리는 상황과 유럽의 역사가 중국과 일본에 준 영향을 함께 풀어주며, 세계 역사와 가로 엮기를 해주었다. 근현대사는 근현대 소설을 함께 읽으며 「홍염」에서 문 서방이 딸을 집에 보내지 않은 이유를 유목민의 풍습에서 찾아주었다. 시험을 위한 암기식 역사가 아닌 그들의 문화를 이해할 기회로 만들어주고자 노력하였다.

세계사 또한 관련 영화를 도입하여 말로 전하기 어려운 우리와 다른 기후, 지형, 지리와 문화를, 내가 경험한 여행을 통해 이해를 시켰다. 세계사의 낯선 용어도 어원을 찾아 먼저 풀어주고 최대한 암기가 아닌 이해를 시키고자 하였다. 더욱이 센터 수업이다 보니 함께 오는 부모님도 청강을 유도하였다. 돌아가며 배운 내용으로 자녀와 대화를 이어가고, '아빠도 이건 몰랐지?' 코너로 소통하게 하였다. 덕분에 역사 수업을 하는 친구들은 수다쟁이가 되었다.

내가 가장 공들인 수업은 토론이다. 아이들이 정한 주제를 한 달 코스로 잡아 첫 주는 주제에 대한 자료를 모아 토의하며 자신들의 생각을 나누고, 둘째, 셋째 주는 팀을 나눠 토론을 진행한다. 여기서 서로에 대한 존댓말과 경청하는 태도 및 성실성 등, 평가표도 학생들이 직접 만들도록 하여 아이마다 중요시하는 부분이 다름을 인정하는 포용력도 키워주려고 실행했다. 마지막 주에는 두 주간의 토론을 평가하고 토론 후 생각에 어떤 변화가 생겼는지와 토론 중에 좋았던 점과 칭찬할 점, 보완해야 하는 사항들을 적는다.

아무래도 토론은 말하기보다 듣기가 중요하기에 상대를 위해 정확한 말하기 전달력을 키워주었다. 명확하고 강약을 조절하는 말하기로 설득력을 키워갔다. 약 2년간의 과정을 마무리할 때면 부모님을 모시고 마지막 토론을 진행하는데 아이들의 실력이 이 정도일 줄 몰랐다며, 노력은 아이들이 했음에도 칭찬과 감사는 나에게 돌아왔다. 그때 나의 모습에는 뿌듯함과 쑥스러움이 같이했다.

갑자기 바빠졌다. 아이들에게 공부한 것을 경험시키고 싶어서 18일간의 서유럽 여행을 계획하였다. 수업하던 센터에 장기간의 여행 계획을 알리고 대체 강사를 섭외하고, 수업 방향을 상의하던 중 소문을 들은 어머님들이 우리 아이도 데려가달라고 하신다. 너무도 아끼고 믿는 친구들이라 '그래, 내 아이만 데려가면 대충 준비하겠지만, 다른 학생이 있으면 체계적으로 준비해야겠다'라는 생각에 용기를 냈다. 정말 5분 만에 20명 정원이 마감되었다. 그렇게 '지은 샘과 함께하는 유럽 문화탐방'이 시작되었다. 일요일 오전 9시에서 오후 3시 반까지 대학 강의실을 빌려서 진행했다.

멀리 가는 만큼 마음가짐도 중요했다. 수업 환경을 바꿔주는 것이 좋겠다는 판단이 들었다. 돌아볼 10개국의 지형과 지리, 기후와 간단한 역사를 가르쳤고, 각 나라의 랜드마크와 박물관, 미술관의 대표작품은 아이들이 자료를 만들어 발표했다. 부족한 부분을 보완하여 책으로 만들었다. 부모님 없이 떠나는 18일은 여행이 아닌 생활인지라 체육대회와 합숙으로 유대감 형성, 문장대 오르기 극기 훈련으로 체력 강화, 자금 관리와 응급처치, 그리고 성적 관리까지 유럽 문화탐방을 위한 7개월간의 여정이 시작되었다.

유럽 문화탐방 중 가장 기억에 남은 사건은 나를 겁쟁이로 만들어놓았다. 독일 노이슈반슈타인성이 가장 예쁘게 나오는 마리엔다리로 가던 중, 준이가 배탈로 급하게 화장실을 찾았다. 준이도 중요하지만, 나머지 아이들이 있어 준이에게 "이 길로 쭉 내려가면 저기 성 보이지? 그 성에 들어가면서 오른쪽으로 보이는 건물이 화장실이야, 선생님은 아이들을 가이드님께 부탁하고 갈 테니, 일 보고 성 일 층에서 구경하고 있어, 바로 갈게. 알았지?" 두세 번 확인 받고, 배를 움켜잡고 쌩하고 달리는 아이를 보며 웃음도 났다. 불안한 마음에 가이드님께 상황 설명과 사진을 부탁드리고 준이에게 갔다.

그런데 아무리 기다려도 준이가 나오지 않아 한국인 관광객에게 부탁해 아이를 찾았다. 그곳에 아이는 없었다. 핸드폰도 터지지 않는 장소에서 하늘이 노랬다. 다시 한번 확인하고 성안을 돌아다니며 아이 이름을 미친 듯이 불러댔다. 그래도 보이지 않았다. 혹시 다리 쪽으로 올라왔는데 나와 길이 엇갈렸나 싶어 마리엔 다리 중간 부분까지 뛰어가보고, 올라오는 관광객에게 아이의 사진을 보여주며 주차장 쪽에서 본 적 있는지 물어도 봤다. 마침 사진을 찍고 내려오는 아이들과 합류해 삼삼오오 짝을 지어 세 갈래 길을 이 잡듯이 살폈다. 다리가 아픈지, 땀으로 눈이 따가운지도 모르고 뛰어다녔지만, 어느 곳에도 우리 준이는 없었다.

숨이 가빠오고 뇌가 정지되는 듯 '삐이' 소리가 났다. 혹여나 하는 마음에 몇몇 아이를 차로 보냈는데 '바로 거기에' 준이가 있었다. 편안히 속을 비우고 여유롭게 게임을 즐기고 있었다. 뛰어다니던 아이들은 준이를 잡아먹을 듯 다그쳤지만 "그만해, 아무 일 없잖아, 준이가 있으면 됐어." 선글라스 사이로 땀인지 눈물인지 모를 것들이 뚝뚝 떨어졌다. 아이들은 알고 있었다. 내가 소리 없이 울고 있다는 것을. 한바탕 소란 후 병이 났지만, 이 일이 겪고 난 후 아이들은 철이 든 것처럼, 스스로 잘 챙기고 나까지 배려해주는 든든한 동행자가 되었다.

작은 인연으로 맺어진 웅진에서의 생활은 모든 면에서 나를 성장시켰다. 지금도 찾아주는 아이들은 유럽 문화탐방 이야기를 가장 많이 한다. 자신들이 성장했고 세상을 보는 눈을 뜬 기회였다고. 그런데 아이러니하게도 유럽에서의 18일보다, 준비하는 7개월이 훨씬 즐거웠고 행복했단다. 함께 두려움을 이기고 세상을 배우며 성장한, 이 소중한 녀석들은 아직도 내 가슴속에 산다. 아이들을 위해 위험을 감내하고, 투자하여 배운 것들은 오롯이 내 자산이다. 너무도 흔한 진리지만 세상에 공짜는 없다. 배운 것은 경험이고 인내였다.

9

자유로움을 향한 날갯짓,
나로 살다

- 이효경

　힘겨웠던 고3 여름, 난 결국 쓰러지고 말았다. 더 이상 공부를 이어갈 수조차 없었다. 병원에서는 신경성이라고만 했다. 공부하려고 앉으면 눈에 뭐가 들어간 것 같아 자꾸 비볐다. 앞이 안 보일 정도로 눈이 부어서 결국은 누워서 잠을 청해야 했다. 눈이 괜찮은 날은 머리가 아팠다. 가만히 앉아 있어도 머리가 빙글빙글 돌았다. 도저히 입시 준비를 할 수 없었다. 부모님은 내 상태의 심각성을 아시고 대학 입시를 포기시키셨다. 목사님으로서, 부모님으로서 대단한 결단이었다. 내 삶의 목표는 명문대라고 해도 과언이 아닌 시기였기에.

　건강이 먼저라면서 공기 좋은 산속 마을에 살고 계신 이모님께 나를 맡겼다. 그곳에서 그동안 경험하지 못했던 일들을 다양하게 해보면서 자연과 하나 돼서 살게 됐다. 깨끗하기 그지없는 산속 약수를 먹었고 그 물에 세수, 목욕 심지어 빨래까지 하며 살았다.

우리가 먹는 채소를 직접 재배했고, 가축들도 다양하게 키워봤다. 평생 강아지 키워보는 게 소원이었는데, 강아지 고양이는 말할 것도 없고 닭, 비둘기, 오리, 토끼, 염소, 돼지 등 온갖 동물을 키워봤다. 심지어 약닭이라고 하는 오골계와 청둥오리까지 키워봤으니, 짐승에 대해서는 아쉬움이 없다. 연탄불도 갈아보고 장작불도 피워보았다. 아름다운 자연 속에서 깨끗한 공기와 물을 마시며 나는 거짓말처럼 병이 낫기 시작했다.

그곳에는 눈치 볼 사람도 없었다. 이모님은 성경 말씀과 사랑으로 나를 정성껏 돌봐주셨고, 내가 그동안 깨닫지 못하며 지은 잘못들을 말씀에 비추어 일깨워주셨다. 어린아이처럼 솔직하고 순수한 마음과 행동이 얼마나 중요한지 가르쳐주셨다. 난 변해갔다. 어릴 때로 돌아간 듯 깔깔대고 웃었고, 감정에 솔직해져서 표현하기 시작했다. 어릴 때도 못 해본 것들, 남들에겐 아주 평범한 일들인데 왜 그렇게 어려웠을까? 좋으면 좋다, 싫으면 싫다 표현하고 결과는 겸허히 받아들였다. 더 이상 억지로 하는 행동 때문에 속이 병들어가지 않았고, 진심으로 마음을 돌이키고 나서 즐겁게 행동했다.

하루는 이모가 어린 조카들과 나를 위해서 피자를 만들어주셨는데, 조리사 자격증을 가진 이모는 음식 솜씨가 뛰어나셨고 집에서 만든 피자가 그렇게 맛있을 줄 모른 나는 충격을 받았다.

"한 조각 더 먹을 사람?" 이모는 우리에게 물어보셨다. 조카들과 나는 어미 새에게 모이를 달라는 아기 새처럼 "저요! 저요!"를 외쳤다. 내가 이런 말을 한 건 처음이다. 예전의 나라면 남은 조각과 인원수를 계산해서 내 차례가 안 올 것 같으면 미리 됐다고 거절했을 것이다. 하지만 난 예전의 내가 아니었다. 모자란 건 알았지만 솔직하게 우선 표현을 했다. 이모는 웃으시며 남은 조각들을 잘라서 공평하게 나눠주시고는 한 판을 더 구우셨다. 그리고서 솔직하게 표현한 내게 칭찬도 잊지 않으셨다. 성경에서, 어린아이처럼 자신을 낮추지 않으면 천국에 갈 수 없다고 한 말씀의 뜻을 그제야 깨닫게 된 것이다.

나는 새로운 삶을 살게 됐다. 행복하고 살맛 나는 시간이었다. 어린 사촌 동생들은 내가 해주는 옛날얘기를 좋아했고, 노래를 가르쳐주면 언니 목소리가 예쁘다며 손뼉을 쳤다. 내가 나로서 살 수 있음에 감사했다. 나의 존재 의미를 생각하게 됐고, 즐기며 산다는 게 얼마나 큰 축복인지 깨닫게 됐다.

12년이란 세월이 그렇게 흘렀다. 나의 젊은 날은, 남들 보기엔 측은했을지 모르지만, 나에게는 축복의 시간이었다. 가끔 장을 보느라 산을 오르내리다가 등산객들을 만나면, "우리 아가씨! 또 짐 옮기느라 힘들어 어쩌나? 시집이나 가지 왜 산에서 고생하나?"라며 혀를 끌끌 차기도 했지만, 난 속으로 '당신들은 내가 얼마나 행복한지 모를 거요'라며 미소를 지었다.

이후에 산속 마을은 국립공원으로 귀속되었고, 우린 산 밑으로 내려와서 새로운 터전을 마련했다. 조리사 자격증이 있던 이모는 한식당을 운영하셨고, 나는 어깨너머로 요리, 사업 등을 배우며 이모와 함께 보냈다.

건강을 되찾은 나는 굉장히 활동적이고 적극적인 사람으로 변해 있었다. 심지어 남자들이 주로 하던 오토바이 배달을 할 정도로 에너지가 넘쳤다. 아르바이트생들이 착실하지 않고 약속을 지키지 않자 바로 내가 나선 것이다. 일이 너무 재미있고 행복했다. 살아 숨 쉰다는 실감이 났을 뿐 아니라, 즐겁게 뛰어다니며 일에 전념하는 내가 대견하고 맘에 들었다. 그동안의 삶은 잊고 싶었다. 병약하고 빌빌대던 내가 에너자이저처럼 날아다니니 부모님도 좋아하셨다. 좋은 대학이나 좋은 직업에 대한 기대는 저 멀리 날려버린 지 오래였다.

그렇게 또 10년이란 시간이 화살처럼 지나갔다.

결국 이모가 연로해지시면서 가게를 계속 운영할 수 없었고 나도 독립하게 됐다. 진정한 홀로서기를 할 때가 된 것이다. 건강을 회복하고 나의 본모습을 찾느라 내 가정을 꾸리지는 못했지만, 전혀 아쉽거나 외롭지 않았다. 나는 육체만 건강해진 게 아니었다. 정신도 단단해져 있었다. 혼자 있거나 밤길을 걸어가도 두렵지 않았다. 창조주 하나님이 내 삶도 주관하신다는 걸 피부로 느끼며 살았다. 모태신앙이 나에겐 반쪽짜리 신앙이었던 것 같다. 드디어 내 신앙을 찾았다.

난 꺼져가던 내 삶을 다시 찾은 것이다.

10

병신 아이

- 전은태

　어릴 적 집에 돈이 없어 제때 병원에 가지 못해 평생 소아마비 중증 장애를 갖고 절름발이로 살게 되었다. 일찍 발견해 치료받으면 별것도 아닌 종기 하나가 병원비 때문에 방치되어 온몸으로 퍼졌다. 뒤늦게 병원에 가 오른쪽 귀밑, 오른쪽 엉덩이 살을 째고 몸 안에 있는 고름을 짜냈다고 했다. 다 잘된 줄 알았는데, 1년 정도 지나 걸음마를 걸을 때쯤 엄마는 잘 걷지를 못하는 나를 보며 뭔가 이상이 있다는 것을 알아챘다. 정확한 원인은 알지 못했다. 50년 전, 그것도 수술한 지 1년이나 지난 일을 의료사고로 밝혀낸다는 것은 쉬운 일이 아니었을 거다. 별것 아니라 생각한 종기 하나가 평생 다리를 쩔뚝거리며 살아가게 할 줄이야…. 집에 돈이 없어 제때 병원에 가지 못했다. 가난이 내 인생을 송두리째 바꿔놓았다.

　유치원이 있는 줄 모르고 살았다. 여섯 살 때쯤일 거다. 아버지는 사업한다고 늘 밖에 계셔서 얼굴 보기가 힘들었다. 늘 밖으로 나갔고, 엄마는 남의 집 식모를 살아야 했다. 커다랗고 빨간 대야에 한가득 옥수수 술빵을 넣고 머리에 이고 홍성, 예산, 대천 장을 오가며 장사를 했다. 엄마가 우리 형제를 먹여 살렸다. 초등학교 입학 전, 엄마가 돈을 벌러 가면 혼자 집에 있어야 했다. 그러다 심심해지면 밖으로 나갔다.

1974년 범띠, 베이비붐 세대다. 동네엔 비슷한 또래가 많았다. 대여섯 살쯤 되면 친구들은 유치원에 다녔다. 예쁜 가방을 메고 유치원에 다니는 아이들이 부러웠다. 그 무렵 친구들에게 가장 많이 들었던 말이 '병신'이라는 말이었다. 병신, 쩔뚝발이, 절름발이, 쩔뚝이 등등 동네 아이들은 나를 놀리고 괴롭혔다.

하지만 이러한 놀림과 괴롭힘보다 더 힘들었던 것은 따돌림이었다. 가끔은 나와 놀아주는 친구도 있었다. 해 질 무렵 엄마들이 아이들을 하나씩 데리고 집으로 갔다. 그런데 나를 보는 눈빛이 이상했다. 잘못한 것도 없는데 아이들은 쭈뼛대며 엄마에게 갔다. 나와 논 것에 대해 엄마의 눈치를 보는 듯했다. 엄마들이 다리를 저는 나와 놀지 못하게 했던 거다. 마치 전염병이라 옮는 것처럼 생각했던 모양이다. 아니면 내가 절뚝거리는 모습을 친구들이 자꾸 흉내를 내니까, 엄마들이 보기에 꼴 보기 싫었던 모양이다. 아이들 놀림보다 나와 함께 놀아줄 친구가 없는 것이 더 힘들었다. 그래서 나는 동네 아이들 눈치도 보고, 엄마들 눈치도 살펴야 했다. 그들의 비위를 맞추려고 애썼고 친구들이 놀리더라도 나는 즐겁게 웃으면서 내가 갖고 있는 것은 무엇이라도 다 주면서 어울리려 했다.

엄마는 그런 내가 얼마나 안쓰러웠을까. 친구들과 작은 것 하나라도 나눠 먹으라고 엄마는 백 원짜리 동전 하나를 내 손에 꼭 쥐여주셨다. 나는 그 돈으로 쌍쌍바를 사서 친구들에게 환심을 샀다. 돈이 없을 땐 뭘 줘야 하나 고민했다. 우연히 소주병과 음료수병, 맥주병을 가게에 갖다주면 십 원을 준다는 걸 알았다. 종일 동네를 걸었다. 절뚝거리는 다리를 이끌고 병을 주우러 다녔다. 언젠가 TV에서 보았던 북한 꽃제비라 불리는 아이들이 먹고살기 위해 장마당을 돌아다니며 살기 위해 버려진 국수 가락을 집어 먹는 모습이, 내가 아이들과 어울리고 싶어서 병을 주우러 돌아다니는 것과 별반 다르지 않다고 생각했다. 어렵고 힘들고 하기 싫었다. 하지만 오늘은 꼭 열 병은 주워야지 하고 목표를 정하고 나니 나름대로 재미도 있었다. 나중엔 욕심이 생겨 옆 동네에까지 병을 주우러 다녔다.

천안 시내에 있는 초등학교에 입학했다. 동네에서 큰 슈퍼마켓을 하는 사람, 식당을 운영하는 사람, 옷 가게, 가방가게, 신발 가게 등 장사하는 부모님, 공무원, 사업하는 사람. 친구들 부모님 직업도 다양했다. 다른 아이들의 엄마들은 학교에 자주 찾아왔다. 같은 반 아이들에게 빵이나 우유를 나눠주었다. 오늘은 누구 엄마가 다녀갔는지 아이들 모두 다 알아챘다. 한번은 급하게 화장실에 가다 한 엄마가 선생님께 봉투를 건네주는 장면을 봤다. 슬그머니 뭔가를 건네는 모습이 인상적이었지만 그땐 뭐가 뭔지 잘 몰랐다. 선생님이 왜 그 친구들을 유난히 예뻐했는지 나중에야 알았다. 우리 엄마도 이런 현실을 당연히 알고 있었겠지만, 집안 형편으로는 학교에 오지 못했다. 선생님께 촌지를 드리지 못해, 나에게 미안해하셨던 것 같다.

장애가 있었던 나는 체육 시간에 항상 교실을 지켜야 했다. 한번은 체육 선생님이 아닌 다른 반 선생님이 수업을 하게 되었다. 무엇 때문인지 정확히 기억나지는 않지만 선생님이 화가 나셔서 우리 반 전체가 단체로 기합을 받았다.

"야! 이놈들 다 나가. 나가서 운동장 다섯 바퀴 돌고 와!"

그 순간, '나는 어떻게 하지. 나도 나가야 하나?' 담임 선생님이었다면 나의 사정을 알고 나가지 말라고 말했을 텐데, 선생님은 아무 말이 없었다. 슬금슬금 눈치를 보며 친구들을 따라 운동장에 나갔다. 친구들과 두 바퀴 이상 차이가 났다. 같은 반 친구들은 모두 다섯 바퀴를 뛰고 단상 앞에 모였다. 나는 아직 두 바퀴나 남아 있었다. 뜀박질을 거의 해본 적이 없어 머리가 어질어질했다. 아무도 나에게 멈추라는 말을 하지 않았다. 모두 나를 지켜보고만 있었다. 당황스러웠다. 다리에 힘이 풀려 주저앉기를 여러 번, 쓰러질 것 같았지만 끝까지 버텼다.

그때 그 짧은 시간이 여태 살아온 시간만큼이나 길게 느껴졌다. 마지막 20미터가 남았을 때쯤 반 아이들이 모여 손뼉을 치며 나를 응원해주었다. 기쁘고 감동스러워야 하는 순간이었지만 나는 왠지 모르게 수치스럽고 쪽팔렸다. 그리고 그런 내가 너무 불쌍해서 슬펐다. 두 눈에 흐르는 눈물을 보이지 않으려고 애썼다. 약한 모습을 보이고 싶지 않았다. 우리 집이 부자였다면, 엄마 아빠가 의사, 판사, 경찰이었더라면, 학교에 와서 빵과 우유를 돌렸더라면, 선생님께 돈봉투를 주었더라면 선생님이 나를 좀 더 챙겨 주지 않았을까? 가난한 부모님을 원망했다. 나는 이런 부모가 되지 않기로 결심했다.

11

사람은 사람으로
치유하는 것

- 조하나

　통계개발원에서 주관하는 '국민 삶의 질' 보고서를 보면 많은 사람이 살기 힘들다고 이야기한다. 나 또한 삶이 고되고 괴롭다고 느낀 적이 있다.

　무엇이 나를 괴롭게 하는 것일까. 질문이 끊이지 않았다. 답답함이 한계에 다다랐을 때, 마음속에서 무언가를 내려놓고 싶다는 생각이 들었다. 그때마다 내가 선택한 것은 매번 관계였다.

　6살 때부터 나는 친구와 잘 어울리지 못했다. 누군가와 마음을 나누는 것 자체가 내게는 늘 어려운 일이었다. 어려운 집안 형편 때문에 중학교 때까지 열 번 남짓 이사를 했다. 지금에야 누구나 핸드폰을 가지고 있고 인터넷을 사용하니 물리적인 거리가 중요하지 않지만 1990년대만 해도 상상하지 못할 일이었다. 이사 때문에 다니던 유치원을 채 1년도 다니지 못했다. 그로 인해 입학하기로 했던 국민학교는 입학하지 못했다. 시기가 엇갈려 곤란해하던 엄마의 모습이 생생하다. 3월 중순쯤에서야 첫 등교를 했다. 입학식이 끝난 시기라 신입생의 설렘과 분주함은 없었다. 낯선 학교에서 나는 전학생이 되었다. 그래도 괜찮았다.

동네에 학교라곤 하나뿐인 이름도 없는 시골 마을. 유일한 놀거리는 자연에서 찾아야 했다. 물가에 있는 도롱뇽을 구경하고 산에 떨어진 밤송이를 줍는 일, 이름 모를 풀을 뜯어 소꿉놀이하는 건 행복이었다. 그때는 그게 전부였다. 영원할 것만 같았다. 국민학교가 초등학교로 바뀔 때 부모님의 사정으로 또다시 이사하게 되었다. 가을 이사. 친구들 사이에서 까불이였던 나는 또 낯선 환경, 낯선 아이들 틈에 덩그러니 놓였다. 이전 학교보다 많은 아이들 틈에서 온몸이 얼어붙었다.

매일 친구들과 함께해도 곧 없어진다. 결국 헤어진다. 그게 내가 느낀 관계의 의미였다. 사람은 달콤하고 소중하지만, 금방이라도 녹아 사라지는 솜사탕 같다.

부모님은 최선을 다하고 있었다. 그럼에도 가정 형편은 점점 더 어려워져갔다. 초등학생이 된 나는 반장이 되고 싶었다. 손을 높이 들어 반장에 자원했다. 그러나 내 이름은 후보에 들어가지 않았다.

"선생님, 저도 반장 하고 싶은데요. 제 이름이 안 적혀 있었어요."

반장 선거가 끝난 후, 선생님에게 말씀드렸다. 선생님은 돌아보지 않았다. 초등학교 2학년 반장이 되려면 부모의 적극적인 지원이 있어야 했다. 시간이 지나고 나서야 알게 되었다. 부모 참관일에도 혼자, 학부모 회의에도 혼자인 나는 해당 사항이 없는 것이었다. 그 이후, 내 손은 늘 책상 아래 있었다. 있는 듯 없는 듯 조용한 아이가 되었다. '어차피 헤어지게 될 사람들이고 계속 만나지 않을 사람들이니까 괜찮아, 반장 하고 싶지 않아.' 그렇게 자신을 위로했다.

원하지 않는 이별은 계속되었다. 괜찮다고 다독여봤지만, 가슴 깊은 곳에 상실감이 쌓여갔다. 더는 상처받고 싶지 않았다. 아무도 나를 알아보지 못하는 곳에서 새로 시작하고 싶었다. 스무 살이 되던 해, 서둘러 고향을 떠났다. 처음으로 내가 선택한 이별이었다. 첫 월급을 받자마자, 가장 먼저 새로운 번호의 핸드폰을 구입했다. 예전의 나를 기억하는 사람도, 추측하며 판단하는 사람도 없는 곳. 새로운 시작이 필요했다.

일과 공부를 하며 적당한 거리의 관계를 시작했다. 일로 인정받더라도 지치고 힘들 때, 내 마음을 알아주는 사람이 없었다. 공부를 잘해 높은 성적을 받아도 칭찬해주는 이가 없었다. 내가 전부라고 말하던 연인과는 이별 후 남보다 못한 사이가 되었다. 더 이상 상처받지 않기 위해 사람들에게서 멀어졌다. 안전한 울타리가 간절히도 필요했다. 유일하게 변하지 않는 것은 일에서 얻는 성취와 성과로 인해 쌓이는 돈, 문제가 생겼을 때 해결할 수 있는 나 자신뿐이었다. 그래야 안전하다고 믿었다. 그렇게 계속 버텼다.

대학원에는 과대라고 하는 반장이 있다. 매 학기 과대를 선출해야 한다. 어쩌면 이번이 반장을 할 수 있는 마지막 기회일 수 있다. 하지만 묵은 상처들로 용기를 낼 수 없었다. 내 손은 여전히 책상 밑에 있었다. 시간은 흘러갔고 식은땀이 흐르는 듯했다. 의지는 있지만 의견을 내지 못하는 복잡한 마음에 투명 인간이 되어 사라지고 싶어졌다. 그때 동기 하나가 내 이름을 불렀다. 얼떨결에 큰 소리로 대답했다. 시선이 내게 꽂혔다. 애써 모른 척, 딴청을 피우며 입술만 옴짝거렸다. 그때 서로 한마디씩 거들었다. 천천히 고개를 올려 바라보니 내게 응원을 보내고 있었다. 흐릿했던 주변이 선명해졌다. 이건 분명 긍정이다. 난 그날 처음으로 반장이 되었다.

거리를 두는 관계는 연애를 하면서도 나타났다. 상대방에 대한 불만이나 서운한 점을 표현하지 않았다. 굳이 이야기할 필요를 못 느꼈다. 어차피 멀어질 관계에서 감정을 소모하거나 상대방에게 상처 주는 것을 원하지 않았다. 관계가 소원해지면 항상 먼저 손을 놓았다. 포기해버렸다.

7년 전 크리스마스, 동료에서 연인이 된 그는 언제나 내 편이 되겠다고 말했다. 힘들고 지쳐 포기하고 싶을 때마다 '잘하고 있다'라고 했다. 믿으려 하지 않았다. 매번 그랬으니까. 결국 서로에게 끔찍한 원망을 쏟아내게 될 테니까. 이 사람도 변할 거라는 불신에 차 있었다. 상처받지 않으려 밀어냈다. 그러나 7년이 지난 지금, 자신만만했던 내가 틀렸다는 걸 알게 되었다. 우리 관계는 흔들리지 않았다.

　사람과 거리를 두고 스스로 보호막을 치던 내가 타인에게 응원받고 믿음을 주는 사람으로 변했다. 모두 사람을 통해서다. 삶의 무게가 짓누를 때 힘들고 괴로워질 때 가장 먼저 내려놓으려 했었던 사람, 그리고 관계. 결국 그것들이 나를 버틸 수 있게 해주었다. 다 쓰러져가는 집의 기둥이 되고 지붕이 되어주었다. 상처를 주는 것도 사람이고, 그걸 치유해주는 것도 사람이었다.

　삶이 힘들지 않다면 좋겠지만, 살아가고 있는 이상 여간 힘든 것이 아니다. 그럴 때마다 무언가를 포기할 순 없다. 어쩌면 살아가는 것은 마라톤일지도 모른다. 마라톤에서 가장 중요한 것은 페이스 조절이다. 전력 질주한다면 금세 지쳐 쓰러져버릴 것이다. 이때 필요한 것은 마라토너의 페이스 조절을 도와주는 페이스메이커다. 그 사람이 이미 내 곁에 있었다는 것을 모르고 있었다. 내 보폭에 맞춰 나와 함께 뛰어주고 있는 사람이. 이제 나도, 당신도 누군가의 '페이스메이커'가 될 수 있다.

4장

날 닮은 꽃이
피었습니다

인 생 꽃 을 피 우 는 시 간

톱니바퀴처럼

- 고지원

"아기가 너무 작아서 살릴 수 있을지 모르겠습니다. 360g은 저희 병원에서 태어난 아기 중에 제일 작거든요. 그래도 최선을 다해볼게요."

"네 선생님, 잘 부탁드릴게요."

전날 급작스레 첫아이를 낳은 L 산모는 침대에 가까스로 걸터앉아 떨리는 목소리로 대답했다. 그녀는 애써 침착하려 했지만 금세 양 눈가에 눈물이 맺혔다. 27주간 품고 있던 소중한 딸이었다. 준비 없이 아기를 세상에 내보냈다는 슬픔과 미안함이 눈물을 타고 계속 흘러내렸다.

"아기가 출생 주 수에 비해 체중이 아주 작지만 잘 이겨낼 수도 있어요. 하루하루 고비가 되겠지만 미숙아들은 또 잘 이겨낸답니다."

생존 가능성은 희박했다. 하지만 나도 모르게 희망을 얘기하고 있었다. 그냥 그러고 싶었다. 나도 엄마니까.

여기저기 분주한 의료진의 손길. 뒤섞여 들려오는 기계 알람 소리. 24시간, 365일 불이 꺼지지 않는 이곳은 신생아 집중치료실이다. 쭉 늘어선 인큐베이터들 가운데 하나로 발걸음을 옮겨본다. 투명한 인큐베이터 뚜껑 안쪽으로 물방울들이 송골송골 맺혀 있다. 뿌연 시야 너머로 작은 L 산모 아기가 보인다. 한 손에 쥐어질 듯한 작은 몸, 투명한 피부, 앙상한 팔다리에 연결된 주삿바늘과 옆에서 생존 신호를 모니터하는 기계 장치들. 세상에 일찍 나온 L 산모의 아기는 그렇게 살아 있다고 온몸으로 말하고 있었다. '어서 와 아가, 세상에 온 걸 환영해. 앞으로 잘 부탁한다. 우리 파이팅 해보자!' 나의 간절한 마음이 인큐베이터 안을 가득 채운다.

신생아 집중치료실은 치료가 필요한 신생아들이 입원하는 곳이다. 만삭아로 태어났을지라도 갑자기 열, 구토 혹은 황달 등의 증상이 생기면 입원하게 된다. 그뿐만 아니라, 선천적으로 심장이나 장에 문제가 있어 바로 수술이 필요한 경우에도 신생아 집중치료실로 오게 된다. 가장 오랜 입원 기간이 필요한 아기들은 출생 예정일보다 일찍 태어난 미숙아들이다. 이 작은 아기들을 건강하게 키워서 부모 품으로 돌려보내기 위해 신생아 집중치료실의 의료진들은 불철주야 노력한다. 인큐베이터는 엄마의 자궁이 되고 의료진의 보살핌은 영양분이 되어 하루하루 기적을 만들어나간다.

그렇다. 난 그 기적을 매일 몸소 체험하고 싶었다.

14년 전 인턴 과정이 끝나고 소아청소년과를 선택한 이유도 신생아학을 전공하기 위해서였다. 막연히 생명을 다루는 의사에 대한 동경이 있었다. 그중에서도 생명의 최전선에서 도움이 되는 의사가 되고 싶었다. 2016년 마침내 신생아 세부 전문의를 취득했다. 그리고 2024년 초까지 대학에서 소아청소년과 신생아분과 조교수로 근무하였다. 힘겨운 입원 시기를 보낸 아기들이 퇴원 후 건강하게 커나가는 모습을 외래 진료를 통해 볼 수 있었다.

"선생님께 그동안 감사했다고 인사! 손 하트! 윙크!"

600g으로 태어나 4년간 건강히 커준 J가 수줍은 듯이 내 책상 위에 사탕 하나를 올려둔다. 알록달록 고무줄로 묶은 삐삐 머리와 쑥스럽게 웃는 모습이 영락없는 4살 아이다. 사탕과 손 하트에 힘들게 지나온 지난 4년이 눈 녹듯이 사라진다.

"이제 우리 다시 병원에서 만나지 말자! 아빠, 엄마 말씀 잘 듣고! 밥 골고루 잘 먹고!"

외래 문을 나설 때까지 손을 흔들며 총총 걸어나가는 J의 뒷모습에 가슴 한편이 먹먹해진다. 가슴으로 품은 자식을 출가 보낼 때의 심정이 이런 것일까. 그렇게 여러 명의 J들과 만나고 또 헤어졌다. 나에겐 크나큰 즐거움이자 보람이었다.

하고 싶은 걸 위해 쉼 없이 달려왔다. 잘 때도, 화장실을 갈 때도 언제 응급 콜이 올지 몰라 핸드폰을 늘 쥐고 있었다. 밤낮, 주말 가릴 것 없이 가족들과 시간을 보내다가 허둥지둥 집에서 뛰쳐나가는 나를 가족들은 이해해줬다. 엄마가 어떤 일을 하는 사람인지 우리 집 아이들은 잘 몰랐다. 그럴 때마다 남편은 아이들에게 말해주곤 했다.

"엄마는 아기들을 살려주는 사람이야. 엄마 일을 대신할 수 있는 사람이 별로 없어. 그래서 꼭 가야 해."

결혼 후 17년간 아내로서, 엄마로서, 딸로서 또 의사로서 살아왔다. 아이들 소풍 때문에 싸기 시작한 김밥 외엔 딱히 할 줄 아는 요리도 없다. 부모님은 내가 바쁠까 봐 전화하는 것조차 미안해하셨다. 내게 주어진 여러 역할을 잘하고 있는지 항상 의구심이 들었다. 하지만 의사 고지원으로서는 늘 자부심이 있었다. 작년 어느 날 새벽, 당직실에서 누워 있다가 문득 이런 생각이 들었다. '지금 이 시간, 주변 100만 인구에 신생아 의사가 나 하나뿐이구나.' 부담감이 엄습했다. 대체 불가한 사람. 고되지만 내가 하루하루 힘을 얻는 이유였다.

새벽 두 시. 띵동. 당직실 침대 위 핸드폰 알람 소리가 잠을 깨운다. 올해 초, 밤에 당직을 서는 신생아 집중치료실 전담 의사로 이직하였다. 근무 시간과 장소가 바뀌었을 뿐 익숙한 일이다. '입원 중이시던 27주 산모분. 진통 조절 안 되어 바로 분만해야 될 것 같습니다. 30분 뒤 5번 방입니다. 아기 예상 체중 1.1kg입니다.'

정신이 번쩍 든다. 재빠르게 머리를 묶고 문자를 다시 확인한다. 신생아 집중치료실로 종종걸음을 옮겨 필요한 준비물들을 확인한다. 아기 체온 유지에 도움을 주는 모자와 비닐 덮개, 그리고 미숙한 폐를 펴줄 폐표면 활성제를 챙긴다. 생명의 탄생을 위해 새벽 시간에 수술실에 모인 사람들. 익숙한 풍경이지만 수술실의 찬 공기만큼이나 긴장감이 몰려온다.

"새벽 2시 55분, 여아입니다!"

작은 핏덩이가 내 손에 안긴다. 울음소리가 없다. 가녀린 숨소리
에 귀를 기울인다. 기도 삽관을 하고 산소를 주고 챙겨 간 약을
폐에 뿌려준다. 창백하던 몸에 온기가 돌기 시작한다. 떨리던 내
심장도 안정을 되찾아간다. 출생 첫 과정을 잘 해내준 아기가 그
저 고맙고 대견하다.

하고 싶은 일을 하며 현재를 산다는 것은 참 감사한 일이다. 물
론 여기까지의 과정이 순탄치만은 않았다. 일과 가정 안에서 주어
지는 책임들이 어깨를 짓눌렀다. 매일 쳇바퀴 안의 다람쥐가 된
기분이었다. 숨이 턱 끝까지 차올라 세상을 원망했던 적도 많았
다. 쳇바퀴에서 내려 훌쩍 떠나고 싶을 때도 여러 번이었다.

숨을 고르고 돌아본다. 지나온 시간은 충분히 보람되었고 나
를 조금씩 성장시켰다. 문득 쳇바퀴가 아닌 정교하게 맞물려 돌
아가는 톱니바퀴가 떠올랐다. 묵묵히 그 자리에서 인생이란 기차
를 굴리는 대체 불가능한 톱니바퀴. 함께이기에 외롭지 않았다.
내 사랑하는 가족들, 친구들, 그리고 신생아 집중치료실을 지키
는 의료진들까지. 모두가 내 인생의 소중한 톱니바퀴들이다. 매일
이 새로운 출발역과 종착역이 될 수 있음에 감사하다. 앞으로의
남은 인생도 녹슬고 닳을 때까지 많이 웃으며 행복하게 굴러가고
싶다.

핸드폰 속 사진에 어느덧 머리를 귀엽게 묶은 L 산모의 아기가

웃고 있다. '볼살도 많이 올라왔네!' 내 얼굴에 흐뭇한 미소가 번진다. 오늘은 윤활제까지 있으니 더욱 힘내서 달릴 수 있을 것 같다.

2

찾는 것이 아니라 찾아오는 것

- 김하세한

'번지점프, 해보지 뭐.'

생각 없이 대답했다. 예능 프로그램에서 연예인이 번지점프에 도전하던 장면이 떠오른다. 번지점프대에 올라 두 손으로 얼굴을 감싸 쥐었다가 뒤로 물러섰다가, 다시 앞으로 뛰어내릴 듯한 동작을 반복한다. 비명을 지르며 요란 떤다. '방송 분량이라도 채우는 거야? 연기도 완벽하네.' 발아래에는 구명보트와 안전 요원, 만일의 사태에 대비하여 모든 것이 완벽했다. 뭐가 무섭다고 저런 행동을 하는지 이해가 안 됐다. 그냥 빨리 뛰어내리지.

예능 방송의 진정성에 의문을 품었던 나는, 번지점프에 도전하겠다는 말을 경솔하게 내뱉었을지도 모른다. 그러나 이러한 기회는 언제 다시 찾아올지 알 수 없다는 막연한 불안감이 있었다. 따라서 기회가 주어졌을 때, 과감히 도전하기로 결심했다. 매년 나이가 들어감에 따라 느끼는 조급함은 내 에너지를 소모하고, 현재의 즐거움이 사라질 것 같은 불안감으로 이어졌다. 이러한 무기

력감을 극복하기 위해, 원하는 일이 있다면 반드시 실행에 옮기기로 마음먹었다. 기미시 이치로의 저서 『아무것도 하지 않으면 아무 일도 일어나지 않는다』라는 제목처럼, 일단 행동하는 것이 중요하다. 나는 심장이 두근거리고 긍정적이며 행복을 가져다주는 일에 몰입하고 싶다.

 번지점프를 하려고 기다리는 사람들 때문에 대기 줄이 길었다. 점프대는 두 곳으로 나뉘어져 있었다. 점프대 선정을 위한 몸무게 측정을 포함하여 사고에 대비한 책임 서약서에 서명하는 과정을 거친 후, 드디어 내 차례가 왔다. 안전 요원의 설명을 듣는 동안 우연히 발아래를 내려다보았다. 끝없이 펼쳐진 검은 물과 잔잔한 수면은 마치 나를 집어삼킬 듯한 느낌을 주었다. 심장이 멎는 듯한 압박감. 내려다보면 안 되는데, 이미 늦었다.
 "5, 4, 3, 2, 1, 뜁니다."
 귓가에서 울리는 카운트다운 소리. 한 번 더 들리는 소리는 어지럽게 사방으로 흩어졌다. 그 순간 등 뒤에서 안전고리가 강하게 잡아당겨지는 힘이 느껴졌다. 안전 요원이 나를 뒤쪽으로 끌어당긴 것이다. 결국 탈락하게 되었다. 방송에서 접했던 연예인의 리액션은 결코 거짓이나 과장이 아니었다. 이것은 진정한 현실이었다. 번지점프에 성공하고자 하는 마음과 불안한 감정이 서로 교차하며 흔들린다.
 "오늘이 아니면 더 이상 기회가 없어요. 제발 저를 보세요. 이 나이에 다시 도전할 수 있을까요? 이번에는 반드시 뜁게요. 한 번만 주세요."

안전 요원에게 애원하며 부탁했다. 그리고 드디어 한 번의 기회
가 찾아왔다. 가족이 힘차게 응원하는 모습이 보이고, 주변 사람
들의 격려 목소리도 들린다.

이제 마지막 순간이다.
"5, 4, 3, 2, 1, 뜁니다!"
안전 요원의 구령에 맞춰 내 발끝이 부들부들 떨리며 시선이 교
차한다. 잠시 뒤에서 날 조금 밀어주면 좋겠다는 생각이 들면서,
안전 요원이 원망스럽기까지 했다.
'가자! 뛰어보자!' 어정쩡한 자세였지만 있는 힘껏 공중으로 떠
올랐다. 그 순간 생각이 멈추고, 세상이 멈춘 듯했다. 모든 것이
정지한 듯한 느낌 속에서, 나는 강물에 몸을 던졌다.
'아무것도 하지 않으면 아무 일도 일어나지 않는다.' 번지점프에
성공하며 성취감을 깊이 느꼈다. 이번 경험은 내 몸의 세포마다
각인되었다. 무엇이든 도전하는 것이 얼마나 중요한지, 그리고 도
전하면 반드시 결과가 있다는 것을 깨달았다. 성공은 성취감으로
이어지고, 그 성취감은 또 다른 도전을 할 수 있도록 나를 이끌어
준다.
이제는 패러글라이딩에 도전할 차례다! 패러글라이딩에서는 안
전하게 비행하는 것이 중요하고, 특히 마지막 착지가 가장 중요하
다. 번지점프는 뛰어내리는 것으로 시작하지만, 패러글라이딩은
안전한 착지가 더 중요하다. 비행 중에는 여유를 가지고 생각할

수 있는 시간이 주어지며, 발아래 펼쳐진 세상을 온몸으로 생생하게 느낄 수 있다. 새로운 도전을 통해 더 많은 경험을 쌓고 싶어!

최근에 '설거지 몰아서 하는 습관 버리기'라는 과제에 도전하게 되었다. 빈 그릇이 나올 때마다 즉시 설거지를 하지 않으면, 시간이 지날수록 쌓이게 되고 결국에는 더 많은 일을 한꺼번에 하게 되는 상황이 발생하였다. 특히 더운 여름철에는 음식물이 쉽게 상하여 주방에서 불쾌한 냄새가 났다. 이런 냄새는 가족이 사용하는 식기의 위생에도 영향을 미치고, 건강에도 좋지 않은 결과를 초래할 수 있다. 그래서 빈 그릇이나 식기를 볼 때마다 그 즉시 설거지를 하려고 한다.

이렇게 작은 습관을 실천하면 주방도 항상 깨끗하게 유지되고, 나중에 큰 설거지로 스트레스를 받는 일도 줄어든다. 따라서 미루는 습관을 없애기 위해 매일 빈 그릇이나 컵이 있을 때마다 즉시 설거지를 한다. 심지어 퇴근 후에도 하루 종일 밖에서 사용했던 텀블러를 집에 오자마자 가장 먼저 씻어놓는다. 그리고 난 후에 옷을 갈아입는다. 깔끔한 싱크대를 보면 '오늘도 성공했다' 하는 성취감을 느끼게 된다.

작가 하완의 에세이 『하마터면 열심히 살 뻔했다』에 나오는 '진짜 하고 싶은 일은 찾는 것이 아니라 찾아오는 것'이라는 말은 우리가 운명적인 기회를 일상에 자연스럽게 녹여내야 한다는 걸 알려준다. 일상적인 작은 실천들이 쌓여서 결국 원하는 일들이 우리에게 찾아올 수 있도록 만들어준다. 설거지를 미루지 않고 하는 것과 같은 행동이 결국 큰 변화를 만들기에 도전할 만한 가치가 있다. 꾸준한 노력이 결국에는 큰 목표에 다가가는 발판이 되는 것이다.

또한, 해보지도 않고 포기하는 것은 후회의 씨앗을 심는 행동이다. 그러므로 매일 조금씩 노력하는 것이 얼마나 소중한지 깨닫는다. 목표를 향해 나아가는 여정은 결코 쉽지 않지만, 그 과정에서 느끼는 성취감과 자신감은 우리의 삶을 더욱 풍요롭게 만들어줄 것이다.

나는 갈대 같은 사람이 되고 싶다

- 쓰꾸미

    40세에 접어들기 이전에 제 마음속에는 항상 1등이 되고 싶어 하는 마음이 있었습니다. 회사에서도 항상 매년 인사 평가에 대해서 민감하게 반응하였지요. 그리고 맡은 일은 회사에서뿐 아니라 대한민국에서 1등을 하고 싶어 하는 마음이 있어서 무엇인가에 항상 쫓기듯 살아왔습니다. 그러니 20대나 30대까지 별을 보고 출근하고 별을 보고 퇴근하지 않았을까 생각해봅니다. 삶의 모든 우선순위가 일에 맞추어져 있으니, 가정에도 소홀하였습니다. 평일에는 돈을 벌어 온다는 핑계 아래, 주말 내내 침대와 한 몸이 되어서 생활하였습니다. 먹는 것으로 스트레스를 풀다 보니 과식은 기본이었습니다. 술은 좋아하지 않았으나, 탄산음료를 좋아해서 입에 달고 살았습니다. 그래서 몸무게도 100kg을 넘겼습니다. 그런데 마음속에는 장미처럼 이쁜 사람이 되고 싶어 하는 욕망이 가슴속에 있었습니다.

저는 그렇게 장미나 해바라기처럼 화사한 꽃이 되고 싶어 하는 사람이었습니다. 그러나 현실에서 저는 그렇게 뛰어난 사람이 아니라는 것을 알았습니다. 회사 일에 그렇게 죽자사자 일했던 이유는 다른 사람들보다 제가 학벌도 좋지 않게 입사하였다는 것을 알게 되었기 때문이고, 회사를 오래 다녀야 한다는 강박 관념이 저를 더욱더 열심히 뛰라고 몰아세운 것 같습니다. 만약 그때 여유를 가지고 있었다면 다른 선택을 했을 것 같습니다. 지금은 여유의 중요성을 알지만, 그때로 돌아간다면 여전히 저를 몰아붙이며 일에 몰두했을 것 같습니다. 그래야 장미는 아니더라도 안개꽃처럼 누군가에게 의미 있는 존재가 될 수 있을 것 같으니까요.

2017년도에 회사의 경영 상태가 어려워 자택 대기를 하고 있었습니다. 저의 앞날을 고민하면서, 저의 장점을 찾아봅니다. 8개월이 넘는 시간 동안 월급이 반토막 난 상황에서 자택 대기를 하고 있으니 불안하였습니다. 회사로 다시 돌아가지 못할지도 모른다는 두려움. 우리 가족 생계를 책임져야 한다는 제 역할이 부담되었습니다.

그래서 저만의 장점이 무엇이 있는지 고민하였습니다. 그래야 그 장점을 무기 삼아, 당시의 답답한 상황을 돌파할 수 있을 것 같았습니다. 제가 무슨 장점이 있나 둘러보는 과정 중에 눈에 들어온 것이 있었습니다. 그것은 다이어리였습니다. 매년 다이어리를 하루도 빠짐없이 써온 것은 아니지만, 그래도 꾸준하게 기록해오고 있었습니다. 회사에 다닐 때는 업무 현황을 기록하기 위한 목적이었습니다. 주말에는 내가 무엇을 하면서 시간을 보내는지를 기록하였습니다. 가끔 가족들과 모여서 식사하고 옛날이야기를 하면서 보냈던 추억에 대한 기록도 있습니다.

제가 그렇게 기록에 대해서 더욱 신경을 쓰게 된 계기가 있습니다. 어머니는 투병하시다가 2019년에 돌아가셨습니다. 투병 기간의 기록과 어머니가 돌아가시고 나서 보고 싶을 때 추억을 떠올릴 수 있을 만한 것을 찾았습니다. 그것이 바로 어머니의 일생을 기록한 책이었습니다. 그러면서 어머니와 관련된 기록을 모으면서 느낀 점은, 삶에서 지나고 나면 기억할 수 있는 것은 한계가 있다는 점이었습니다. 그러나 작은 기록들이 모이면, 그때의 기억뿐 아니라 감정도 되돌릴 수 있다는 것을 알게 되었습니다.

어머니께서 항암 치료로 고통스러우실 때, 무의식적으로 콧노래를 부르며 시간을 보내시는 지혜를 옆에서 보았습니다. 그리고 병상에서 기억나는 것들을 기록한 종이를, 어머니가 돌아가신 후 유품을 정리하며 발견했습니다. 어머니가 어떤 생각으로 버티셨는지 알게 되어 감사한 마음이 들었습니다. 항암 기간의 힘들고 고통스러운 상황에서도 의사와 간호사들의 치료에 대한 감사함이 적혀 있었습니다. 제가 할 수 없는 것들이었습니다. 또 이런 우울한 감정을 털어버리기 위해서, 행복하고 즐거웠던 가족과의 추억 기록을 보면서 피식 웃기도 합니다. 다이어리의 기록을 보면서, 기록했던 당시의 감정을 다시 느낄 수 있으니 신기할 따름입니다.

저는 사실 꾸준함과는 좀 거리가 있었습니다. 계획은 원대하게, 실천은 일주일을 넘기기가 힘들었습니다. 그러다가 어머니의 책을 만들면서 메모에 대한 가치를 발견합니다. 무언인가 기록하면, 그 메모를 이용하여 당시 상황으로 되돌아가는 경험을 할 수 있기 때문입니다. 그래서 거의 광적으로 메모를 하려고 노력합니다. 이렇게 변화되는 저를 바라보면서, 제가 꾸준하지 못한 것은 아직 제가 그 일에 대해서 가치를 발견하지 못한 것은 아닌지 고민해봅니다. 저에게 맞는 가치를 발견하면, 저도 모르게 그 일을 꾸준하게 하는 사람이라는 것도 이제는 압니다.

저만의 가치를 발견하고 행복하게 살고 싶습니다. 가치를 알면, 목표를 세우게 되고, 현재 상황에서 목표까지 달성하기 위해 실천합니다. 그리고 그 실천 사항을 매일의 기록을 통하여 개선해야 하는 사항과 부족한 부분을 발견하고 채우려고 합니다. 가끔은 힘든 상황에 대해서 자신을 위로도 해주어야 합니다. 가치 있고 꾸준한 일상을 유지하는 비결이 글쓰기에 있다고 믿습니다. 가치를 발견하면 잊지 않기 위해서 글로 남겨야 합니다. 원하는 목표가 무엇인지 글로 명확하게 남겨야 합니다. 현재 상황이 어떠한지, 생각으로 그칠 것이 아니라 글로 쓰면서 파악합니다. 실천 사항을 글로 써서 눈에 잘 보이는 곳에 붙여도 봅니다. 붙이는 것으로 마치는 것이 아니라 꾸준하게 실천하고 있는지 기록합니다. 또한 실천하는 과정에서 느끼는 불편함이나 개선할 점도 글로 기록해둡니다. 그래야 객관적으로 파악이 가능하니까요.

그래서 저는 매일 블로그를 작성하려 노력합니다. 블로그라고 검색하면, 블로그와 관련한 책이 매우 많이 검색됩니다. 저는 블로그를 시작한 지 일 년이 넘었지만, 검색된 책들과 달리 아직 많은 팬을 확보하지 못하였습니다. 그렇기에 제 일상은 해바라기나 장미와 같은 화려한 꽃이 아니라고 생각합니다. 현재까지 제일 많이 본 글도 300회가 안 됩니다. 즉, 제일 많이 사람들이 봐준 글도 하루에 한 번꼴도 안 된다는 이야기지요. 대한민국에 5,000만이 넘는 인구가 있는데, 내 글을 봐줄 확률이 0에 가깝다는 의미입니다. 그러니 저는 세상의 주인공이 아닌 것 같습니다.

글쓰기의 결과를 살펴봅니다. 실망감이 커서 포기하는 것이 낫다고 생각했습니다. 그런데, 일 년 전의 제 블로그와 지금의 제 블로그는 차이가 있습니다. 매일 꾸준하게 블로그에 글을 올리려고 노력합니다. 그렇게 쌓이는 글들이 하나둘 쌓이기 시작하면서, 1달에 1번 정도 검색되는 글들이 쌓이기 시작합니다. 그러한 글들이 모여서 전체 조회되는 횟수가 늘고 있습니다. 그런 글들이 쌓여서 만 개 이상의 글이 쌓인다면, 저도 인플루언서가 될 수 있다는 가능성을 보게 됩니다. 제가 일상에서 보고 발견하는 것을 글로 남기고, 다른 사람들이 찾아보는 때가 올 것이라고 믿습니다. 그렇기 위해서 오늘도 반복합니다. 생각하고 쓰고, 계속해서 저만의 가치를 담아서 씁니다.

사람들은 꽃을 좋아하지만, 화려한 꽃보다는 갈대처럼 살고 싶습니다. 갈대는 매년 새로 돋아나고, 땅속에서 뻗어나가며 조금씩 주변을 채워갑니다. 저도 그렇게 조금씩 옆으로 뻗어나가며 언젠가는 커다란 갈대숲을 이루고 싶습니다. 꾸준히 성장하려는 이유는, 시간이 쌓이며 더 단단한 결과를 만들 수 있다고 믿기 때문입니다.

꽃봉오리야, 너도 곧 눈부시게 아름다운 모습으로 변할 거야

- 이미란

오늘도 내 안에는 '대충'이라는 벌레가 꿈틀거린다. 언젠가부터 모든 일을 대강 처리하게 만드는 이 벌레는 실패를 부르는 존재로 나를 지배해왔다. 주부의 일상 중 소중한 오전 시간을 절약하기 위해 건강한 음식을 준비하지 않고, 라면이나 빵으로 허기를 채웠다. 내 몸은 이런 대충의 결과를 감추지 못하고, 이리저리 튀어나온 살들이 눈치 없이 삐죽거린다. 아이를 하원 시키기 전까지 주어진 7시간의 자유. 그 시간 속에서 집안일하고, 장을 보고, 빨래하다 보면 내게 남는 시간은 고작 4시간 남짓. 그중 30분만이라도 나를 위해 쓰기로 했다.

그렇게 지하 헬스장의 러닝머신 위에 선다. 그저 걷는 게 전부였지만, 어느새 옆 사람의 발걸음에 맞춰 내 속도도 빨라졌다. 옆에서 뛰는 사람이 있으면 경쟁심까지 생긴다. 5.5였던 속도가 7.5로 러닝을 한다. 그 순간, 나를 짓누르던 '대충'이라는 벌레가 슬며시 떨어져나가는 것을 느낀다.

　운동 후 찾아온 활력 속에서 오래전 내가 그리웠다. 교사로서의 나를 다시 찾아보고 싶어졌다. 문득 눈에 띈 충북교육청 병설 유치원의 기간제 교사 공고. 서둘러 오래된 이력서를 꺼내고, 다시 내 삶을 그 위에 덧칠한다. 교사에서 엄마가 된 나, 사업했던 경험을 쓴 자기소개서와 이력서를 냈다. 1차 서류 전형에 합격했다. 2차 면접을 보기 전 개정된 유아교육 과정을 공부했다. 교사로서의 전문성과 신념을 다듬고, 예상 면접 시나리오를 적었다.

　드디어 면접 날이다. 대기실에 기다리는 교사들은 어색한 눈 맞춤을 하며 입고 온 의상을 훑었다. 드디어 내 차례. 질문이 쏟아졌다. 1번 교사의 자질, 2번 유아 지도에 필요한 태도, 3번 유아 행동 지도. 머릿속이 하얗다. 밀려오는 부담감에 말이 꼬여 횡설수설했다. 하지만 정신을 차리고 핵심 메시지를 분명히 전했다. "교육의 질은 교사의 질을 뛰어넘을 수 없습니다." 신념을 끝으로 마무리했다. 흥건해진 손을 닦고 흥분한 가슴을 진정시키기 위해 근처 카페에 앉아 커피를 주문했다. 커피 한 모금에 피식 웃음이 났다. 오랜만에 느껴보는 떨림, 재밌다. 단정하게 차려입은 내 모습이 예뻤다. 3일 후 기간제 교사 합격 소식이 통보됐다. '아직 내가 필요한 곳이 있구나.' 뿌듯하게 어깨가 으쓱여진다. 가장 먼저 남편에게 알렸다. 근무 시간과 아이 등, 하원 시간이 맞는지 물었다. 시간이 안 맞았다. 아이가 온종일 어린이집에 있어야 한다. 머릿속이 복잡하다. 차도 한 대 더 사야 하고, 아이가 어린이집에서

종일반도 해야 하고, 만약 아이가 아프면 어쩌지? 현실적인 문제를 해결하지 못했다. 결국 어렵게 구한 기간제 일자리 포기했다.

그럼에도 좌절하지 않았다. 곧장 새로운 직업을 구하러 찾아 나섰다. 집 주변 드레스 피팅 업무 아르바이트 공고가 올라왔다. 돌, 행사 드레스 피팅이 주 업무다. 대표님께서 같이 아이 키우는 입장이라며 근무할 수 있는 시간대와 날짜를 조정해주셨다. 나는 수, 목, 금 10시부터 4시까지 근무했다. 화사한 드레스 속에서 나는 다시 반짝거렸다. 원하는 디자인을 추천하고 드레스 피팅을 도왔다. 출산 후 달라진 몸을 보며 우울해하는 엄마들의 마음에 공감하고 코르셋으로 몸매를 보정해주었다. 내가 도울 수 있는 가장 큰 위안이었다. 친절과 정성을 다했다. 대표님도 직원들에게 친절했기에 친절함이 전달되었다.

하지만 친절함을 이용하는 상식 없는 고객들도 있었다. 명령조와 손가락으로 지시하는 손님, 아이의 기저귀를 치워달라는 손님, 코로나 공지 사항에도 불구하고 1명 피팅에 5명 대가족이 온 손님들, 오프라인 고객을 통해 많은 사람을 경험했다. 값비싼 명품 옷과 가방을 들고 온 아기의 할머니는 직원 매장 분들께 언니, 아줌마라 호칭했다. 곱게 화장까지 하고 출근했는데 아줌마인 게 티나나? 거울을 두리번거리며 좋지 않은 기분을 애써 감췄다. 무심코 뱉은 단어, 말 선택이 상대방의 하루 시작에 큰 영향을 주는 것을 알게 되었다. 예수님은 말했다. '남에게 대접받고자 하면 너희도 남을 대접하라.' 다른 사람을 만나는 시작에는 먼저 "안녕하세요"라는 인사로 예의를 더했고, 부탁의 말끝에 "감사합니다"라는 작은 언어로 진심을 표하며 겸손함과 정성을 넣었다. 작은 실수는 기분 좋게 넘어갈 수 있는 여유까지 생겼다.

본질은 외모가 아니라 말과 대화에서 만들어진다는 것을 느꼈다. 말속에 담긴 진심과 감사는 하루를 기분 좋게 바꿀 수 있었다. 작은 언어 속에서 우리는 서로에게 깊은 영향을 미친다. 인간으로 태어나 스스로 할 수 있는 최고의 지적 행위는 글을 쓰며 동시에 배우는 일이다. 책을 읽고 싶어 아파트 도서관에서 주최하는 독서 모임에 가입했다. 월 1회 모여 읽고 생각을 공유한다. 내용을 토론하며 놓치고 간 부분을 상대방이 짚어준다. 나와 다른 사람들의 생각과 의견을 들으며 고개를 끄덕인다. 내 목소리에 귀 기울이는 사람들의 시선 속에 가벼운 떨림에 설렌다. 그렇게 책을 통해 좋은 자극을 주고받았다. 사람들과 지혜를 나누는 쏠쏠한 기쁨, 아니 심오한 쾌락을 알게 되었다.

소소한 일상이 모여 글이 되는 마법을 배웠다. 그저 그런 인생, 평범하게 보내온 하루가 글이 될 수 있다. 생각해보면 우리를 둘러싼 거의 모든 일에는 글쓰기가 많은 부분을 차지하고 있다. 아무리 근사한 생각을 해도 그것을 글로 쓰지 못하면 날아가기 때문이다. 글을 써 내려가다 보면 기억의 파편들이 떠오른다. 좋았던 기억, 잊고 싶었던 기억, 창피했던 기억의 퍼즐 조각들이 머릿속을 괴롭힌다. 하지만 조각을 조금만 돌려보면 퍼즐이 맞춰진다. 완성된 퍼즐 그림의 과거, 현재의 감정이 텍스트로 변환되어 표현된다.

글을 쓰며 자연스럽게 진심과 열정이 담긴 미래의 내 삶을 어떻게 살아야 하는지 방향이 생긴다.

글을 쓰는 건 곧 나를 짓는 일이다. 일상의 소소한 순간들이 모여 글이 되고, 그 글이 나를 만든다. 결국, 삶을 살아가는 동안 우리는 끊임없이 자신을 쓰고, 다시 태어나는 것이다. 하루 일상을 글로 남겨 사랑하는 이들에게 내 가치를 담아 전달해주고 싶다. 아이는 엄마의 젊은 날을 물어본다. 내 아이에게 백 마디 말보다 엄마의 이야기가 담긴 한 권의 책을 건네줄 것이다. 환하게 웃는 아이의 얼굴이 보인다.

가끔 내게 이렇게 묻는 이들이 있다. 집에서 아이에게만 집중하는 게 더 좋지 않냐고 말이다. 휘둘리는 질문에 잠시 흔들리고 머뭇거렸지만, 늘 성장의 변화를 꿈꾸는 내 답변은 한결같다. 앞으로 살아갈 날들을 더 근사한 인생으로 살기 위해서라고 말해준다. 꽃봉오리라고 불안해하지 말자. 눈부시게 아름다운 모습으로 피어날 내 모습을 기대하는 나는 꽃봉오리다.

5

우리 민족의 시작점
바이칼 호수와 알혼섬

- 이상임

이르쿠츠크역에 도착하니 이미 밤 10시가 넘어 있었다. 호텔에 도착하자마자 피로가 몰려와 깊은 잠에 빠졌다. 다음 날 일찍 여정을 시작한다는 안내가 있었다. 아침이 되어 경주 모 대학의 심 교수님과 그 딸이 한국과 러시아를 오가며 쌓은 경험으로 여행에 도움을 주기로 했다. 아침 식사를 마치고 짐을 꾸려 차에 올랐다. 도로는 울퉁불퉁하고 상태가 좋지 않았지만, 차는 끝없이 펼쳐진 직선 도로를 달려나갔다. 몸은 버스에 있지만, 머릿속에는 여전히 기차 레일 소리, 엔진 소리, 타이어 소리가 뒤섞여 비몽사몽이었다. 그렇게 5시간을 달려 도착한 곳은 사휴르따 선착장이었다.

점심은 캐리어를 테이블 삼아 도시락으로 간단히 해결했다. 한 시간 뒤 전용 바지선이 접안하자 러시아, 중국, 한국 등 다양한 국적의 200여 명이 승선했고, 배는 잔잔한 물결 위를 미끄러지듯이 달려 20분 만에 알혼섬에 도착했다. 바지선에서 내려 숙소로 이동하기 위해 걸어서 20분 거리인 후지르 마을로 향했다. 가는 길에 들른 마트에서 꼭 사고 싶었던 마트료시카 인형을 기념품으로 샀다.

하지만 우리가 투숙하려던 호텔이 전날 마피아에게 급습을 당했다는 소식을 들었을 때는 모두 어안이 벙벙했다. 당황스러운 상황이었지만, 어렵게 구했다는 다른 숙소에 도착하니, 마치 우리나라 유스호스텔을 연상케 하는 소박한 숙소였다.

러시아 여행 동안 하루도 문제없는 날이 없는 듯하다. 이번에는 숙소에 전기가 고장 나 저녁을 준비할 수 없다는 통보를 받았다. 결국 전기가 들어올 때까지 두 시간을 기다린 끝에, 허옇게 볶은 감자와 찐 밥으로 늦은 저녁을 먹었다. 배가 고프니 담백한 밥과 감자도 맛있게 느껴졌다. '러시아에서는 되는 일도 없지만 그렇다고 안 되는 일도 없다'라는 말처럼 앞으로의 여정도 순탄치 않을 것 같았지만, 이제는 내 의지로 해결할 수 없는 일이라면 환경에 맞추어 즐기고자 했다.

우여곡절 끝에 마주한 알혼섬의 밤하늘은 별들의 축제였다. 밤공기가 한기를 느낄 정도로 쌀쌀해 숙소에서 담요를 꺼내 몸을 감싼 채 강가로 나갔다. 발밑의 모래는 해운대보다 더 곱고, 바이칼 호수는 파도를 일으킬 만큼 거대한 물결을 만들어내고 있었다. '풍요로운 호수'라 불리는 바이칼 호수는 길이 636㎞, 너비 79㎞, 면적 3만 1,500㎢, 둘레 2,200㎞에 달해 마치 바다 같은 느낌이었다. 담요를 펼치고 누워 밤하늘을 바라보았다. 별빛은 쏟아질 듯

반짝였고, 잔잔한 파도 소리는 진주 박힌 하늘 아래에서 고요함을 더했다. 그 순간 하루의 피로가 단숨에 사라지는 듯했다. 대자연의 위대함을 온몸으로 느끼며, 일행들과 함께 노래를 부르며 알혼섬에서의 첫날밤을 이렇게 저물게 했다.

알혼섬 북부 투어를 위해 넓은 광장에 모였다. 몸체만큼 큰 바퀴를 가진 우아직 4륜 구동 승합차가 기다리고 있었다. 차량에 오르니 마치 15톤 트럭에 올라탄 느낌이다. 우아직은 거친 숲을 가르며 질주했고, 마치 놀이동산의 청룡 열차를 타는 듯한 스릴을 선사했다. 언덕을 넘을 때는 공중에 떠오르는 듯했고, 내리막길을 달릴 때는 가슴이 울렁거렸다. 어느새 몸은 내 의지를 벗어나 자연의 리듬에 맡기게 되었다.

여정 중간에 내려 관광을 즐길 기회도 있었다. 칭기즈칸이 묻혔다고 전해지는 전설 속의 부르칸 바위를 시작으로, 사자섬과 악어 모양의 움직이는 바위 뉴르간스크, 삼 형제 바위, 그리고 2차 세계대전 당시 포로수용소였던 뻬씨안까 잔해까지 둘러보았다. 포로수용소가 있던 자리에는 숲속 카페가 있어 점심을 먹으며 여유롭게 숲길을 산책했다. 마지막 코스는 하보이곶 트레킹이었고, 하루 일정을 마치고 저녁을 위해 숙소 근처로 향했다.

우리 일행은 세 대의 차량에 나눠 타고 이동했는데, 앞서 도착한 우리가 뒤를 돌아보니 나머지 두 대가 보이지 않았다. 혹시 사고가 난 것은 아닌지 걱정되었지만, 뒤늦게 들은 사연은 황당했다. 앞서가던 우리 차량이 지나간 후, 러시아 공안이 뒤따르던 두

대를 멈춰 세우고 불법 여행이라며 벌금을 요구했던 것이다. 언어 소통이 되지 않아 난감한 상황에서 심 교수님이 나서서 항의하자 그제야 공안이 두 차량을 놓아주었다고 했다.

두 번째 밤, 맨발로 모래를 느끼며 걷는 그 감각이 참 좋았다. 밤이었지만 모래에 반사된 은은한 빛을 따라 일행들과 오순도순 이야기를 나누며 강가로 향하고 있었다. 얼마쯤 걸었을까, 발밑에 물컹한 감촉이 느껴졌다. 깜짝 놀라 확인하니 소똥이었다. 똥 덩어리는 어찌나 큰지 지름이 30㎝는 족히 되어 보였다. 똥 묻은 내 발을 보고 일행들은 박장대소를 터트렸다. 이상하게도 똥 냄새는 구수한 풀 향이 났다. 아마 자연에서 풀만 먹은 덕분이었으리라. 예상치 못한 사건 덕분에 잊지 못할 추억이 남은 밤이었다.

알혼섬을 떠나는 날, 첫 바지선을 타야만 일정을 무사히 소화할 수 있다는 당부에 따라 대기선에 바짝 붙었다. 일행은 러시아 젊은이들 사이에 한 줄로 끼어들며 대기했고, 선착장에는 다양한 국적의 사람들로 북적였다. 바지선 입구는 무서운 인상의 남자들이 지키고 있었고, 심 교수님은 단호하게 말했다. "출발 신호가 울리면 무조건 배에 올라타야 합니다. 저 사람들이 막아도 뚫고 들어가세요. 알겠죠?" 반복되는 당부에 마음속에서 전투태세가 갖춰졌다.

승선 신호가 울리는 순간, 모여 있던 사람들이 일제히 배로 몰려들며 아수라장이 되었다. 나는 한 남자에게 옷자락을 잡혔지만, 간신히 뿌리치고 승선에 성공했다. 일행이 모두 무사히 배에 탄

것을 확인하자 가슴을 쓸어내리며 안도했다. 놀라움에 서로 상기된 얼굴을 보다가, 갑작스러운 상황이 우스워져 모두 웃음을 터트렸다.

바지선에서 내리니 관광차들이 줄지어 서 있었고, 그중 한글이 선명히 적힌 버스들이 눈에 띄었다. 순간 한국에서 온 관광버스인가 싶었지만, 아니었다. 폐차된 한국 버스를 이곳에서 수입해 그대로 운행하고 있었던 것이다. 어떤 버스는 서울 시내 종로 행선지 팻말까지 달고 있어, 이곳에서 한국의 흔적을 마주한 것이 반갑기도 하고 이국적인 풍경에 놀라웠다.

잠시 후 '좋은 관광'이라 적힌 버스에서 한 러시아 여자가 씩씩거리며 우리 쪽으로 다가와 욕을 퍼붓기 시작했다. 그 이유를 몰라 어리둥절하게 입만 바라보고 있는데, 나중에 들은 바로는 그녀의 일행 중 한 명이 바지선에 타지 못한 것에 대한 불만을 쏟아내고 있었던 것이다. 그녀는 불법 여행이라며 당국에 고소하겠다고 으름장을 놓았다. 심 교수님의 딸이 자격증을 갖추고 정식 여행사를 통해 진행 중이라 설명해도 막무가내였다. 이는 단순한 불만을 넘어 동양인에 대한 차별로 이어져, 러시아 관광법상 단체 여행에는 반드시 러시아 여행사 직원이 동행해야 한다는 규정을 내세우며 시비를 걸었다. 예상치 못한 갈등을 겪으며 러시아 문화의 또 다른 면모를 마주한 순간이었다.

시베리아의 여정을 통해 한인들의 깊은 역사와 그들이 겪어온 시대의 격변을 만나는 것은 큰 울림을 주었다. 블라디보스토크에서 바이칼 호수에 이르는 여정 내내, 고국의 해방을 꿈꾸며 온 힘을 다해 싸워온 분들의 발자취가 묻어 있는 그 땅을 밟으며, 그분들의 간절함과 용기에 머리가 숙여졌다.

1945년 9월 서울에서 출발한 마지막 열차가 신의주에 도착한 이후 대륙으로 향하는 길이 막힌 지금 분단의 현실을 안고 살아가고 있지만, 이번 여정은 대한민국이 다시금 시베리아와 대륙으로 나아가게 될 시대에 대한 희망과 가능성을 직접 느끼고 새기게 해주었다. 이 길 위에서 만난 조국의 역사와 그리움은 단순한 기록이 아니라 우리에게 계속 이어지는 이야기다. 이 여행이 끝이 아닌 또 다른 시작이 될 것임을, 앞으로도 이 발자취를 이어가며 그분들의 꿈을 잊지 않고 살아가야겠다는 다짐을 새긴다.

6

내려놓고 쉬었더니,
더 나은 내가 되었다

- 이은진

'지금 힘드신가요? 그렇다면 내려놓고 쉬었다 가세요. 쉬었다 다시 해도 늦지 않은 우리네 인생입니다.'

경력 단절의 두려움이 있었다. 그만두면 다시 할 수 있을까? 그렇게 10년 동안 버티고 버텼었다. 조금 더 큰 병원은 복지와 일하는 환경이 낫지 않을까 싶어 이직도 했었다. 하지만 삶이 피폐해지고 있어 내려놓았다. 다시는 간호사라는 직업을 하지 않을 생각으로 퇴사를 했다. 그렇게 간호사 삼교대 근무는 10년 3개월로 마무리되었다.

퇴사 후 버킷리스트를 작성했다. 자존감 저하로 인한 우울증 때문에 생긴 수면 장애도 바로잡아야 했다. 충분한 휴식과 정서적인 안정이 필요했다. 그동안 집과 병원만 오가며 자기 계발은 하지 못했다. 2020년 6월 온라인 독서 모임 모집을 우연히 발견하여 신청했다. 1년에 책 한 권 읽을까 말까 했던 내가 한 달에 4권, 최소 3

권은 읽었다. 매일 30장씩 읽고 독서 토론도 하고 블로그에 독서 기록도 남겼다. 1년 동안 50권의 책을 읽었다. 읽고 싶은 책이 계속 쏟아져 나오고 있었다. 그렇게 나의 자기 계발은 독서부터 시작되었다.

퇴사 후 첫 일주일은 불규칙했던 수면 리듬을 되찾고자 노력했다. 마침 JTBC 의학 드라마 '슬기로운 의사생활' 재방송이 아침 7시에 시작하였다. 직업이 직업인만큼 의학 드라마는 챙겨 보는 편이었다. 퇴사하면 보고 싶던 드라마를 다 챙겨 보리라 다짐했고 그렇게 아침 7시부터 하루를 시작할 수 있었다.

퇴사 후 의무적으로 외출할 일이 없어졌다. 집에만 있다가는 우울해질 것 같아 일부러 산책하러 나갔다. 만 보 걷기도 시작했다. 만 보 걷기를 하려면 하루 1시간 30분 이상은 걸어야 한다. 꽤 많은 거리를 걸어야 했고 집 근처 하천 길, 공원을 찾아 걷고 또 걸었다. 독서하고 만 보 걷기를 하며 재테크도 시작하고 살림에도 재미를 붙이기 시작했다. 일하지 않으니 돈을 함부로 쓰면 안 될 거 같고, 남편한테도 미안한 마음이 들어 알뜰하게 살고자 노력했다. 허물어져가던 나의 마음을 돌보았고 자존감도 챙겼다. 그러다 보니 문득 다시 돈을 벌고 일도 하고 싶어졌다.

남편의 갑작스러운 청주 발령으로 10년 넘게 살았던 수원 생활을 청산하게 되었다. 연고도 없는 곳에서 외로움을 타는 내가 과연 잘 살 수 있을까 걱정이 앞섰다. 소망하던 화장실 2개 방 3개가 있는 34평 아파트에서 살게 되었다. 걱정과 두려움으로 청주에서의 삶이 시작되었다. 이사 후 두 달간은 동네 알아가기 위한 걷기를 했다. 이미 만 보 걷기를 하고 있고 혼자만의 시간 보내기를 했었기에 쉽게 적응했다.

일하고 싶은 마음이 있었고, 다시 간호사 일을 하더라도 상근 근무를 하고 싶은 생각에 공고사이트를 찾아보았다. 때마침 병원 공고가 눈에 들어왔고 집에서 거리가 얼마나 되는지 확인도 하지 않고 원서를 넣었다. 다시는 간호사 교대 근무는 하지 않겠다고 했지만, 지금 다시 교대 근무를 하고 있다. 입사 후 다시 잘할 수 있을까 하는 부담이 있었다. 그러나 부담감은 금세 사라졌다. 2년 간 자기 돌봄을 한 덕분에 지금까지 잘 다니고 있다.

수도권에서 일했던 10년 3개월의 경력이 있어 선생님들이 한창 기대하고 있었다. 그 기대에 부응하는 것이 부담이 되지 않았다. 오히려 어깨가 으쓱했다. 병원에 입사하고 일주일째부터 이미 1년째 다니고 있는 것 같은 소속감이 생기고, 그동안의 경력이 헛되지 않았음을 느꼈다. 2년 만의 임상이라 정맥주사 놓았을 때의 성공은 짜릿함이 있었다. 선생님들에게도 '2년 만에 주삿바늘 성공했어요!' 하고 자랑도 했다. 나의 경력을 인정해주고 소속감을 느끼게 해주어 고마웠다. 입사 6개월 후 병동 과장님은 2023년 신규 간호사 프리셉터를 내게 맡게 했고, 총무까지 하게 했다. 책임감을 부여해주니 나를 더욱더 인정해주는 것 같다. 경력 간호사 입사 후에도 계속 간호사 교육을 하고 있고, 총무까지 쭉 겸하고 있다.

작년에는 간호부장님이 나를 콕 집어 영상편집 부탁을 했었다. 병동마다 신입 간호사 100일 축하 영상을 만들어 게시했었는데, 우리 병동 영상을 간호부장님이 제일 마음에 들어 했다고 한다. 그렇게 신규 간호사 돌잔치 축하 영상 담당을 하게 되었다. 신규 간호사 돌잔치를 끝내고 간호부장님은 영상편집을 보며 아주 흡족해하셨다. 영상편집을 하면서 내가 왜 하고 있지 하는 귀찮은 마음이 있었는데, 잘했다는 칭찬에 어깨가 절로 으쓱해졌다.

병원에서 주최하는 행사마다 적극적으로 참여했다. 손 씻기 안무 챌린지는 참가만 해도 5만 원을 지급해준다고 한다. 병동 선생님들과 함께 영상을 찍고 편집을 해서 손 씻기 챌린지 참가를 했고, 참가상 5만 원도 받았다.

그리고 의료지원에도 손을 들었다. 스포츠 경기할 때 의료지원팀이 무조건 있어야 하는데, 병원 내 야구 의무 지원을 한다고 했다. 야구 경기를 좋아해서 안 할 이유가 없었다. 야구 의무 지원은 근무일이 아니라 오직 나의 쉬는 날에 간다. 하지만 투수가 바로 앞에 보이는 자리에서 야구 경기도 보고, 추가로 수당도 받았다. 병원에서 주최하는 행사는 다들 귀찮아해서 미루는 경향이 많다. 하기만 하면 다른 부서와의 소통도 잘할 수 있고, 인간관계의 폭도 넓어진다. 또 다른 기회를 만날 수 있다.

야간 근무를 하지 않는 조건의 교대 근무로 입사했다. 낮밤이 바뀌지 않는 상태로 교대 근무를 하게 되었다. 다만 새벽 근무에는 아직 새벽 기상이 익숙하지 않아 피곤할 때도 있다. 아침에 일어나고 밤에 자는 연습은 지금도 진행 중이다.

한 곳에서 오래 근무하면 좋은 줄 알았다. 그건 병원으로서 좋은 일이다. 정작 나에게는 도움 되지 않았다. 오랜 경력은 아니지만 잠시 쉬면서 나를 돌보고 자기 관리를 했더니 다시 일하고 싶은 마음도 생겼고, 일하면서 긍정적인 마음을 갖게 되었다. 그저 상상이었던 버킷리스트는 어느덧 현실이 되어가고 있다. 경제적 자유, N잡러를 꿈꾸고 있다. 본업인 간호사를 하면서 시간 관리 소모임 운영 및 다양한 활동도 하고 있다. 지금은 글도 쓰고 있다. 한 발짝 앞으로 나아가니 어제보다 더 성장하는 내가 되어가고 있다. 앞으로의 내 삶이 어떻게 나아갈지 기대가 된다. 죽을 만큼 힘들면 잠시 멈추어도 괜찮다. 인생에서는 나를 챙기는 시간은 필요하다. 재충전하면서 또 다른 미래를 그려보는 것이다.

7

내가 만드는 집안 내력

- 이주민

"엄마, 나 태권도 보내줘!"

중3 아들이 뜬금없이 태권도에 다니겠다고 한다. 초등학교 때 다니기는 했지만, 태권도를 좋아해서 다닌 것은 아니었다. 베트남에 와서 운동이라고는 하지도 않던 아들이 갑자기 태권도 배우겠다니 뜬금없었다. 아들은 육군사관학교에 가겠다고 한다. 미리미리 태권도를 배워두면 좋을 것 같다고. 누가 물어도 게임만을 위한 삶을 살겠다는 아이였다. 편의점 야간 알바를 하고 게임을 하며 살겠다고 했는데, 목표를 정하고 태권도를 배우겠다니 반가웠다. 드디어 서늘한 집안에 봄이 오는 듯했다.

"웬 육사야?"

"엄마, 군대는 제때 밥 주지, 잠도 재워주지, 월급도 주지. 딱이야!"

아들은 손가락 접어가며 말한다. 해군은 뱃멀미해서 안 되고, 공군은 비행기 어지러워서 안 된다고 한다. 육사를 선택하는 이유가 어이없다. 그러나 육사 월급 모아서 엄마 다 준다는 그 마음 고맙기는 하다.

처음 베트남에 왔을 때는 희망적이었다. 아이들이 생각보다 잘 적응하고 학업도 잘 따라갔다. 상담 신청을 하면 담임 선생님이 상담이 필요 없다고 할 정도였다. 그런 아이들에게 사춘기가 오면서 가족 간 대화도 없고 공부와 게임으로 집안이 조용하지 않았다. 서로 얼굴 보지 않고 지내는 것이 덜 스트레스 받고 조용히 지나가서 좋았다. 각자 밥 챙겨 먹고 설거지를 해놓는다. 빨래 있으면 자기 것만 개어 정리했다. 돈 달라는 말 아니면 카톡으로 용건만 말했다. 약 3년간 지속된 가정의 불화가 꺼지고 있다. 아들은 영어와 베트남어를 빼고 성적이 올랐다. 딸은 자기가 하고 싶은 진로를 정해 열심히 하고 있다.

지난 시간 아들과 몸싸움하면서 알게 된 것은, 아들이 보기에 엄마는 편하게 지낸다는 거였다. 학생들이 자기 엄마는 하는 일 없이 편하게 논다고 했는데 아들도 똑같았다. 엄마도 힘들게 산다는 모습을 보여줘야겠다는 생각이 들었다. 아이들에게 말하기보다 내가 시범을 보였다. 아이들이 집에 있을 때 책을 읽고 수업할 교재를 만들며 늦은 밤까지 일을 했다. 오다가다 들으라고 거실에서 유튜브로 국어, 역사 강의를 들었다. 베트남어 과외를 시작했다. 취미로 캘리그라피도 배웠다. 엄마이기보다는 한 사람으로 성장하는 과정을 보여주자 마음먹었다. 아줌마가 청소하지 않는 구석구석 닦으면서 집안일하는 티도 냈다. 며칠 늦게까지 일하고 피곤하면 약 먹고 일찍 눕는다. 나도 힘들다는 표현했다.

오십을 바라보는 엄마도 새로운 것을 배우고 돈을 벌기 위해서 열심히 살아가는 모습을 보여주었다. 공부는 평생 하는 것이고, 할 수 있다면 최대한 오래 경제 능력을 키워야 한다는 것을 보여주고 싶었다.

나는 어린 시절 부족함 없이 자랐다. 주위 사람들에게 선물하는 것을 좋아했다. 명절이면 선후배들에게 과일 상자를 돌렸다. 누군가 사업하냐고 물을 정도로 때 되면 이런저런 선물을 보냈다. 도서관이나 학교에서 재능기부도 했다. 지금도 예전 같지는 않지만, 소소한 선물을 한다. 청소하는 아줌마에게 커피나 빵 등을 사주고 경비 아저씨에게 음료수도 준다. 지인들에게 더치커피를 내려 선물하는 등의 내가 줄 수 있는 만큼 나눈다. 곳간에서 인심난다는 말이 있다. 내가 여유가 있어야 나눌 수 있고 도울 수 있다. 아이들도 나눌 수 있었으면 한다.

지난달 고2 딸 담임 선생님과 진로 상담이 있었다. 상담 마지막에 선생님은 윤정이에게 감동한 일이 있다고 한다. 생일 맞은 친구를 위한 과자나 사탕 등의 작은 선물과 함께 축하 편지가 교실 뒤에 걸려 있었다고 한다. 일시적인 거로 생각했고, 나중에는 반에서 운영하는 이벤트라고 생각했단다. 그런데 윤정이 혼자 학기 초부터 꾸준히 한 거라는 말에 '오지랖 부렸네!'라고 생각했지만, 그런 마음 씀씀이가 기특하다. 가끔은 용돈을 더 줘야겠다.

딸은 진로 선택 문제에서 내 의견을 물었다.

"나 뭐 하지? 엄마, 나 뭐 했으면 좋겠어?"

자기 의지가 아닌 엄마가 정해주는 대로 하려는 모습을 보였다. 고2가 되어 본격적으로 대입 준비를 해야 하는 시기가 오니 스스로 고민하고 정한다. 현재 딸은 디자인 전공을 위해 남들보다 늦은 미대 입시 준비를 시작했다.

아들은 여전히 게임에 빠져 있다. 그러나 육사에 가겠다는 목표가 생겼고 조금씩 성적을 올리고 있다. 태권도를 배우고 있으며, 수영도 배우고 싶다고 한다. 꿈과 목표가 생기며 하나씩 자리를 잡아가는 모습을 보니 사춘기, 시간이 해결해준다.

때가 되니 하나둘 제자리를 찾아가는 듯하다. 힘들었던 아들의 사춘기가 지금은 코미디 같다. 우수했던 딸의 성적이 떨어지고 실망스러웠던 시간도 지금은 '사춘기 그 정도로 끝내서 감사하다' 생각한다.

아이들이 본받을 수 있는 엄마가 되기 위해서 나는 내 일을 한다. 그 일로 돈을 벌어 필요한 지원을 해준다. 나도 힘들다는 퍼포먼스를 하다 보니 생각이 바뀌고 새로운 꿈을 꾸게 되었다. 지금은 독서 논술 교사를 하지만 작가가 되겠다는 꿈이 생겼다. 디자인 전공하겠다는 딸과 그림책을 내고 싶은 꿈도 있다. 늙어서 무기력한 사람이 아니라 나이 들어도 미래를 준비하는 삶을 살았으면 좋겠다. 몸은 늙었지만 배움만큼은 늙지 않는 삶을 살고 싶다.

집안 내력. 선천적인 병도 있고 식습관도 있고 다양하다. 나는 내가 바라는 모습으로 집안 내력을 만들기로 했다. 나는 의지도 부족하고 체력도 약하다. 그러나 아이들이 보고 배울 수 있는 사람이 되기 위해서 한 가지씩 나를 바꾸려고 노력한다. 꿈은 언제 꾸어도 늦지 않다. 오십을 바라보는 나이에 작가가 되겠다는 꿈을 꾸고 밤늦게 글을 쓴다. 하나를 이루고 다음 꿈을 꾸고 또 이루고, 그렇게 집안 내력을 만들어간다.

8

아이들과 함께 성장하는
행복한 멘토

- 이지은

웅진에서의 생활은 모든 것이 감사할 일이었다. 젊은 선생님들과의 교류로 신세대 교육법과 정보를 습득하고, 내가 먼저 접한 것은 아낌없이 나눴다. 어머님들은 새로운 수업을 만들면 믿고 자녀를 맡겨주셨다. 덕분에 반에서, 일등 한 번 못 해본 내가 전국 일등도 하고 부상으로 여행과 명품 가방 등 과한 사랑도 받았다.

그러나 웅진 홈스쿨이 웅진다책 산하로 들어가면서 시스템이 많이 달라졌다. 특히 교과 과목이 아니라 논술 위주 수업이라는 점은 내게 큰 위기가 되었다. 나를 사회에 세워준 고마운 곳이기에 웬만한 갈등은 품고 함께 가려 했으나, 점점 현실의 차이가 생기기 시작했다. 용기 있는 결단이 필요한 순간이 왔다. 독립이다.

웅진 센터 수업과 병행하던 백봉초 방과 후 수업과 지역사회 교육협의회 일을 모두 내려놓았다. 학원에만 정성을 기울였다. 웅진이라는 든든한 후원자 없이 홀로 나아가야 하기에 슬쩍 두렵기도 했지만, 나를 믿었다. 내 아이들을 키우며 준비한, 영재 수학과 과학을 적극 활용했다. 교과 위주의 수학이 아닌 논술을 결합한 융합 수학으로 차별화를 시켰다. 특히 먼저 키워본 엄마인지라 배움의 속도가 살짝 느린 친구를, 그들의 호흡에 맞춰 기다려주고 응원하는 것은 나의 경험이 주는 특혜였다.

수학 학원에 들어온 첫 저학년인 샛별이는 특히 기억에 남는 아이다. 부모님이 오래도록 공부하는 분이시다 보니 조부모님께서 양육하며 학습보다 사랑을 담뿍 주신, 너무도 예쁜 아이였다. 하지만 모두 선행하고 들어오는 초등학교이다 보니, 학교 선생님의 눈에는 부진아로 보인 모양이다. 그 선생님의 주선으로 우리 학원에 온 샛별이가 하나씩 알아갈 때마다 얼마나 대견하고 기특한지, 나는 막내 아기를 다시 키우는 기분이었다. 지금은 수의사의 꿈을 키우며 호주에서 공부하고 있는 숙녀지만, 내 마음속에는 아직 아홉 살이다.

지역사회 교육협의회에서 지역의 문화재를 해설하던 전 경험도 살렸다. 역사를 가르치며, 주말을 이용해 각 시대에 맞는 문화재를 탐방했다. 부모님과 다니던 박물관이나 상당산성도 즐거운 교육장으로 만들었다. 교실을 나와 밖에서 만나는 역사는 더 이상 공부가 아닌 즐거움이다. 다양한 질감의 과자와 사탕으로 입으로 만드는 주먹도끼도 제작하며, 주먹도끼가 왜 나로호의 기술과 나란히 하는지를 시대를 반영하여 수업했다.

논술팀 아이들은 방학이면 토론을 통해 정한 도시를 탐색한다. 교통편 예매부터 경로 및 식사도 직접 정해 예약한다. 돌아볼 도시의 역사와 문화재 설명도 학생들이 해준다. 아는 만큼 보인다고, 자신이 맡은 장소에 서면 긴장도 하지만 주위의 시선을 즐겨가며 제법 해설사 모습을 보여준다. 이렇게 야외수업을 할 때마다 부쩍 성장하는 아이들이 보인다. 부모님이 여행지와 식사를 정하는 것이 얼마나 어려운 일인지를 공감하고, 감사한 마음을 가지게 되었다.

웅진에서 처음 만났던 친구들이 고3이 되어 찾아왔다. 자소서와 구술면접 준비를 도와달란다. 늘 하던 분야는 아니었지만, 다시 정성을 들이기 시작했다. 학생이 읽은 책들을 찾아 읽으며 아이가 전공을 선택하게 된 이유를 녹여내고, 선택하는 대학에서 원하는 인재상에 맞는 어휘를 찾으려 노력했다. 자소서는 타인의 도움으로 작성할 수 있으나 문제는 구술면접이다. 스피치를 통해 목소리 톤을 잡고, 다양한 질문의 압박 면접으로 긴장이 되어도 자신의 의견을 표현하도록 연습시켰다.

열심히 공부해온 아이들의 마지막 관문이기에 부담이 큰 만큼 잠을 줄여 매진했다. 매일 청주에 올 수 없는 아이들의 시간에 맞춰 밤, 새벽 구분 없이 영상통화와 메일로 부족한 시간을 채웠다. 덕분에 면역력이 떨어져 온몸에 두드러기가 나고, 성대결절로 목소리가 나오지 않아도 학생들이 원하는 학교에 합격하면 모두가 감사였다. 사내아이 같은 매력의 샛별이는 혹독한 사춘기를 함께 겪었다. 부모님은 혹여 히키코모리가 될까 노심초사할 정도였는데, 그런 아이가 최고학부 합격증을 들고 밥을 사러 왔다. 그것도 소고기를 사준단다. 샛별이는 직접 구워서 내 접시에 소고기를 놓는다. 식사 대접은 많이 받아 봤지만, 학생이 직접 고기를 굽기는 처음이었다. 고기를 좋아하지 않는 나이지만 한 점 한 점, 감동의 눈물과 함께 먹었다. 오래도록 기억에 남을 식사였다.

너무도 고맙게도 우리 학원에는 예쁜 엄마와 사랑스러운 아이들만 온다. 다른 원장들은 전기세 내주며 부탁하는 엄마 때문에 참아야지, 이 아이가 와야 월세 낸다, 이런 생각으로 아이를 만난단다. 미운 엄마도 아이도 받아들여야 한다. 나는 그런 생각을 해본 적도, 그런 대우를 받은 적도 없다. 그러다 보니 최고의 직업은 학원이란 생각이 들어, 좀 괜찮은 엄마를 보면 학원 하라고 권하기에 바쁘다. 매일 재잘대며 들어오는 아이들이 선물이다. 간식을 주면 내 입에 먼저 넣어준다.

밖에서는 요즘 아이들 무섭다고 하지만 한 명씩 따로 만나보면 모두가 꽃이다. 덕분에 에너지 충전하고, 성장하는 친구들 덕분에 성취감 느끼며, 돈까지 버니 이렇게 행복한 일 세상에 없다. 연말이면 십시일반 조금씩 모아서 산 연탄을 직접 전달하는 봉사도 한다. 처음 보는 연탄에 신기해하고, 연탄이 묻어 까맣게 변하는 코는 너무나 사랑스럽다. 한번은 준호라는 친구가 10만 원을 기부했다. 너무 큰 돈이라 5천 원만 받고 나머지는 감사의 편지와 함께 돌려드렸다. 당연히 부모님이 보내신 돈인 줄 알았기 때문이다.

그런데 정말 준호가 모은 용돈 중에서 부모님의 허락을 받아 기부한 거였다. 소름이 돋았다. 그래서 준호의 뜻을 받아 이만 원의 기부금을 받고, 1,000장의 연탄 금액은 준호 어머님 성함으로 기부금 영수증을 발부해드렸다.

세상이 따뜻하게 느껴졌다. 이런 경험으로 봉사와 기부가 행복한 일임을 느끼게 해주고 싶었다. 눈이 쌓인 날이면 요란하게 눈싸움도 했다. 공격을 받아 슬쩍 밀릴 양이면 코코아와 추로스로 티타임을 가졌다. 놀고 난 후 먹는 돈가스와 떡볶이는 꿀맛이다.

'날 닮은 꽃이 피었습니다.' 이 문구에 가슴이 뭉클해 눈물이 핑 돌았다. 날 닮은 꽃! 환경지킴이란 말은 감히 못 하지만, 나름 내 몫을 먼저 해내려고 노력한다. 너무도 당연한 분리수거와 재사용으로 쓰레기를 조금이라도 줄이고자 한다. 이는 학원에서도 마찬가지다. 간식으로 먹은 과자봉지와 주스 팩도 뒷면을 확인해 씻어서 분리한다. 이제는 아이들 스스로 척척 잘도 분리한다. 참 흐뭇하다. 학원에서 분리하던 습관은 밖에서도 이어진다. 집에서도 학원에서 배운 분리 방법을 통해 분리수거에 동참해준다는 이야기를 어머님을 통해 들을 때면 마음에서 폴폴 향기가 난다.

아이들은 선생님의 그림자를 보고 자란다고 하니 책임이 느껴진다. 며칠 전 학원 건물주께서 "예전에는 벽에 낙서가 많았는데, 원장님 오고부터 낙서가 없네요. 애들이 원장님 닮았나 봐요"라고 말하는데 엉덩이가 가벼워져 날아갈 뻔했다. 이렇게 작은 것도 닮아가는 아이들, 진심으로 사랑스러운 내 새끼들이다. 두려웠던 수학이 젤 재밌다는 아이들, 역사를 배우며 역사 선생님 꿈을 키우는 친구들이다. 유럽 탐방 참여 후 유학을 선택하게 되었다는 외동이, 졸업한 지 10년이 지났어도 찾아주는 고마운 녀석들, 덕분에 나는 오늘도 잘 살고 있고 내일은 더 만족하는 날이 될 거라고 믿는다.

글을 쓰다 보니, 여러 사람의 도움과 응원으로 내가 성장한 것을 알게 되었다. 나를 위해 공부하고 약속의 소중함을 실천으로 행동했을 뿐인데, 작은 것에 최선을 다하고 내 아이 대하듯 초심을 잃지 않았을 뿐인데 큰 사랑을 받았다. 알 지, 은혜 은. 내 이름대로 살고 있다. 주위에 도와주는 분들이 많으니, 그분들의 고마움을 알아 감사하고, 베풀 수 있는 사람이 되란 뜻을 담은 이름이다. 이제는 돌려주어야 할 때다.

좋은 사람은 누구에게나 친절한 사람이 아니다. 나의 희생을 감내하며 배려하는 마음이다. 필요할 때 얼른 손 내미는 사람이다. 누군가 돕는 곳에서 나의 쓰임을 할 수 있는 좋은 사람이 되도록 맑은 눈으로 주위를 돌아봐야겠다. 내일의 삶이, 분명 나를 응원하고 있을 테니.

9

꿈을 찾아주는 사람, 꿈찾사

- 이효경

나에게는 특이한 능력이 하나 있다. 처음 사람을 만나면 단 몇 분 안에 상대의 장점을 찾아내는 것이다.

많은 사람들을 대하다 보니 그런 성격을 갖출 수 있었다. 사람들은 정말 다양한 장점을 소유하고 있다. 어린아이처럼 예쁜 웃음을 짓는 사람이 있는가 하면 목소리가 또랑또랑 옥구슬이 굴러가는 듯한 사람이 있고 어려 보이는 동안 피부를 가진 사람이 있는가 하면 우아하고 세련된 멋을 풍기는 사람도 있다. 세련되어 보이진 않지만 정겨운 느낌이 들어서 당장 친구 하자고 하고 싶은 사람이 있는가 하면 새침해 보여서 얼음공주인가 보다 생각할 때쯤 내 썰렁한 농담에 초승달처럼 휘어지는 눈웃음으로 무장 해제시키는 사람도 있다. 난 그런 장점들을 귀신같이 찾아내서 부드러운 말로 바로 표현한다.

내가 원래 이랬던 건 아니다. 늘 비판적이었다. 늘 사람들 눈치를 보며 곤란한 일은 피해 다녔고 스트레스가 항상 쌓여 있었고 속에는 잔잔한 화가 깔려 있었다. 아무도 해결해주지 못할 것 같은 내 문제의 원인은 늘 내 환경과 타인 등 외부에만 있다고 생각했다. 다른 사람이 좋은 말을 하며 다가와도 우선 의심하고 경계했었다. 난 피해의식이 강했고 사람들의 단점만 보았다. 하지만 모든 문제의 원인이 내 안에서 시작됐다는 걸 깨닫고 인정하면서 나의 사고방식은 변해갔다.

내가 남을 인식하고 비뚤어지기 시작한 원인은 잘하려는 마음 때문이었다. 혼나기 싫고 늘 칭찬만 들으려 애썼다. 잘하려는 마음, 누구한테나 사랑받고 싶은 마음을 내려놓으니 살 만한 세상이 됐다. 실수했으면 혼나고, 깨끗이 인정하고 사과도 하고, 혹시 잘했다고 칭찬받으면 좋아하고. 얼마나 간단한가? 이렇게 솔직 담백한 사람이 되는 것이 내 목표이다. 난 그동안 너무 어렵게 고민하고 살았다. 내가 솔직해지니 다른 사람을 볼 때도 있는 그대로를 보는 눈이 생겼다. 처음 만난 사람과 빨리 친해지는 방법 중 가장 쉽고도 효과적인 게 칭찬이라고 생각한다.

난 앞으로 진실을 말하기로 결심했으니 얼른 상대방의 장점을 찾아야 한다. 익숙해지다 보니 첫인상에서 벌써 장점 두 가지 이상을 찾을 수 있었다. 그 후에 몇 분 이상 대화를 나누다 보면 다른 장점들도 추가로 찾게 된다. 난 이 장점 찾는 능력을 좀 더 발전시키고자 한다. 잘 짜인 질문을 통해서 그 사람이 뭘 잘하는지, 어떤 분야에 관심이 있고 더 발전시킬 수 있을지 당사자와 함께 찾아가면 좋을 것 같다.

우리는 백 세 시대에 직면했다. 퇴직 후 집에 있는 시간이 많아졌다. 뭐라도 해서 생활력을 가지길 원하는 만큼, 내가 뭘 좋아하는지 찾아야 한다. 주입식 교육의 폐해로 요즘 아이들은 본인이 뭘 좋아하는지도 잘 모른다고 한다. 그냥 학교에 가야 하니 가고, 시키는 공부를 하고, 학원 가고 명문대 노래를 부르다가 점수에 맞춰서 대학에 입학한다. 그제야 적성에 안 맞는다고 휴학하며 뭘 하면 좋을지 고민을 하기도 한다.

아이들만 그럴까? 중년 여성 남성들에게 꿈이 뭐냐고 물으면 이상하게 쳐다본다. 친구들과 만나서도 앞으로 뭐 하고 싶냐고 하면 얼른 대답하지 못한다. 간혹 하고 싶은 게 너무 많아서 어느 걸 고를지 모르겠다는 사람도 있다. 나도 그쪽에 가깝다. 전자나 후자 모두 과제이다. 앞으로 찾으면 된다.

난 '꿈찾사 컨설팅'을 하고 싶다. 꿈을 우선 찾고, 정성 들여 준비하는 과정을 돕고 싶다. 내가 공부하고 습득한 지식과 자료를 총동원할 것이다. 꿈을 위해서는 건강관리도 필수조건이다. 건강관리사 자격증을 취득하기 위해서 공부한 내용을 바탕으로 경험과 실제 사례를 가지고 잘 관리하고 싶다.

현대사회에는 예측의학이 대두되고 있다. 나의 장 안에 어떤 종류의 미생물이 살고 있느냐에 따라서 건강 상태가 측정된다고 한다. 마이크로바이옴에 기반한 장 검사를 받아보니 내 몸속에서 세균이나 바이러스에 취약한 부분이 나타났고, 개선 방안과 장 상태에 적합한 식단까지 제안해주니 정말 신기했다. 데이터로 분

석된 차트를 통해 나의 체질을 정확히 알게 됐다. 난 잡곡밥을 좋아하는데, 내 체질에 적합한 것은 흰쌀밥이라고 나왔다. 장이 약하고 예민해서 장 활동에 도움을 주는 지중해식 식단보다는 저포드맵 식단을 권해준다. 식사 후 가스 차는 증상이 사라지지 않은 이유가 그것 때문인 것 같다. 쌀밥과 저포드맵 식단으로 바꾸고 나니 더부룩함도 사라지고 배가 많이 편해지고 홀쭉해졌다. 또 의외였던 것은, 나에게 고구마보다 감자가 더 좋다는 결과가 나온 것이다. 난 감자보다 고구마를 훨씬 더 즐겨 먹었는데 그것도 고치는 중이다.

요즘 과민성 대장 증후군으로 고생하는 사람을 자주 본다. 본인의 장 상태에 적합한 식단으로 개선한다면 치유가 가능하다고 하니 희소식이 아닐 수 없다.

현재 우리가 사는 지구는 너무 많이 오염돼 있다. 결국 우리로 인해 생긴 환경문제는 우리에게 다시 돌아올 수밖에 없다. 과거에는 문제가 되지 않았던 미세플라스틱 문제가 대두되고 있다. 당뇨약, 마약을 비롯한 각종 약물이 하천으로 흘러서 다시 수도관을 통해 가정으로 들어오고 있다. 환경을 깨끗하게 보존하려는 노력을 끊임없이 해야 한다.

이런 정보를 알리고 잘못된 생활 습관을 개선하는 데 최선을 다할 것이다. 나의 궁극적인 목표는 우리가 환경을 보존하고 건강을 유지해서 자녀들 세대에는 좀 더 쾌적한 환경에서 걱정 없이 지구를 누리며 살게 하는 것이다. 거창해 보이지만 각자가 바른 의식과 정보를 가지고 내 주변을 개선하면 어렵지 않은 일이라고 생각한다.

이 일들이 이루어질 때까지 끊임없이 노력할 것이다. 상상만 해도 가슴이 뛴다. 설레는 일을 하며 산다면 행복을 누릴 것이다. 그리고 다른 사람들과도 그 행복을 공유할 것이다.

10

눈물 젖은 빵

- 전은태

　초등학교 3학년쯤, 아버지가 사업을 하는 친구가 있었는데 엄마는 학교에도 자주 찾아왔다. 그 친구에게 자전거 한 대가 있었는데, 나는 그 자전거가 너무 부러웠고 너무 타고 싶었다. 아니, 타고 싶은 것보다 더 큰 이유는 자전거를 타는 동안에는 다른 사람들이 내가 절름발이라는 것을 모를 것이라는 생각이 더 커서였다.

　나는 그 친구와 친해지기 위해 온갖 짓을 했다. 우선 내가 얻을 것이 있다면 내가 먼저 내어줘야 한다는 것부터 실천했다. 내가 가진 것 중에 줄 것이 뭐가 있을지 고민했다. 하지만 내겐 가진 것이 없었다. 집 안을 뒤지기 시작했다. 우표를 수집해놓은 책자 하나가 눈에 띄었다. 우리 형이 애지중지 모아놓은 우표였다. 자전거에 눈이 멀어 우리 형이 모아놓은 우표에 손을 댔다. 형은 흔한 우표가 아닌 대부분 돈이 될 만한, 값이 좀 될 만한 기념우표를 모아놨다. 지금도 생각나는 기념우표 중에 당시 미국의 레이건 대통령 한국 방문 기념우표가 있었다. 전두환 대통령의 사진도 함께 있었다. 1970~1980년대 대통령의 권력은 무소불위의 권력이었다. 그래서 대부분 어린아이의 꿈이 대통령이었고 나 역시도 그랬다. 그래서 그 미국의 레이건 대통령과 전두환 대통령의 우표가 내 인상에 강하게 남았다.

내가 친구에게 건네준 우표는 천마도 그림의 우표였는데 한 장짜리가 아니라 가로 5장, 세로 6장 총 30장가량의 한 판짜리 우표였다. 대충 봐도 값이 꽤 나가 보였다. 초등학교 3학년 아이가 값이 나가 보이긴 해도 얼마짜리인지는 가늠할 수가 없었다. 자전거와 바꾸는 것도 아니고 몇 번 빌려 타자고 형의 우표를 훔쳐다가 갖다줬던 건 지금 생각해도 바보 같은 짓이었다. 결국 나는 그 자전거를 몇 번 타보기 위해, 형의 우표를 친구에게 주었고 내가 얻을 수 있는 걸 얻어냈다. 나중에 형이 우표가 없어진 것을 알고 나를 추궁했다. 처음엔 시치미를 뚝 떼다가 결국 실토를 하고 죽도록 두들겨 맞은 기억이 있다. 형에게 두들겨 맞으면서 가난한 집과 가난한 부모를 원망했다.

나에게 가난이란 이런 것이었다. 그렇게 도둑질과 맷값으로 얻어낸 자전거를 타고 열심히 연습했다. 장애가 있는 다리 대신에 상대적으로 손이 발달되었는지 자전거를 타는 감각은 꽤 좋았다. 하지만 자전거를 타는 방식이 남들과는 조금 달랐다. 자전거에 올라타 페달을 밟을 때 오른쪽 다리가 짧아 페달이 끝까지 닿지 않았다. 페달이 상단에 있을 때 페달을 위쪽에서 발을 눌러 페달이 아래쪽으로 향해 내려가면 오른쪽 발이 닿지 않았다. 일반적으로는 페달을 계속 오른쪽 발과 왼쪽 발이 번갈아 가면서 구르지만, 나는 오른쪽 페달이 최하점을 찍고 올라올 때 오른쪽 발등으로 페달을 최고점으로 끌어올린 후 다시 발바닥으로 페달을 밟아 내렸다. 참 힘들게 자전거를 탔지만 그래도 자전거를 타는 순간만큼은 세상을 다 가진 듯 부러운 것이 없었다. 다른 사람들에겐 평범한 것들이 나에겐 부러움의 대상이었다. 나에게 꿈같은 일이었고 이 모든 결핍이 가난에서 비롯되었다.

초등학교 3학년 때 이렇게 해서 자전거 타는 법을 배웠던 나는 중학교에 올라가 신문 배달을 했다. 중학교 같은 반 친구의 소개로 신문을 돌리게 되었다. 그 친구 역시 가정 형편이 좋지 않아 신문을 돌리는 일을 했던 것으로 기억한다. 신문 돌리는 자전거는 초등학생이 타는 자전거와는 아주 달랐다. 자전거가 훨씬 더 커 보였고 오른쪽 다리 역시 페달에 닿기가 더 힘들었다. 그래서 나는 대부분 자전거에 올라타지 못하고 거의 끌고 다니거나 내리막길에서는 한쪽 페달에 한쪽 다리만 살짝 걸쳐 몸을 반만 자전거에 기대고 탔다. 어느 겨울에 눈이 많이 쌓인 날 눈길에 자전거가 미끄러지면서 자전거에 붙어 있던 유리(백미러)가 깨지면서 나의 오른쪽 팔목이 심하게 긁혔다. 피가 철철 흐르는데 너무 많은 피가 나와 동맥이 끊어진 줄만 알았다. 다행히도 동맥 바로 옆을 비켜 가긴 했지만 40여 년이 지난 지금도 팔목의 상처 지국이 선명하다. 지금 생각해보면 더욱 아찔했던 건 자전거 사고보다 도로 위에서 교통사고를 당하지 않은 것이다. 천만다행이었다. 아찔했던 순간들 앞에서 지금까지 살아왔던 날들이 파노라마처럼 스쳐 지나갔던 일이 한두 번이 아니었다. 가난은 이렇게 1차원적인 욕구, 먹고사는 문제를 해결하기 위해 목숨을 내놓고 살아가야 하는 것이다.

뭔가를 하지 않으면 불안하다. 습관적으로 뭐라도 찾아서 일을 한다. 일이 없는 주말에도 친구를 만나든 운동을 하든 봉사활동을 하던 나는 몸을 가만 놔두지 않았다. 실업계 고등학교에서 취업을 연결해주어 제약회사에 입사해서 일한 적이 있다. 아산시 신창면에 있는 경남제약이라는 회사인데, 우리가 잘 알고 있는 레모나로 유명하다. 이곳은 또 다른 신세계였다. 레모나를 먹어봐도 된다고 해서 맘껏 먹었다. 며칠간은 레모나를 하루에 20개쯤 먹었던 것 같다. 비타민 B2 성분인 리보플라빈 성분이 강황 가루처럼 노란색인데, 이 성분의 노란색 때문에 얼굴이 노랗게 뜨고 한동안은 샛노란 오줌만 나왔던 기억이 있다.

어느 날 제약회사의 노동조합이 파업을 했고, 회사 측에서는 공장문을 닫아버렸다. 또 다른 일을 찾아 나섰다. 천안 성정동에 있는 야식집에서 배달을 시작했다. 배달을 하면서 장사의 이치를 배웠다. 돈 버는 법을 배웠고 새로운 시장에서도 겁먹지 않고 도전할 수 있는 배짱도 얻었다.

1996년도 23살, 호프집을 개업했다. 하루에 40만 원가량을 팔았다. 특별한 날에는 100만 원도 넘게 파는 날도 가끔 있었다. 바로 이듬해인 1997년에 IMF가 터져버렸다. 24살의 어린 나는 IMF라는 것이 뭔지도 몰랐고 단어조차도 생소했다. TV에서는 당시

부도나는 회사와 망하는 자영업자들의 뉴스, 그리고 자살하는 사람들의 소식이 대부분이었다. 결국 빚을 감당하지 못해 호프집을 헐값에 처분해야만 했고, 빚만 5천여만 원이 남았다.

평소에 다니지도 않던 교회를 찾아갔다. 친구가 다니는 교회였는데 나도 좀 데려가달라고 부탁해서 쉽게 교회를 찾게 됐다. 어느 날 기도를 하는데 힘들게 살아왔던 모든 날에 울분을 터트리면서 나도 모르게 주체할 수 없는 눈물들이 쏟아져 내렸다. 그렇게 많은 눈물을 흘리고 쏟아내고 나니 뭔가 마음이 후련했다. 다시 마음을 잡고 제대로 된 일을 하기로 마음먹었다.

그 후 자동차나 보험 영업을 하면 돈을 많이 벌 수 있다는 말에 1998년 천안에 있는 대우자동차 대리점에서 영업사원으로 일하게 되었다. 의지도 열정도 자존감도 없이 그렇게 3개월이 흘렀는데 당연히 차를 한 대도 팔지 못했다. 어느 날, 전혀 기대하지 않던 곳에서 전화 한 통이 걸려 왔다. 고등학교 친구가 차를 팔도록 소개해주겠다는 것이다. 그렇게 처음 판매한 차량은 코란도 2인승 밴으로 나에게 돌아온 판매 수당은 대략 70만 원 정도였다.

자동차 영업을 시작하고 처음으로 벌었던 판매 수당이었다. 한 줄기 희망이었다. 없던 열정이 불타올랐고 자신감이 생겼다. 매일같이 공부한 사람의 뇌는 공부 잘할 수 있는 뇌로 바뀌고, 매일같이 돈 벌 생각을 하고 사업에 몰두한 사람의 뇌는 돈 잘 버는 뇌로 바뀐다.

인생에서 꽃길만을 걸으며 이기는 승부에서 배우는 것보다 인생의 쓴맛, 단맛을 다 겪으면서 실패한 인생에서 배운 것들이 인생 전부를 보고 생각하면 훨씬 더 값지게 배운 것이라고 생각한다. 그래서 눈물 젖은 빵을 먹어보지 않고 인생을 논하지 말라는 얘기가 있다. 나는 이러한 경험을 통해 이 말의 의미를 깨닫게 되었다.

11

잘 살지 않기로 했다

- 조하나

'아무도 나를 모르고 돈이 많았으면 좋겠어요.'

'라디오 스타'라는 예능 프로그램에서 류승수 배우가 한 말이다. 나도 한때 그런 꿈을 꾸었다. 중학생 시절, 장래 희망란에는 항상 화가, 미술 선생님을 채워 넣었다. 그림을 그리고 싶었다. 어린 나이지만 그림을 그리기 위해서는 많은 돈이 필요하다는 걸 알았다. 전문 학원을 다녀야 하고 물감도 사야 했다. 붓도 여러 개가 필요했다. 계절이 바뀌어야 겨우 옷 한 벌을 장만할 수 있는 형편에 미술은 말도 안 되는 것이었다. 그래서 부자가 되고 싶었다. 돈이 있으면 하고 싶었던 미술 공부를 할 수 있다. 마치 세상 모든 것을 가질 수 있을 것 같았고, 행복도 돈으로 살 수 있을 것만 같았다. 학생 신분으로는 부자가 될 수 없었다. 할 수 있는 것은 기도뿐. 매일 간절하게 부자가 되기를 빌었다. 하늘은 무심하게도 내게 돈벼락을 내려주지 않았다. 간절했지만 현실감 없는 바람은 쉽게 꺾이고 말았다. 다른 꿈을 찾아야 했다.

부자가 아니라면 많은 사람이 나를 알게 하자. 내세에도 무언가를 남길 수 있는 위대한 사람이 되겠다고 마음먹었다. 부자는 혼자서 할 수 없지만 이건 노력에 따라 가능성이 있지 않을까. 한껏 기대감이 부풀었다. 이제는 열심히 하는 것이 필요했다. 공부도, 일상생활도, 노는 것도 최선을 다해야 했다. 결심이 무색하게도 '열심히'의 값은 비쌌다. 학원에 다녀야 했고 문제집을 사야 했다. 잘 놀기 위해서는 용돈도 필요했다. 할 수 있는 게 없었다. 타협이 필요했다. 부자나 위대한 사람이라는 꿈은 너무 멀리 있었다. 대신 돈 없이도 할 수 있는, 좋은 사람이 되기로 했다. 동료에게, 친구에게, 가족에게 착한 사람이라는 평가를 얻기 위해 노력했다. 감정과 많은 시간, 그들을 위한 행동이 필요했다. 고통과 슬픔을 함께 나누고 고민했다. 나의 일보다는 다른 사람들의 일에 오 분 대기조가 되었다. 점점 나를 찾는 사람이 늘어갔고 알고 있는 비밀 이야기들이 쌓여갔다. 이거면 된다고 생각했다. 쓸모 있음에 자부심을 느낄 틈도 없이 눈 깜빡할 새 감정은 바닥을 드러냈다. 지쳐버렸다. 예쁘게 만들어놓은 착한 사람이라는 평가는 누군가가 있을 때만 보였다. 주변의 평가가 버거워졌다. 이건 나답지 않다.

포기하고 싶어졌을 때 'YOLO' 열풍이 불기 시작했다. 주변에 맞춰 살고 있었던 내게는 새로운 인생관이었다. 'YOLO'는 인생은 한 번뿐이니 지금을 즐기자는 것이다. 앞으로의 삶에서 가장 젊은 오늘의 나에게 최고의 행복을 주기로 마음먹었다. 가고 싶었던 뮤지컬 공연 티켓을 예매했다. 영양을 두 번이나 추가한 50만 원짜리 파마도 했다. 화려하고 비싼 큐빅이 잔뜩 올라간 네일아트까지 하고 나니 기분이 날아갈 듯했다. 예쁜 귀걸이를 하기 위해 귀도 더 뚫었다. 행복을 나에게 쏟아냈다. 그러면 계속 행복할 것 같았다. 주말 시간은 생각보다 짧았다. 아껴두었던 휴가를 모두 사용해 즐기기로 했다. 지금을 위해 사용하는 시간, 돈은 크게 중요하지 않았다. 갖고 싶은 물건은 당장 결제했다. 지금 행복하지 않으면 의미가 없으니까. 소박했던 자취방에는 물건이 쌓여갔다.

마음껏 즐겼지만 진정 즐겁지 않았다. 즐기는 것도 열정이 필요했다. 시간도, 돈도 써야 했다. 정리하지 못한 물건들로 자취방은 점점 엉망이 되어갔다. 매달 나오는 카드 값은 한도까지 꽉 채웠다. 결국 이것도 아니었다. 인생에서 길을 잃어버렸다.

몇 년 후에는 '파이어족'이 등장했다. 돈에 질리고 사람에 지쳐 있었던 내게 조기 은퇴는 한 줄기 빛이었다. 다시 달려야 한다. 목표는 40세로 잡았다. 경제적 자유를 위해 시간 날 때마다 아르바이트했다. 들쑥날쑥한 귀가 시간이 반복되었다. 다음 날이 힘들었지만, 목표가 있으니 버틸 수 있었다. 월급 외 부수입을 차곡차곡 모아 통장의 숫자를 늘려나갔다. 앞으로 10년만 참으면 행복으로 갈 수 있겠지.

두 달쯤 되었을 때 몸에 이상이 오기 시작했다. 심한 감기와 몸살로 일주일을 꼬박 침대에서 보냈다. 자취생은 병간호해줄 사람이 없으니, 모든 생활을 배달에 의존해야 한다. 부수입으로 모은 돈은 병상에서 모두 사라져버렸다. 허탈하다. 이번에도 내 길이 아니다.

행복하게 잘 살고 싶었다. 행복해본 적이 없어 방법을 모른다고 생각했다. 그러니 유행을 따랐다. 다른 사람을 따라서 살았다. 정답을 찾기 위해 발바닥에 땀이 나도록 쫓았다. 하지만 두 손에 남은 것은 아무것도 없었다.

2023년 가을, 부모님은 10년 넘게 살던 아파트를 떠나 한적한 마을에서 전원주택 생활을 시작하게 되었다. 시골 출신이지만 아파트 생활을 해왔던 나로서는 당혹스러웠다. 속으로는 환갑이 넘은 부모님이 종합병원과 가까운 도시에서 생활하기를 바라기도 했었다. 예전부터 아버지는 주택에 살고 싶다고 말씀하셨다. '그럴 수 있겠다'라고 어영부영 대답했지만 설마 진짜가 되리라고 생각하지 않았다.

봄에서 여름으로 넘어가는 선선했던 날, 아버지는 갈 곳이 있다고 했다. 늘 많은 이야기를 나눴던 아버지가 목적지를 말하지 않으니 이상했다. 혹시 어디가 편찮으신 건 아닌지 걱정이 먼저 들었다. 이동 내내 목적지에 관한 이야기가 아니라 본인의 학창 시절과 시골 생활에 관해 이야기해주셨다. 그 덕에 금방 눈치채 버렸다. 20분쯤 지났을까 역시나 도착지는 한적한 주택단지였다. 능숙하게 대문을 열고 들어가 허공으로 손을 뻗으며 소리치셨다.

"딸내미, 여기 앞에 텃밭 만들고 고기도 구워 먹으면 얼마나 좋겠어. 유기농 상추도 키우고, 아빠가 아궁이에 백숙 만들면 우리 딸이 아주 맛있게 먹을 수 있고…"

길고 장황했다. 탐탁지 않은 표정이 새어 나왔는지 긴 설명이 더 붙었다. 이야기가 죄다 먹는 이야기였다. 먹기만 하는 건 아닌데 말이다. 사실 부모님을 모시지 않는 입장이라 강한 반대를 할 수 없다는 걸 알고 있었다. 그래도 전원생활을 잘 알지 못하기에 걱정부터 밀려왔다. 일이 많아 부지런해야 하고 보안도 신경 쓰일 것이다. 편하게 사용하던 배달과 택배도 어려워질 수 있다. 쓰레기를 버리는 일조차 번거로운 일이 될 것이다. 수십 가지 걱정이 마음을 가득 채울 때 아버지의 한마디가 가슴에 꽂혔다.

"아빠는 여기서 살면 잘 살 수 있을 것 같아."

그동안 누구보다 잘 살기 위해 부단히 노력했다. 남들처럼 살고 싶었다. 하지만 결국 내 것은 없었다. 값비싸고 좋은 외제 차를 가진 사람? 호화스러운 브랜드 아파트에서 사는 사람? 누구나 알아주는 유명한 사람? 인정받고 유능한 사람? 모두 아니었다. 나만의 취향보다는 세상의 유행에 내 삶을 끼워 맞추려 했었던 것 같다. 나 또한 아버지처럼 좋아하는 것을 하고 싶은 사람이다. 사실은 나만의 취향을 삶에 매일 새겨 넣고 있었는지도 모르겠다. 이미 충분하다. 잘 살기 위해서 잘 살지 않기로 결심했다. 행복을 느끼고 알아차릴 수 있도록 그저 '삶' 그 자체를 보기로 했다.

잔뜩 힘이 들어간 몸으론 절대 바다에서 수영할 수 없다. 힘을 빼고 파도에 몸을 맡기기로 한다. 그렇게 살기로 했다.

고지원

천안 '북하우스'에서 글빛이음 이현주 작가를 만나 첫 공저를 내게 되었습니다. 행운은 가까이에 있었습니다. 행운을 통해 행복을 찾게 해주셔서 진심으로 감사드립니다. 이 책이 제 인생의 새로운 도약점이 되길 소망합니다. 가족들에게 제일 먼저 달려가 책을 자랑하고 싶습니다.

'인생'에 대한 글을 쓰다 보니 그대들이 제 전부란 것을 다시금 깨달았습니다. 사랑합니다.

김하세한

인생 최고의 시간을 꿈꾸고 있습니다. 꿈을 꾸는 마음으로 살아가는 것이 얼마나 소중한지 깨닫습니다. 제 인생은 아직도 꽃이 피지 않았지만, 꽃을 피우는 희망이 있어 인내하고 내일을 기다릴 수 있습니다. 이제야 싹을 틔우는 마음으로 세상을 향해 고개를 내밀었습니다. 기다림의 시간을 통해 배우고, 성장하며, 저의 이야기를 세상과 나누고 싶습니다. 꽃이 피고 열매를 맺는 순간까지, 계속해서 제 꿈을 키워나갈 것입니다. 여러분도 각자의 여정에서 소중한 순간들을 놓치지 않고, 꿈을 향해 나아가길 바랍니다.

쓰꾸미

올해 초 산책로를 가족과 함께 산책하다가 나무에 달린 밤송이를 봤습니다. 열어보니 안이 비었습니다. 빈 밤송이로부터 두 가지를 발견했습니다. 첫째, 시도하지 않으면 얻는 것이 없다는 것입니다. 겨울이 와도 나무에 매달려 있는 밤송이는 열매를 맺지 못하며, 다음 해에도 같은 자리에서 열매가 열리지 않습니다. 둘째, 무언가를 시도하고 도전하려면 떨어지고 부딪히는 경험이 필요하다는 것입니다. 꽃을 피우는 씨앗이 되고 싶습니다. 땅으로 떨어지는 선택을 할 수 있는 용기와 부딪혀도 아픔을 견딜 수 있는 강인함을 가지고 싶습니다. 이러한 마음을 담아 오늘도 글을 쓰고, 이 마음 전해지기를 기대합니다.

이미란

삶의 특별한 날들을 함께하는 사람들은 바로 가족이다. 처음 내가 글을 쓰겠다고 결심했을 때, 영롱한 미소로 응원해준 우리 딸, 그리고 묵묵히 내 곁을 지키며 든든한 응원을 보내준 남편, 두 사람의 눈빛 속에 말로 다 표현할 수 없는 사랑과 믿음 덕분에 한발 더 나아갈 수 있는 용기가 생겼다. 삶은 종종 작은 순간들로 채워진다. 그 순간들을 하나둘 글로 적어나가면서 비로소 내 삶의 열매들을 탐스럽게 맺을 수 있었다. 그리고 그 일상이 나를 조금씩 더 성장하는 행복한 사람으로 만들어주고 있다.

이상임

초등학교 시절 기차 여행의 추억이 시작점이 되어 시베리아까지 이어진 긴 여정을 마무리한다. 어린 시절 설레던 짧은 기차 여행은 시베리아 대륙 횡단이라는 큰 도전으로 확장되었다. 블라디보스토크에서 바이칼 호수에 이르는 길 위에서 만난 한인들의 발자취는 우리의 역사를 새롭게 돌아보게 했다. 시베리아 여정은 대한민국이 대륙으로 다시 나아갈 가능성을 확인하는 시간이었다. 이제 분단의 아픔을 넘어, 조국이 대륙과 이어질 미래를 꿈꾸며 이 여정을 또 다른 출발로 삼는다.

이은진

지금 돌아보면 내가 없던 시절이 있었다. 그러나 그 과정에서 비로소 나를 찾아가는 시간이 얼마나 중요한지 깨닫게 되었다. 자신을 알아가는 여정은 단순한 선택이 아니라, 인생의 방향을 결정짓는 중요한 과정이다. 뒤늦게라도 내가 진정으로 원하는 것들을 탐구하고 도전하는 것이 후회 없는 삶을 만드는 길임을 깨달았다. 앞으로도 새로운 경험을 통해 한 걸음씩 성장해나갈 것이다. 오늘 쓰고 있는 이 글도 도전해가는 과정이다.

이주민

이루고 싶은 꿈도 없었고, 미래에 대한 환상도 없었습니다. 평탄한 삶을 살면서 이대로만 살아도 좋겠다고 생각했습니다. 아이 낳고 학교 보내면서 욕심이 생겼습니다. 학벌, 인맥 모두 갖춘 행복한 인생 살았으면 좋겠다는 욕심을 채우기 위해서 베트남에 왔습니다. 아이들 사춘기를 겪으면서 생각이 바뀌었습니다. 나는 하지 않았으면서, 못했으면서 아이들에게 바라지 말자고. 하라는 말 대신 행동으로 보여주기로 했습니다. 없던 꿈이 생긴 지금, '아이를 낳아야 진짜 어른이 된다'라는 말이 맞는가 봅니다.

이지은

나는 작은 일로 만족한다. 그래서 작은 배려와 부스러기 감사함만으로도 그득히 채워져 '소확행'을 산다. 한 꼭지, 두 꼭지를 채우며 그날들을 소환하여 오래도록 즐겼다. 특히 가장 어려울 때 곁을 지켜주던 이웃사촌들이 생각이 났고 그 고마움에 가슴이 뻐근했다. 이 또한 감사. 혼자라면 엄두도 못 냈을 책 내기를 경험하며 글쓰기의 매력에 듬뿍 빠졌다. 그리고 풍요로운 글 밭을 위해 오늘도 읽는다. 인생을 기획, 구성하여 더 나은 내일을 향해 나아가는 중이다.

이효경

하루하루 살아가며 스치는 나의 지난날들. 그날들이 아팠고 후회스럽기도 했지만, 이렇게 뒤돌아볼 기회가 생겼음에 감사한다. 앞으로의 여유로운 시간을 누리며, 더욱 성장한 나를 돌아볼 수 있기를 희망한다. 순간을 소중히 여기는 겸손한 내가 되고 싶다. 상상을 이루는 날, 화사한 미소를 머금고 함께하는 벗들과 즐기는 삶을 영위하리라.

전은태

누구나 결핍이 있습니다. 그리고, 그 결핍을 이기지 못하고 그대로 무너지는 사람이 있습니다. 하지만, 똑같은 상황에서도 결핍이라는 걸림돌을 인생의 지렛대로 삼아 성공으로 진입하는 사람이 있습니다. 독은 독으로 쓰이면서 동시에 묘약으로 쓰이듯, 어려움과 위기는 얼마든지 기회로 바꿔낼 수 있습니다.

모든 것을 걸림돌이라 생각했던 결핍이, 살다 보니 인생의 디딤돌임을 깨달았습니다. 결핍은 우리를 더 강하고 더 지혜롭게 만들 수 있습니다. 모든 상처는 자산이 될 수 있다는 걸 기억해주시면 좋겠습니다.

조하나

인간의 삶은 어쩌면 수많은 가능성을 두고도 하나의 꽃을 피우는 일일지도 모른다. 수많은 선택 과정에서 좌절할 때도, 포기할 때도, 타협해야 할 때도 있지만 최선을 위해 노력한다. 그럼에도 너무나 쉽게 이번 생은 망했다, 실패했다 말한다. 꽃을 피우기 위해서는 많은 잎과 봉우리를 떨어뜨려야 한다. 당신이 실패라고 이야기했던 선택들은 당신만의 꽃을 위해 떨어뜨려야 하는 잎은 아닐까? 꽃을 피우기 전까지 우리는 어떤 존재인지 모를 수 있다. 그 과정에 있는 나와 당신을 위해 작은 응원의 글을 남긴다.